富貴桃花妻 2

文創風 865

凌嘉 著

目錄

第二十四章

年節將至，對於白家送來的東西，李慕歌照單全收，但沒去道謝，依舊只跟二房的兩個表姊妹一起上課，不太搭理其他房的人。

初九，白家又給李慕歌捎來一盒首飾鋪子新做的頭花，她挑出幾支好看的，讓環環送去給白靈秀、白靈嘉。

環環道：「這幾天送去二房的禮夠多啦，其他房的姑娘瞧見，不知有多眼紅。昨天二姑娘說，讓公主別再賞她們了。」

李慕歌招招手，讓環環到身邊，挑出一支好看的頭花替她戴上，打趣道：「這下不眼紅了吧？」

「哎呀，公主，又不是我吃味！」

李慕歌笑笑，指指門窗，示意她關好。

環環很識相地去了，還打發走其他丫鬟。

「怎麼啦？」

「二舅母因為娘家捲入誣陷案中，在白家的處境很為難，若我不對她們好些，那群看人眼色行事的東西，豈不是更要欺負她們？」

環環憂心地說：「雖然您是為了她們好，但閔家和衛家怎麼說也是姻親，若二大人因衛家獲罪而記恨您，豈不是養虎為患？近日我聽府裡傳言，說要幫您換新的陪讀，不讓二房的姑娘過來了。」

李慕歌搖頭。「若二舅母不明理，早因這事找我說情，求我幫忙，正因為她清楚是衛家的錯，所以沒來為難我這個苦主。而且看她和衛夫人姊妹情深，是個有情有義的人，比起白家其他房，可好太多了。」

很多時候，人與人之間是友是敵很難說，李慕歌從未主動與長房的白靈婷結怨，但兩人前世今生都不合。

反觀二房，縱然其中有衛家這個隔閡，閔氏及兩個女兒對她也從未有半點怠慢和怨恨。這便是素養及眼界的差別。

李慕歌想了想，又問環環。「當初在金陵，夫人款待謝夫人，請衛、林、梁三位夫人作陪，這個名單，我記得夫人問過侯爺的意見，對吧？」

環環點頭。「是，夫人說她不懂謝大人在官場上的交際，怕選錯人尷尬，這三家是侯爺挑選的。」

李慕歌又問：「謝家是大皇子黨，侯爺為何點了支持二皇子黨的衛家作陪？」

「這……」環環為難。「我就不懂了。」

李慕歌若有深意地說：「侯爺可從不做無意義的事。」

環環依然不明白。

李慕歌想了想，說：「這幾日妳去妳哥哥那裡打聽打聽，看衛家母子被發落到何處。」

環環問：「公主沒有其他話要帶給侯爺嗎？自初一朝會之後，您和侯爺快十日沒聯繫了。昨日是臘八節，天音閣送來臘八粥，聽說不是宋七公子的意思，而是侯爺派人送的，咱們還沒答謝呢。」

李慕歌不想討論顧南野的事，捏捏環環的腰逗她。「讓妳去問個話，哪這麼囉嗦了。」

環環嘻嘻笑著躲開，出門去了。

打發了環環，李慕歌獨自在房裡做功課，卻總是走神，想起顧南野的各種小舉動。

他常常關心她，時而親近她，應該不是她一廂情願、自作多情。可一旦表露心意，就會被他推開，更不願提婚姻大事。

她實在想不通，他忽冷忽熱、忽遠忽近是什麼意思。

「哼，渣男！」李慕歌恨得咬牙，但心裡還是牽掛他，始終放不下。

到了臘月十五的朝會，雍帝批了禮部奏摺，宣佈追封文妃為懿文貴妃，按貴妃禮制添補喪儀。

宮裡來人宣旨，李慕歌與白家眾人在大堂接旨謝恩，又開祠堂、擺祭壇，告慰懿文貴妃及白家先祖的在天之靈。

恰逢年關，京城各家紛紛藉著拜年的名義來祝賀白家得到封賞，也想藉機見見李慕歌這位聖寵正隆的公主。

但李慕歌以母親戴孝，不宜出席筵席為由，拒絕所有應酬，深居簡出，只在白玉堂與無涯書院走動。

環環打聽到消息，回來告訴李慕歌。「朝會之後，刑部的判決也下來了，衛夫人進宮，到浣衣局；衛姑娘去教司坊；衛長風在兵部京郊馬場養馬；衛問玉要赴工部石場做苦力。」

好端端的官宦家眷，全淪為苦工，真是令人嗟嘆。

李慕歌想了想，喃喃道：「浣衣局、教司坊、工部和兵部……」

浣衣局和兵部是左貴妃的勢力範圍，衛夫人和衛長風被分到那裡並不奇怪，但教司坊隸屬禮部，禮部和工部搶了衛曉夢、衛問玉，不知是正常安排，還是有人刻意為之。

「我記得謝大人的三個兒子都出仕了，可有在禮部或工部當差的嗎？」

環環睜大眼睛，驚嘆道：「哇，侯爺果然了解公主所思所想！侯爺交代，如果公主問到禮部和工部，便請公主二十日休沐後去天音閣詳談。」

李慕歌一陣無語，顧南野到底什麼意思啊？她不理他，他還故意撩撥她的好奇心？

前世，葉桃花是在左貴妃倒臺後回宮的，她不清楚此事的始末，但大致聽說這是大皇子李佑顯和二皇子李佑斐爭鬥的結果。

自從李慕歌發現顧南野故意藉顧夫人宴請，替謝、衛兩家搭橋相識，便懷疑顧南野在暗中計劃，推大皇子透過衛家下手查左貴妃。

如今衛大人已死，若有左貴妃的秘密或把柄，定是留給家人當保命符。

如此，李佑顯肯定要爭奪衛家家眷，所以禮部和工部，應該是他的安排。

李慕歌覺得自己推測得八九不離十。

既然李佑顯開始動手，她旁觀就好。至於其中細節，她不知道又如何，才不會去找顧南野問呢。

「我不去，妳告訴侯爺，我重孝在身，怎麼能去天音閣這種玩樂的地方？」

李慕歌傲嬌了，不想再被人撩撥來撩撥去，得給顧南野一點顏色看看。

書院臨放假的前兩天，午休時，只有白靈嘉獨自來找李慕歌吃飯。

「妳姊姊呢？」李慕歌問。

白靈嘉垂頭喪氣。「姊姊上課分神，被先生責罰抄書呢。都快放假了，先生還這麼嚴厲。」

李慕歌問道：「靈秀上課分神？二房出了什麼事嗎？」

白靈嘉連連點頭。

她年紀小些，嘴巴守不住秘密，加之李慕歌天天把自己的好東西分給她，儼然已經是李慕歌的小跟班了。

「衛家姨母和幾個表兄、表姊被充為官奴，金陵衛家本家的人也不管他們死活，我母親到處走動，想把他們買回來。這事被祖父知道，祖父發了脾氣，逼我父親休掉母親，說她只會給家裡惹事，不懂為家裡著想……」

被貶的官奴分配給各衙門後，可以通過買賣把官奴變為私奴，不過需要通融衙門中的關係，以獲得釋放令。

閔氏想把姊姊和孩子們買回來，雖然脫不了奴籍，但有她照顧，不至於太淒慘。

但白以誠恨不得一起跟閔家脫開干係，自然不會去幫她。

「閔家也不管嗎？」李慕歌問。

白靈嘉憤慨地說：「別提了，舅舅們壞死了，說拿不出那麼多錢去贖姨母，而且幾個表兄來年便要赴考，讓母親不要再生事端。」

李慕歌嘆口氣，衛家母子有大皇子和二皇子控制，多半買不出來，但所謂的親人連試也不試，閔氏想必十分覺得心寒。

仗義每多屠狗輩，負心皆是讀書人。

白家如此，閔家也如此，難道這就是雍朝的風氣？

從臘月二十開始，無涯書院放假了，書院中的各書社、畫社頻繁跟京城其他書社來往，一起舉辦聚會。

李慕歌不感興趣，也有守孝的藉口可以不去，便在白玉堂裡裝鹹魚。

輕鬆三天，宮裡就來人了。

莫心姑姑帶著雍帝口諭而來，告訴李慕歌。「太后娘娘回宮了，得知您不住在宮裡，訓斥皇上一頓，說這樣太不合規矩，無論如何要接您回去過年。」

李慕歌敢隨意敷衍外祖父白以誠，但喻太后卻不一樣，只得道：「皇祖母回宮了，我自然要去拜見。姑姑待我收拾一下，明日便回宮。」

莫心姑姑走後，李慕歌的臉色就落了下來。

喻太后不是雍帝的生母，是從正宮皇后晉升的太后，早些年因雍帝的后位空虛，遂管著後宮，近幾年身子不濟，遷往行宮休養，撫養皇嗣。

環環見李慕歌嘆了口長氣，問道：「公主是擔心太后為難您嗎？」

李慕歌搖頭。「雖不知太后如何看待我，但大皇兄是太后跟前的宮女所生，太后應該是支持他的，那她定然與左貴妃不合。敵人的敵人就是朋友，她應該暫時不會為難我。」

「那您怎麼不開心？」

她嘆氣的原因是，喻太后回宮，便意味著其他三位公主也要回來了。

雍帝的五位公主中，現在還未出嫁的三位公主李慕貞、李慕妍、李慕錦，都是在喻太后身邊長大的。她們的母妃身分不高，但因受喻太后疼愛，心氣都很高，尤其是李慕貞，以前可沒少欺負過葉桃花。

不過，時過境遷，以她現在的行事，這些姊妹應該不敢再明目張膽地為難她。

翌日，白家馬車送李慕歌回宮，在城門前下車時，在宮中當值的顧南野好巧不巧巡到了城門下。

「殿下萬安。」顧南野抱拳行禮。

李慕歌稍顯冷淡地說：「侯爺免禮。」便作勢要去喻太后所居的慈寧宮。

顧南野攔了一下，問道：「為何公主近日沒有回信給金陵的人？逢年過節，家母更是盼著您的消息。」

李慕歌說：「不勞顧侯操心，我已請白家準備豐厚年禮，信也一併捎去金陵，除夕之前必能送到。」

顧南野微微訝異，小姑娘這架勢，是徹底跟他生分了啊。

他無奈點頭，轉而囑咐環環。「好生伺候公主，在慈寧宮若有什麼事，便來養心殿求皇上，我今天也在。」

李慕歌聽完，無名火起。這是什麼意思？敵進我退、敵退我進？跟她玩欲拒還迎？

「顧侯是外臣，請注意分寸。你這般關心我，如果有風言風語傳到太后耳中，問我們是什麼關係，倒解釋不清了。」

如小辣椒嗆喉，顧南野被李慕歌頂得語塞，只得道：「那，臣恭送殿下。」

李慕歌咬牙走了，但心裡堵得難受。

路上，環環看看快要被她扯爛的絲帕，低聲說：「公主何必說氣話，既傷了顧侯，又讓自己難受。」

李慕歌委屈又憤然。「那妳告訴我，我和他是什麼關係？他有什麼資格來管我的事？」

環環也不懂，顧南野一邊在兩人間築起一堵牆，一邊又關心李慕歌，到底是何意，遂大膽猜測。

「侯爺待您好不好，咱們這些下人在旁邊看得清楚。只是，侯爺大您許多，怕您沒想清楚，所以才這樣疏遠吧。」

這幾句話，立刻讓李慕歌心裡放晴了。

是這樣嗎？過了年，這具身體的年紀才十四歲，小顧南野七歲，年紀差得的確大了些。

「那也不對，如此無須慫恿父皇替我說親啊。」

環環極力撮合。「那……那肯定是侯爺在試探您，看您是小孩子鬧著玩，還是真的明白自己的心意。」

雖然知道環環是在替顧南野編蹩腳藉口，但暗戀便是如此，替他的冷淡找個理由，克制不住自己繼續喜歡他。

李慕歌走到慈寧宮時，心情總算有所好轉。

慈寧宮的人早已得到她要來拜見喻太后的消息，做好準備。

經通傳後，李慕歌進去，喻太后與三位公主都坐在正殿裡。

她看著在夢中早見過的人，克制著行了個標準的禮。「孫女慕歌給皇祖母請安，祝皇祖母身體康健，福如東海，壽比南山。」

喻太后看著模樣標致、舉止嫻雅、氣度大方的李慕歌，有些意外，沒想到從民間找回來的孫女能這麼得體。

「好孩子，快起來。走近些，讓皇祖母看看妳。」

李慕歌站起來，往前走了三步，微笑著望向喻太后。

喻太后仔細看看她，跟身邊的老嬤嬤說：「果然像，與白歌剛進宮時的模樣太像了。」

老嬤嬤笑道：「是啊，像是跟懿文貴妃一個模子裡刻出來似的。」

喻太后又指著坐在旁邊的三個公主說：「算算年紀，這些是妳的妹妹們，且認識一下。」又喊：「貞兒、妍兒、錦兒，過來。」

三位公主都是十二、三歲的年紀，跟李慕歌差不多大。

大皇子誕生後，約莫七、八年，後宮嬪妃生下的全是公主，直到左貴妃的二皇子出世。

三位公主早在打量這個突然冒出來的姊姊，三公主李慕貞問道：「皇祖母，那貞兒以後豈不是四公主了？四妹變五妹，五妹變六妹。」

喻太后被她逗樂了，笑著道：「正是如此。妳們要記著改口，不要記錯了。」

「好。」李慕貞對李慕歌款款行禮。「貞兒見過皇姊。」

喻太后非常疼愛李慕貞，見她懂事，更是高興。

她喚人拿出準備給李慕歌的見面禮，是一對金釵，而後又取三支珠釵分給其他公主。

「妳們姊妹團聚，都有禮物。」

李慕貞立刻喊自己的宮女。「青禾，快來幫我，我要戴皇祖母送的珠釵。」

宮女幫她換上後，李慕貞立刻上前，問喻太后。「皇祖母，您快瞧瞧，貞兒戴上珠釵好看嗎？」

「好看，當然好看！」喻太后誇獎道。

李慕貞又轉頭問李慕歌。「太玄姊姊怎麼不戴？是不喜歡皇祖母送的禮物嗎？」

李慕歌微笑地說：「第一次收到皇祖母的禮物，我捨不得戴，想好好收起來。」

真是不負她的期待，李慕貞還是這麼會爭寵，又這麼喜歡打壓人，還好她已不是原來的葉桃花了。

喻太后慈愛道：「不必留著，以後逢年過節都有賞，喜歡就戴吧。」

「是。」李慕歌這才讓環環幫她戴上金釵。

今日她穿著丁香色鸞鳳三陽開泰方領襖，本就顯得嬌嫩矜貴，戴上金釵後，更顯貴氣。

喻太后露出讚賞之色，對老嬤嬤說：「當年選秀時，白歌模樣長得最好，氣質溫婉，嬌而不媚，哀家一眼就相中了。果然，妳瞧瞧，生的孩子也如她一般，長得這麼齊整。唉，只可惜，年紀輕輕便死於戰禍……」

老嬤嬤趕緊安慰道：「太后娘娘別傷心，懿文貴妃得知尋回女兒，在天之靈不曉得有多開心呢。」

李慕歌也道：「孫女有父皇疼惜、祖母寵愛，我母妃一定很高興。」

祖孫倆和樂融融，李慕貞卻已吃味，變了臉色。

眾人敘話片刻，李慕歌說還要去向雍帝請安，便先告退了。

待她走後，喻太后對老嬤嬤說：「這個孩子真讓人意外。」

老嬤嬤笑著道：「龍生龍，鳳生鳳，哪怕公主在民間長大，這通身的氣度，一看就是皇家的人。」

喻太后對李慕歌的第一眼印象倒是不錯，不小氣、不扭捏，也沒有一朝得勢的驕縱。

「皇祖母。」李慕貞撒嬌喊道：「貞兒傷心了，以後貞兒就不是您最疼的孫女了。」

畢竟是自己親手帶大的，喻太后捏捏她的臉蛋，道：「妳這就吃醋啦？妳們三個是我拉拔大的，自然更疼妳們了。」

第二十五章

李慕歌到養心殿時，雍帝正與大臣議事，便先隨莫心姑姑安置住處。

「太后娘娘說您住養心殿不合規矩，下令將體元殿收拾出來，讓您搬過去。」

體元殿有三間配殿，中間配殿闢為通道，與長春宮相通，東西配殿可以居住。殿後有三間抱廈，是長春宮的戲臺。

體元殿並不算十分好的住處，中殿人來人往，後殿吵鬧，但李慕歌不太計較，畢竟春節過後，她還是要出宮去白家的。

環環領著宮人，把李慕歌帶進宮的東西收進去，在西配殿發現一箱不知是誰遺留的碎布和針線，遂打開看看。

「都是些布頭和玩具……呀，公主您瞧，這娃娃和布老虎是不是做得挺好看？」

李慕歌從她手中接過布娃娃，娃娃用料精貴、手藝精緻，的確做得非常好。

這些娃娃勾起李慕歌的一絲記憶。「這想必是安美人的，以前她可能住過體元殿。妳派人送去給她吧。」

安美人是六公主李慕錦的生母，本是嬪位，後來不知犯了什麼錯處，被貶至美人。

安美人一手好女紅，最會縫製布藝玩具，做得活靈活現。

長春宮的向賢妃得知李慕歌搬到自己跟前住了，親自過來看望。

「若缺什麼東西，公主只管派人來長春宮取。太后娘娘把您安置在這裡，便是要本宮多照看妳。」

多照看她？是替向賢妃爭取多見雍帝的機會才對吧！難怪向賢妃的態度與冬至大典時相比，倒是好了不少。

「謝謝娘娘關懷。」李慕歌淡淡地道。

宮人們把一切都安置妥當時，便到了吃午膳的時辰，胡公公過來請她。

「皇上知道公主進宮了，請您一起用午膳。」

「我這就過去。」

走出體元殿，李慕歌遇到來長春宮吃飯的大皇子李佑顯。

兩人在公開場合見過兩次，但從未私下說話，李佑顯主動招呼道：「太玄妹妹搬到這裡住了嗎？」

李慕歌點頭。

李佑顯笑著說：「那以後我來給母妃請安時，就能常常見到妹妹了。」

有胡公公在，兩人簡單寒暄後，便各自去用膳。

到了養心殿，雍帝問李慕歌向喻太后請安的事，得知一切順利，便放了心。「太后喜歡孩子，妳乖巧懂事，她定會疼愛的。」

喻太后喜歡孩子，但更愛體面，前世葉桃花因「有失體統」，不知被喻太后打過多少次手心。

因年關繁忙，雍帝迅速吃完午膳，李慕歌也識趣地早早告退。

從養心殿回體元殿，要經西六宮大門，而後繞過太極殿，說不上遠，但是冬天走起來，也要花些時辰。

李慕歌和環環邊散步邊聊天，剛走到西六宮和慈寧宮交接的宮道上，就看到李慕貞、李慕妍、李慕錦，正由宮人簇擁著走過來。

李慕貞走在中間，見到李慕歌，一點行禮問好的意思都沒有。

李慕歌也不強求，無視她們，右轉往西六宮走去。

「站住！」李慕貞被無視，似被挑釁般喊道：「妳沒看到我們嗎？」

李慕歌停步。「自然看到了，也看出妹妹不想搭理我。既然這樣，咱們各走各的，互不招惹，豈不很好？」

李慕貞見不得別人在她面前擺譜，譏諷道：「在皇祖母面前裝作一副乖巧聽話的樣子，原來背地裡是這麼個怪脾氣。別以為騙得過皇祖母，她一定能看穿妳的假面具！」

李慕歌不想整天跟熊孩子纏鬥，便說：「貞妹妹，今日咱們第一次見面，無冤無仇，妳不過是怕我跟妳搶皇祖母的疼愛。我可以跟妳明說，我並無爭寵的意思，過了年，我就出宮回白家了，想來是很合妳心意的，何不忍耐些時日？若實在忍不了，不如幫我早日出宮。」

這番話太出乎李慕貞的意料，好半天沒有接話。

她伴著喻太后住在行宮時，常聽人稟報，說太玄公主如何得雍帝疼愛，與雍帝同吃同住，還追封她母妃為貴妃。

在李慕貞的印象中，雍帝永遠是一副淡淡笑著的樣子，從不對任何一個女兒格外好。除了家宴，她們很少被雍帝留下來吃飯。自喻太后身體不佳搬到行宮休養，她們見父皇的次數便更少了。

李慕貞十分嫉妒，也有些恐慌。

她才是最受喻太后和雍帝疼愛的孩子，怎麼會橫空來了一個人，不僅占了她三公主的名頭，還跟她爭寵奪愛？

喻太后是她最後的救命稻草，她一定要牢牢抓緊！

於是，李慕貞瞪李慕歌一眼。「妳休想騙我，父皇把妳接回來，妳高興都來不及，怎麼會想出宮？妳不過是想利用我、陷害我，到時候說是我要趕妳走。」

李慕歌聽了，無奈道：「甲之蜜糖，乙之砒霜，妳不信也罷。但是，我提醒在先，別招惹我，不然我對妳不客氣。」

李慕貞氣極。「不客氣？妳打我試試？妳敢動我一下，我一定要妳好看！」

李慕歌笑笑轉身，準備離開。
「等等，我的話還沒說完呢！」李慕貞不依不饒。
李慕歌有些煩了。「妳到底想幹什麼？」
李慕貞問：「方才妳又去養心殿打擾父皇處理政務了？」
「是父皇傳我過去用飯。」
李慕貞捏住拳頭。「皇祖母頭一天回來，妳不陪她用膳，就知道討好父皇，跟妳短命的母妃一樣，都是狐狸精的做派！」
李慕歌歪頭看她。「妳知不知道自己在說什麼？」
李慕貞昂首挺胸。「我就說了，怎麼樣？」
李慕歌去看六公主李慕錦。「妳知道嗎？安美人縫給妳的布娃娃，是妳貞姊姊丟的。」
話落，李慕錦和李慕貞睜大了眼睛，互相看著對方。
李慕錦的生母安美人位分很低，女兒能被喻太后養在身邊，安美人很開心，但因為思女心切，常常縫些娃娃給女兒，希望娃娃代替她，陪在女兒身邊。
可娃娃送到李慕錦身邊後，往往不出三天，就消失不見。
起初李慕錦會到處找，後來李慕貞告訴她，肯定是皇祖母不喜歡她跟安美人這麼親近，才命人丟掉。
此後，安美人一直送，娃娃一直丟，但李慕錦再也不會找了，而且越來越怕喻太后。

「妳賠我娃娃！」

李慕錦哭著撲向李慕貞，一下子把她推倒在地，兩個少女拉扯起來，嚇壞了一眾宮人，膽子稍小的李慕妍更是站在一旁，直接哭出來。

李慕歌見李慕錦占上風，便不動聲色地轉身走了。

主僕倆走遠後，環環又驚又嘆地說：「六公主好厲害，個子小小的，卻一下子騎在四公主身上。不過，您怎麼知道四公主丟了六公主的娃娃？」

李慕歌聽了，想起夢境中的事。

前世，葉桃花回宮那年，李慕貞新嫁，但時常回宮陪伴喻太后，住個兩、三日。

那時太玄觀剛修好，旁邊有片尚未修整的荒地，堆滿亂石和雜草，還有一方水塘。

葉桃花不習慣住在高屋華廈之中，也害怕看到宮女們瞧不起她的眼神，常常一個人到水塘邊散心。

一日傍晚，她正在編野草玩，突然聽到東西掉進水裡的聲音。

她舉目看去，池塘上漂著一只精美的人偶娃娃，娃娃身上穿著錦緞絲綢，頭上還戴著逼真的髮飾。

她從未見過這麼好看的玩具，見它逐漸浸濕下沈，趕緊找樹枝勾上來。

剛到手，便有人撥開亂草走近她，一把搶走娃娃，吼道：「哪來的賤婢，竟然敢管我的鬧事?!」

葉桃花嚇一跳，驚慌失措地問：「是、是妳的娃娃嗎？對不起，我以為是被丟掉的。」

年輕女子揚手，又把娃娃丟到水裡。「是我丟的，但並不代表我丟了，妳就可以撿！」

葉桃花不知道這宮裡的人都是什麼怪脾氣，只想著，惹不起便趕緊躲開。

她正要跑，卻被一把拽回來，推倒在地。「妳還想跑？去告狀嗎？」

葉桃花從地上站起身。「我不認識妳！妳別攔著我，我要回去了。」

女子打量她幾眼，又看看一旁的太玄觀，恍然大悟。「原來妳就是那個下賤的髒東西。」說著，拿出手帕擦擦自己的手，再扔掉手帕。「髒了我的手。」

葉桃花脹紅了臉，氣得快要哭出來。

她不知道這個女子為何要為難她，正無助時，另一個年紀小些的少女跑過來。

「貞姊姊，果然是妳！」

女子變了臉色，趕緊道：「錦妹妹，妳來得正好，我發現她偷了妳的娃娃玩，正在盤問怎麼回事呢。」

葉桃花驚慌地說：「我沒偷，我從水裡撿的。」

李慕錦十分生氣，看向李慕貞。「不用攀扯別人，我早懷疑是妳拿走我的娃娃！自從妳出嫁，我的娃娃就沒丟過；但凡妳回宮，我的娃娃就會不見！我們一起生活這麼多年，我把妳當親姊姊，妳為什麼這麼對我！」

李慕貞冷笑。「親姊姊？我們一起在皇祖母膝下長大，皇祖母待我們一視同仁，我有的妳也有。但妳呢？從妳母妃那裡得了東西，有想過分給我嗎？憑什麼妳有的我沒有？」

李慕錦氣憤地說：「那是我母妃為我做的，怎麼能給妳？」

「是啊，我知道妳不會給我，那就誰都沒有才好，這樣才公平。」

李慕錦更氣，難得粗魯地說：「妳有病啊？妳不僅丟掉我的娃娃，還騙我是皇祖母沒收的，讓我誤會她這麼多年，我一定要告訴皇祖母！」

李慕貞挑眉。「妳去說啊，現在安美人在我母妃殿中寄人籬下，我若受罰，便讓她替妳償還好了。」

李慕錦緊緊捏著拳頭，什麼話也說不出來了。

葉桃花在她們爭吵時，默默地站起來，緩緩後退，就在她馬上要鑽進草叢時，李慕貞忽然瞧見了，喝道：「妳給我站住！」

葉桃花無奈地說：「妳們的事，我什麼都不知道，為什麼一直不讓我走？」

李慕貞威脅道：「今天的事，妳敢說出去，我就告訴所有人，是妳偷了錦妹妹的娃娃。」又對李慕錦說：「是不是，錦妹妹？」

葉桃花也看向少女，她居然緩緩點頭。

無奈之下，葉桃花說：「我什麼也不知道，我從不多管閒事，妳們讓我回去吧。」

發生這件事之後，雖然葉桃花沒有去揭發李慕貞，但李慕貞只要見到葉桃花，就欺負她、為難她。

而李慕錦便如沈默的幫凶一般，忍受著，也縱容著……

李慕歌回神，思及方才李慕錦撲上去打李慕貞的樣子，心中感慨，還是小時候好，單純，沒那麼多顧慮，遂對環環嘆口氣。

「她們打了這一架，我雖然解氣了，但等會兒皇祖母必要叫我去問話，真麻煩。」

果不其然，她回到體元殿，沒坐多久，喻太后就傳她過去。

李慕貞哭得形象全無，李慕錦也委屈地縮著肩膀，李慕妍躲在一旁，不敢作聲。

喻太后面色不好地問：「太玄，哀家原以為妳是個老實心善的孩子，沒想到妳竟然挑撥是非，惹得兩個妹妹打架。可知錯？」

李慕歌行禮。「皇祖母，孫兒知錯了。兩位妹妹年紀小、性子衝動，我不該直接把真相說出來，應該先稟報皇祖母才對，相信皇祖母定能秉公處置。」

「哦？聽妳這話，是說自己並沒有挑撥離間？」

李慕歌說：「四妹妹真的丟掉六妹妹的娃娃，孫女沒有冤枉她。」

「妳胡說！」李慕貞喊道。

李慕歌不被干擾，繼續道：「皇祖母有所不知，之前您不在宮裡時，宮裡有些傳聞，說安美人是妖孽，會捏小人、施巫術。孫女在民間待得久，聽慣裝神弄鬼的話，不信這個，細問才知道，原來是因六妹妹的娃娃經常丟失，才傳出娃娃會跑、安美人會巫術等謠言。

「娃娃自然不是真的會跑，肯定是有人拿走了。敢在皇祖母身邊玩這種把戲的人，其實並不多。原本我還不確定是誰，直到我聽說一件事。」

李慕歌說著，轉向李慕錦。「六妹妹，四妹妹是不是告訴妳，娃娃是皇祖母沒收的？」

李慕錦點頭，有些疑惑。她明明沒跟李慕歌說過，李慕歌怎麼知道？

喻太后氣得拍桌子。「哀家何時收過妳們生母給妳們的東西？」

李慕貞臉色徹底白了。

李慕歌說：「四妹妹因為嫉妒，丟掉六妹妹的娃娃，又說是皇祖母沒收的，離間六妹妹和皇祖母的祖孫之情，外加宮裡那些流言，導致安美人漸失聖寵。四妹妹年紀小就有這麼厲害的手段，也不知是天生異稟，還是受人教唆？」

喻太后氣得呼吸都重了。

「貞兒，這些年哀家親自教妳、養妳，卻讓妳養成如此歹毒的心腸，太令我失望了！」

「皇祖母饒命，貞兒知錯！貞兒只是嫉妒六妹妹有母親疼，才丟掉娃娃。其他的事，貞兒不知道啊。」

喻太后失望。「既然如此想念生母，今日哀家便讓熙嬪領妳回去。」

李慕貞大驚。「皇祖母，貞兒不想離開您！貞兒知道錯了！」

喻太后揮手，讓嬤嬤把李慕貞帶下去，而後對李慕錦說：「妳動手打人也有錯，罰打手心二十下，自個兒去領罰吧。」

李慕錦心情複雜，看看喻太后，又看看李慕歌，退下領罰了。

最終，喻太后命殿裡其他人都出去，單獨留下李慕歌。

「哀家小瞧妳了，妳才回宮多久，這也聽說、那也聽說，聽到的竟是哀家在宮裡多少年都不知道的事。妳倒跟哀家說說，都是聽誰說的？」

李慕歌知道自己惹了喻太后懷疑，解釋道：「孫女剛進宮時，宮中嬪妃都送了見面禮，其中就有安美人縫製的布娃娃。那個布娃娃做得很精緻，孫女很喜歡，日日放在床頭。

「但養心殿的宮女瞧見，卻有些驚慌，並勸孫女丟掉，追問之下，孫女才得知關於安美人的流言。孫女相信，母親對女兒絕不可能有加害之心，安美人送給六妹妹的娃娃不會有問題；有問題的，是其他人。」

喻太后問：「那妳怎麼斷定是貞兒？」

李慕歌說：「四妹妹說是皇祖母不願讓安美人跟六公主多親近，您若真有這個意思，只需要讓人帶個話，安美人便不敢再送娃娃來。

「既然不是您，四妹妹又這麼說，那必定是她做的了。不過也可能如四妹妹所說，她只是丟了娃娃，另有人藉此捏造安美人的謠言，使她被降了位分。」

喻太后止住她的話。「後宮謠言，哀家自會命人徹查，但是妳聽了這些話，不來告訴哀家，怎能利用這件事鬧得貞兒和錦兒打架？」

李慕歌委屈道：「這件事本與孫女無關，但今日四妹妹見了我之後，便多加刁難，情急之下，才以此反擊。沒想到會令皇祖母如此傷心，實在是孫女之過。」

喻太后嘆口氣，想到孩子們吵架，說什麼話都有，遂沒有太過責備她。

「除去出嫁的兩個皇姊，現在公主裡面妳最大，更該謹言慎行，行事穩重。今日妳逞一時之快，鬧得妹妹們打架，終是有錯。哀家罰妳抄宮規兩遍，明早送上來。」

「是，孫女領罰。」

傍晚，雍帝來向喻太后請安，一個孩子也沒看到，便問發生了什麼事。

喻太后說了今日之事，又道：「貞兒變得如此善妒，怪哀家沒教好。這幾年哀家身體日漸孱弱，不比往年，能親自教養縵兒和莉兒，真的力不從心。教養皇嗣、管束後宮，乃中宮皇后的職責，后位空虛多年，才導致如今孩子沒人教養，宮妃無人約束。不要怪哀家舊話重提，你是該立皇后了。」

「母后，是朕的錯，讓您如此操勞。後宮的事，朕會多照顧幾分，您好生保重身體。」

喻太后不快地說：「你又要這般敷衍我！立不立后，你給哀家一句準話！」

雍帝很清楚喻太后的想法。

喻太后一直想立向賢妃為后，這樣大皇子李佑顯即是長，又是嫡，等於直接坐穩儲君的位置。

但雍帝打算等孩子們都大了，再選位賢德的皇子，不願早早立儲。因此，他絕不會封任何生育過皇子的妃子為后。

雍帝坐著沒說話，喻太后遲遲等不到回應，便知道這就是雍帝的回答了。

體元殿中，李慕歌秉燭抄寫著宮規。

環環替她添加了一些炭火，絮絮叨叨地說：「幸而是罰抄，而不是打手心，不然過年可拿不了筷子了。」

李慕歌笑道：「要是我因此吃不了那些好菜，就讓妳幫我吃。」

環環問她。「這件事真的不用跟侯爺說嗎？我看四公主很不好相處的樣子，今日她被熙嬪領回去後，肯定對您記恨在心。」

李慕歌覺得她擔心得有道理，但想了一會兒，說：「熙嬪住在鍾粹宮，我記得鍾粹宮的應公公與白家關係不錯，明天我去見見他，請他幫忙多留心李慕貞，應該不會有什麼大事。」

應公公是白家名單上的人，但她還未見過。有些關係，也需要疏通一下了。

第二十六章

臨近新年，宮外大街小巷中都有了年味。

天音閣也在準備過年，范涉水剛從金陵送完年貨回來，順帶捎回許多金陵的年貨。

之前范涉水沒保護好李慕歌，讓她在進京途中身中劇毒。因此，顧南野未安插他進京軍，而是幫著侯府做事，當作懲罰。

宋夕元和范涉水一起清點貨物，順便閒聊。「侯爺多年沒在關內過年，今年終於可以不用守邊關了，卻不能跟夫人團聚，夫人可有不高興？」

范涉水搖頭。「不高興倒沒有，只是問侯爺怎麼一直跟公主吵架，讓咱們勸著侯爺，不要總是欺負公主。」

「啊？夫人如何知道的？」宋夕元很疑惑，近日李慕歌送往金陵的信，都是通過天音閣傳的，他雖沒瞧過內容，但顧南野看了，還總是笑，看樣子並不像是告狀。

范涉水說：「夫人素來明察秋毫，這次公主準備給金陵的年貨，是白家人送去，便猜到兩位又吵架了。」

宋夕元心中嘆氣，顧南野和李慕歌的心結能不能打開，關鍵在於顧夫人和雍帝過去的隱秘，但他們這些晚輩如何開口去問？

顧南野說要查自己的身世，也不知他打算從哪裡查起，千萬別弄巧成拙，傷了顧夫人的心才好。

宋夕元內心感嘆著，又聽范涉水道：「辛嬤嬤說，夫人曾經動過心思，想撮合侯爺和公主，但看他們總是不和，怕是年紀差得太多，侯爺又不懂照顧小姑娘，讓公主受委屈。」

宋夕元眼神一亮，追問道：「夫人有這想法，是知道太玄公主的身分之後嗎？」

范涉水不太確定。「夫人一直很喜歡公主，不清楚什麼時候起了心思，不過是年前才說起的。」

宋夕元臉上已笑開了花，用扇子敲了下手心，覺得這事十分可行。

顧夫人知道李慕歌是雍帝的女兒之後，不僅沒有旁敲側擊讓顧南野和李慕歌保持距離，還有意撮合他們，足以說明顧南野的身世沒有任何問題。

他可得把這個好消息告訴顧南野。

宋夕元心中正雀躍著，范涉水又問：「侯爺去衙門了？還沒休沐嗎？」

宋夕元意有所指地回答：「放是放了，但他在京中不用走親訪友，為了方便照顧公主，宮中值日的人，他排的全是自己。」

范涉水笑道：「論起照顧公主的親力親為，怕沒有人能比得過咱們侯爺。」

宋夕元也笑。「誰說不是呢，連宮中巡防的事都自己幹，可是少見。」

兩人笑中別有涵義，彼此心知肚明，便不多說了。

東六宮的鍾粹宮中，熙嬪站在配殿門前，敲了半天門。

自從昨日從慈寧宮搬回來，李慕貞一直把自己關在房裡，怎麼都不開門。

熙嬪說：「貞兒，妳不要跟太玄公主攀比。娘知道妳心裡不痛快，但她母妃是貴妃，本就高我們一頭，又因流落在外多年，皇上與太后有補償她的心思，還有白家這樣的世家撐腰，咱們是比不過的。」

她說完，嘆口氣，吩咐宮女。「在門外守著，若是公主餓了，立刻把飯菜熱好送進去。」

轉身欲回正殿，就聽應公公傳報，說李慕歌來了。

熙嬪有些吃驚，迎到鍾粹宮門口，見一個少女穿著五穀豐登的妝花短襖，款步走過來。之前的家宴上，兩人見過面，自然認得彼此，李慕歌先打招呼。「熙嬪娘娘好，今日太玄來鍾粹宮，是來向娘娘賠罪的。」

她說罷，環環便送上帶來的糕點。

熙嬪驚訝道：「公主快請進。大家都知道您不愛出門，肯來鍾粹宮坐坐，我求之不得，還說什麼賠罪？」

李慕歌隨熙嬪走進鍾粹宮，待上茶坐定後，說：「不瞞娘娘，昨日我同貞妹妹鬧脾氣，太后娘娘罰了我們。為了這事，我一直於心不安。」

熙嬪慚愧道：「事情的原委，我聽宮人說了，是貞兒欺負妹妹，錯全在她，是我該替貞兒賠罪。」

李慕歌透過花窗望向配殿。「貞兒妹妹還沒消氣？」

「沒有，是我罰她閉門思過。」

李慕歌勸道：「過兩天就是新年，熙嬪娘娘不要罰得太重，說兩句便行。過年時，要和樂融融才好。既然妹妹在思過，請娘娘把我的歉意帶到，我就不多打擾了。」

熙嬪送李慕歌出殿，應公公則把李慕歌送到鍾粹宮的宮門外。

李慕歌望著上了年紀的應公公，說：「我對東六宮不熟，有勞應公公多送我兩步吧。」

應公公飛快看她一眼，臉上浮起笑容。「是。能伺候公主，是奴才的榮幸。」因鍾粹宮靠近御花園，遂道：「昨晚落雪，今日賞梅正好，梅園的梅花開了，公主可願多走幾步？」

李慕歌點頭。「有勞公公帶路。」

李慕歌、應公公和環環走到御花園的梅園中，環環將皮坐墊鋪在亭裡，請李慕歌坐下。

李慕歌見四下無人，道：「公公是宮裡的老人了，我初回宮中，什麼也不懂，聽外祖父說，您與他有些舊交情，還請公公多多照拂了。」

應公公欣喜道：「太玄公主客氣了。雖然老奴今日才見到您，但早聽聞公主特別得皇上喜愛，何須奴才指手畫腳？」

「公公謙虛，有些小事父皇管不到，正是公公得力的地方。就如昨日，我迫不得已得罪了貞妹妹，很是擔心。在宮中樹敵，可不是件好事。」

應公公回答：「奴才明白公主的意思了。」

李慕歌望望四周晶瑩剔透的梅花。「公公在宮中盡力一輩子，心裡可有所思所願？我或許能幫上忙。」

應公公惶恐道：「不敢不敢，奴才尚未替公主效力，哪有臉開口，沒這規矩。」

李慕歌說：「我不懂宮裡的規矩，但我在宮外時知道，請人辦事要有回報，不會虧待公公的。若公公想到，便帶句話給我。」

外面太冷，李慕歌不想多坐，起了身。「您也不能出來太久，快回去吧。」

應公公走後，李慕歌問環環。「左貴妃可還在琉慶宮禁足？」

環環點頭。「您想去看看嗎？」

琉慶宮在東六宮，離御花園不算遠。

李慕歌搖頭，她才不想沒事找事。「我只是想起來問問，似乎很久沒聽到左貴妃的消息了，她這麼安分，反倒有些奇怪。」

一陣寒風吹來，李慕歌縮了縮肩膀，把手攏在袖子裡。「好像又要下雪了，咱們快回體元殿吧。」

兩人匆匆往回走，在御花園與北五所交接的地方，遇到一個意想不到的人。

「衛夫人！」李慕歌睜大眼睛，看著這個小半年不見，卻已面目全非的中年婦人。

衛夫人穿著皂色棉襖，頭髮簡單地梳在一起，面色蠟黃，全然不似以前那樣白嫩。

衛夫人見到她，有些慌張和侷促，但還是行了禮。「罪婦拜見公主。」隨即跪倒在地。

李慕歌讓環環扶她起來。「夫人在浣衣局……怎麼樣？」

問到一半，李慕歌不知道該怎麼說。問她還好嗎？明顯不好啊！

衛夫人倒是開了口。「罪婦是過來收髒衣裳的，還有很多活兒，先告退了。」

衛家落馬畢竟與李慕歌有直接關係，她不清楚衛夫人是不是視她為仇人，遂不多挽留。

待衛夫人邁著急促的步子走遠，李慕歌問環環。「妳看到剛剛跟衛夫人說話的人了嗎？」

環環搖頭。「還有其他人？」

李慕歌皺眉，她瞧見衛夫人時，衛夫人旁邊分明還有個飛快閃躲的人影，但隔得太遠，看不清楚。

「罷了，走吧。」

兩人從東六宮繞過御花園，再回到西六宮，這一路走了快一個時辰。

等李慕歌回到體元殿時，顧南野正抱著雙臂站在殿外，滿臉都是不耐煩。他一早就進宮了，但等了一上午，都沒等到李慕歌。

顧南野看到她，上前幾步。「去哪兒了？」問的卻是環環。

環環老實回答：「公主一早就去慈寧宮向太后娘娘請安，太后娘娘留公主用早膳，還賜了糕點。之後去鍾粹宮看望熙嬪和四公主，再到御花園賞梅，就回來了。」

李慕歌瞪環環，小聲地說：「幹麼跟他說得這麼清楚？」

顧南野聽了之後，道：「以後最好少去東六宮。」

李慕歌沒出聲，環環替她答應了。

李慕歌一直在怪顧南野替她張羅親事，所以沒有好臉色。但顧南野進宮來看她，她又非常高興，心裡彆扭得不得了。

最終，還是高興的念頭占了上風。

李慕歌開口道：「你找我有事？」

顧南野說：「今日我值班，巡防路過，來看看。」

「喔……」原來不是特地來看她的。

顧南野見到人，就打算走了。

「天寒地凍的，少在外面跑，回去吧。」

李慕歌嘟起嘴，目送顧南野離開。

待人走了，環環道：「公主好不容易見侯爺一次，為何什麼也不說呀？太后的事、四公主的事，侯爺想必很關心的。」

李慕歌緩步走回體元殿。「這有什麼好跟他說的，不是都解決了嗎？」

「那您可以請侯爺進來喝杯茶呀，這麼冷的天，路過咱們這裡，連杯熱茶都沒討到，侯爺也太可憐了。」

李慕歌橫她一眼。「沒什麼話說，請他進來喝茶，豈不是尷尬？」剛說完，就看到寢殿的桌子上多了一個正方形木匣。

她走過去打開，發現裡面盛放著一只花籃形的白瓷百彩手爐，表面繪著花鳥奇珍，十分精美。

李慕歌轉頭問外頭的宮女。「這個手爐是誰送來的？皇上賞的嗎？」

宮女進來答話。「方才西嶺侯拿進來的，沒說是誰賞的。」

李慕歌抿嘴笑了，倒是後悔沒請顧南野進來喝茶，便吩咐宮女。「取些炭來，我正好想燒手爐。」

環環見李慕歌開心了，大膽道：「侯爺處處牽掛您，您是不是該回個禮呀？這大冷天的，巡防可不好受，要是您做頂皮帽之類的東西送給侯爺，想必非常實用。」

李慕歌忍著笑。「他要什麼沒有？自個兒買去。」

「那不一樣，您也不缺這個手爐呀。」

李慕歌不好意思地說：「我不會女紅，妳別為難我了。」

環環道：「可是您之前還送白大人劍穗呢。」

李慕歌不說話了，說起劍穗，她就心碎，她還欠顧南野一個生日禮物呢。

思來想去，李慕歌決定織一條圍巾送顧南野，便帶環環去了針織局。

在針織局走了一圈，李慕歌發現，這個時期竟然還沒有毛線。

但所謂瞌睡遇到枕頭，翌日早晨，安美人找上門來，來答謝她對李慕錦的照拂。

安美人的謝禮是一件皮絨比甲，做工精緻、繡花精美。

李慕歌看著比甲，動了心。「安美人的女紅真是出色，不知道能不能教教我？」

安美人有些受寵若驚。

過來之前她打聽過，據聞李慕歌仗著雍帝寵愛，不喜歡搭理人。她原做好吃閉門羹的準備，沒料到李慕歌願意親近她。

「我想做個新年禮物送給父皇，但沒學過女紅，實在不會。妳能教教我嗎？」

安美人激動道：「若公主不嫌棄，我幫妳做吧。」

李慕歌搖頭。「禮物當然要自己做，妳肯教我就行。」

安美人連連點頭。「當然肯。不知公主想學什麼？」

再兩天就是大年三十，難的也來不及做，李慕歌想了想，說：「圍巾、帽子、手套，哪個容易學哪個。」

安美人一笑。「那自然是圍巾最簡單了。」

接著，環環按照安美人所說，找來上等皮草、綢緞和針線，安美人便手把手地開始教李慕歌。

「縫製很簡單，只要針腳整齊就行，做得好不好看，全看選料和配色。依妾身瞧，公主就很會配色，像這條湖藍綢緞配上明黃繫帶，就很亮眼。」

兩人在屋裡忙了一整天，待暮色降臨時，一條縫了裡子的貂子圍巾就做好了。

看到成品，李慕歌非常開心，再三感恩地送走安美人。

剛送走人，李慕歌又取出皮子繼續做。

環環問道：「不是做好了嗎，怎麼又做呀？當心眼睛。」

李慕歌道：「剛剛那條是做給父皇的，自然也要做給皇祖母。妳不是還要我送侯爺嗎？這還差兩條呢。」

環環笑嘻嘻。「給侯爺做禮物不容易，還要照顧到皇上和太后，之後定要讓侯爺知道您的辛苦！」

到了晚上，主僕倆點著油燈，繼續趕工。

李慕歌睏得打哈欠，但時間緊迫，也只能熬著。

恍惚間，她聽到外面有聲音，便問環環。「這麼晚，怎麼來人了？」

環環一下子警醒起來。「不會吧，宮門都落鎖了。我出去看看。」

環環揉揉眼睛，舉著油燈走出東配殿，剛探頭張望，一道光影閃過，她反應飛快，立刻蹲下。

哐！一把刀砍在門框上。

「有刺客！」環環大喊一聲，從腰間抽出隨身軟劍還擊。

刺客想必驚呆了，沒料到這個宮女會武功。

臘月二十八的子夜，皇宮裡熱鬧非凡，燈火一盞一盞地亮起來，十二衛也不斷進出各個宮殿，搜查刺客。

雍帝聞訊趕到長春宮時，向賢妃正在哭，李慕歌卻跟沒事人一樣，坐著喝熱水安神。

「皇上，可嚇死妾身了！」看到雍帝來了，向賢妃衝上前。

雍帝拂開她，問李慕歌。「歌兒沒事吧？」

李慕歌搖頭。「幸得賢妃娘娘庇佑，女兒沒事。」

當環環喊出有刺客時，李慕歌毫不猶豫地往離得最近的長春宮跑。

刺客被引到長春宮，又被環環還擊，見刺殺不成，匆匆跑了。

過了一炷香工夫，顧南野帶著侍衛過來，向雍帝回話。「刺客走投無路，自盡了。」

「死了？」向賢妃驚慌。「那也要查清楚他的身分，如此膽大妄為，實在令人髮指！」

「是。」顧南野看向李慕歌。「在查明刺客刺殺太玄殿下的原因之前，臣建議太玄殿下先搬往養心殿暫住。」

養心殿有侍衛把守，但東西六宮只有侍衛巡邏，更安全些。

李慕歌道：「之前皇祖母說了，我住養心殿不合規矩。不過這刺客來得突然，的確讓人害怕。」

雍帝斟酌。「顧侯，加強體元殿的守衛，此事交由你全權處置。」

「臣領命。」

一路忙亂至清晨，雍帝才回養心殿休息，長春宮的人也鎖緊宮門，各自歇下。

第二十七章

顧南野安排完布防和調查的事之後，來到體元殿。

李慕歌披著厚重的斗篷，在東殿等他。

「之前是我疏忽了，沒想到有人敢在皇宮裡派刺客明目張膽地動手，現在由馮虎帶人親自守衛，妳可以安心歇下了。」

李慕歌燒了一壺茶，請他坐下。

「忙了這麼久，侯爺休息一下吧。」

這麼多天，李慕歌終於有句軟話，顧南野覺得頗難得，便坐了下來。

李慕歌說：「方才我一個人想了半天，刺客究竟是誰派來的？」

「殿下想明白了嗎？」顧南野問。

李慕歌道：「左貴妃被禁足，有人看守，若與外面的人來往，很容易被查到，應該不是她。我住在體元殿，由向賢妃負責照看，我出了事，她也脫不了干係，所以也不是她。四公主雖與我不合，但她和熙嬪都是紙老虎，不敢找刺客。最有嫌疑的……是二皇子。」

顧南野沒急著說話，卻有些驚詫。

其實刺客的身分，他們早已查明，是親衛軍內部的人，雖跟二皇子沒有直接關係，但的確是前任指揮使段沛的心腹。
「妳跟二皇子說過話了？」
李慕歌搖頭。「沒有，但可能跟昨天的事有關。昨天我從御花園出來時，路過北五所，遇見衛夫人。她似乎在跟什麼人說話，不過瞧見我後，那人就跑了。我沒看清那人的長相，但確定是個男的，且個子不高。如今回想起來，應該是二皇子。」
能在北五所和後宮出入的男子並不多，大皇子二十有餘，個子比較高，三皇子、四皇子還是小孩子，都不符合她看到的樣子。
李慕歌說：「也不知他們說了什麼，大概是疑心被我聽到了……」這麼急著殺人滅口，可見事關重大。
顧南野用手指敲敲桌子，說了句讓李慕歌意想不到的話。
「這事怪我。前兩日，我命人把衛長風被打斷手腳的消息傳到浣衣局，看來衛夫人是著急了，等不了左貴妃解禁，直接去找二皇子。」
李慕歌嚇了一跳。「衛長風被人打了？」
顧南野點頭。「他當慣大少爺，成了養馬的奴才，還不知好歹。兵部有個小吏羞辱他，他便故意激怒坐騎，害小吏摔斷了腿，小吏便找人報復，把他手腳全打斷，扔在馬棚裡，無人救治。」
「衛夫人知道這個消息，必然十分著急，她會去找二皇子幫忙不奇怪，但二皇子為什麼會見她？」
一個皇子，一個罪婦，除非衛夫人手上拿捏著左貴妃或二皇子的把柄。
顧南野說：「好問題，這也是為什麼會有人刺殺妳的原因。」
「你快告訴我呀！」李慕歌的好奇心被勾起。
顧南野拍拍她的腦袋。「知道太多秘密不是好事，妳看今晚就是最好的證明。」
李慕歌不依。「我明明什麼也不知道，這太冤枉了。」
顧南野道：「不說了，再不睡覺，天都要大亮了。」
命馮虎好生守衛後，顧南野又收到消息，說浣衣局那邊也鬧了刺客，還好他提前布置人手，衛夫人沒死，被救下來。
於是，顧南野親自去了浣衣局，與衛夫人密談一會兒後，便讓人把衛夫人提到京軍牢中看守了。

自被刺客吵醒之後，雍帝就睡不著了，天亮後傳顧南野過去問話。
「昨夜可審出了什麼線索？」
這次的兩個刺客，在顧南野看來有些兒戲，行事匆促、破綻百出，像是倉皇之間派來的新手，與左家特地豢養的死士極為不同。
這樣的安排，的確如李慕歌推斷的一樣，左貴妃可能不知情，是李佑斐慌張之下，擅自去做的。

「刺客的身分已經查明，是親軍衛的列兵。至於行刺的緣由，可能跟二皇子有關……」

雍帝冷著面色。「繼續說。」

「閔氏已經招供，葉典誣告太玄殿下是左貴妃安排的，衛家替左貴妃頂罪後，左貴妃答應照顧衛家家眷。現在衛家長子重傷垂危，左貴妃自身難保，閔氏便去找二皇子，希望他能出手相救。二皇子不願意，衛夫人便以左貴妃的往事秘辛要脅他。」

「往事秘辛……」雍帝面色更加不好，伸手按著額頭，有些傷感地問道：「是朕想的那樣嗎？」

顧南野沒有立刻回答，雍帝立刻追問。「是什麼秘辛？」

顧南野說：「閔氏認為這個秘密是她和兒子的保命符，寧死不肯交代。」

即使衛氏不說，顧南野也知道背後隱情。前世左貴妃倒臺後，全被查得清清楚楚。之所以沒有馬上告訴雍帝，是因此事與白家有些牽扯，擔心影響李慕歌在宮裡的處境。

「給朕審，審到她說為止！」雍帝氣得拍桌。

「皇上息怒。」

早在李慕歌進京時，雍帝在白府聽了魏公公的供詞，便察覺一個問題。

當日魏公公說，昔日左貴妃發現自己懷孕，為了孩子，才拋下待產的文妃離開金陵。

可那時雍帝已離開金陵四個多月，左貴妃懷的是誰的孩子？

後來，雍帝偷偷命人翻了御醫院的醫案，醫案上記載的是，左貴妃回宮之後才懷孕，且的的確確懷胎九月，才生下李佑斐。

這紀錄與魏德賢所招供的完全對不上，他一時不知該信誰的。

難道，在懷二皇子之前，左貴妃還懷過其他野種？抑或，二皇子根本是她在宮外懷的孽種，醫案被做了手腳？

雍帝設想了很多種可能，但當年替左貴妃調養身體的御醫早已去世，現在除了醫案，宮內查無可查。

後來，他派顧南野去宮外調查，原本毫無進展，沒想到現在證人可能就在宮裡。

雍帝越想越是無法冷靜。「給朕查到底，朕要知道她如何不守婦道，朕要查明二皇子到底是不是朕的骨血！」

顧南野道：「皇上，二皇子出生時的醫案完整無誤，他的身分並無問題。」

「你叫朕如何信她？她在後宮一手遮天，醫案又如何能信？」

懷疑的種子一旦種下，便會瘋狂滋長……

因為刺客之故，這個春節，宮裡過得很緊張。

大年三十，雍帝和喻太后率領宮妃和皇子、公主在皇極殿祭祀先祖，期間因李佑斐不經意咳嗽一聲，被雍帝狠狠責罰，命他在皇極殿外罰站。

祭祀完，眾人到交泰殿吃年夜飯。

筵席上，雍帝比往日更寡言少語，全靠喻太后撐著場面。

李慕歌看雍帝心情這麼差，大概猜出幾分緣由，也跟著沈默，不敢多話。

但偏偏有個看不清形勢的向賢妃，因左貴妃被禁足、二皇子被罰，心情正雀躍著，怎樣都沒辦法安分下來。

她笑著和喻太后說話，將身邊的三皇子李佑翔送到喻太后面前。「翔兒有半年沒見到皇祖母，常跟妾身說十分想念您。」

喻太后看著李佑翔，淡淡笑著說：「翔兒長大了不少。功課學得怎麼樣？」

一提功課，李佑翔便皺了皺眉。他喜歡騎射，讀書一直不如兩個哥哥。

向賢妃趕緊替他說道：「過年前先生檢查功課，說翔兒比以前進步了呢。」

喻太后有些不滿意。「翔兒，你自己說。」

李佑翔緊張地回答：「今年父皇御駕親征，打退蚩穹敵軍，先生命我們想想該如何收整山河，恢復邊疆民生。孫兒和皇兄們寫文章交上去，都得了先生的讚許。」

喻太后道：「哦?你們都寫了？」轉頭去看李佑顯。「顯兒，你獻了什麼計策？」

向賢妃氣結，喻太后最關心的永遠是李佑顯，她想讓自己兒子多表現一下，喻太后都不給機會。

李佑顯起身說：「回皇祖母，孫兒的策論旨在降稅賦、促農耕，讓剛剛經歷戰亂的百姓們有工夫休養生息。」

喻太后十分滿意。「不錯，顯兒知道體恤百姓，也明白國之根本在於民，心地仁德，學得不錯。」

向賢妃見狀，趕緊插嘴。「翔兒，你寫了什麼，快跟皇祖母說說。」

喻太后卻打斷她。「好了，現在吃年夜飯，賢妃就不要考校孩子們的功課了，讓他們吃飯也不安心。」

她說完，又對雍帝道：「快到開宴時辰，喊斐兒回來吃飯吧。小孩子一時失禮，皇上不必太過計較。」

雍帝依然黑著臉。「什麼一時失禮？朕看他最近格外目中無人，讓他在列祖列宗前好好反省。」

這話一出，交泰殿中的人全噤聲了。

誰也沒想到，吃年飯的時候，雍帝連喻太后的面子也不肯給，李佑斐和左貴妃怕是真要大禍臨頭了。

場面冷下來，太后想到雍帝最疼李慕歌，便轉過話頭。「今年是歌兒第一次回宮過年，妳可要多吃一些，這樣來年才會豐衣足食。」

李慕歌順勢站起來。「謝皇祖母，孫女一定多吃。還有，孫女看今年冬天格外寒冷，給您和父皇做了一條圍巾。以前孫女沒有正經學過女紅，做工粗糙，還望皇祖母不要嫌棄。」

說完把兩條圍巾呈上去。

喻太后笑道：「妳有這個心思就夠了。」

雍帝的臉色也好看了些。「妳是公主，不會女紅也沒關係，以後難道還要妳親自動手做針線不成？」

李慕歌道：「給父皇和皇祖母的東西，女兒不希望借他人之手。以後我會好好學，一定能學好的。」

「好孩子。」

向賢妃接話道：「對了，妾身也備了新年賀禮呢。」

在場的人自然都是備了年禮的，接下來互相送禮，氣氛才融洽起來。

李慕歌收到不少禮物，除了喻太后和雍帝賞的，各妃嬪都替皇子和公主備了禮。

待筵席結束後，雍帝還要守夜，等喻太后先回去後，便帶著妃子、兒女到皇極殿。

皇極殿外，李佑斐幾乎被凍成冰棍，站在石板地上瑟瑟發抖，一旁服侍的太監拿著手爐和斗篷，卻不敢伺候他用。

見雍帝來了，李佑斐上前請罪。「父皇，孩兒知錯，不該在列祖列宗前失儀，請父皇原諒兒臣。」

雍帝哼了一聲，沒有理他，率眾人進去。

皇極殿的暖閣裡，宮人生了火盆，端來瓜果。
吃年夜飯時，李慕貞一直沒說話，此時見喻太后不在，終於大起膽子開口：「三姊姊，妳在民間時都怎麼過年？也有年夜飯吃、有新衣穿嗎？」
李慕歌看她一眼，這小姑娘真是不休不止地想找她麻煩，問這些無非是想讓她難堪。
李慕錦突然道：「貞姊姊這話是什麼意思？在父皇的治理下，雍朝百姓怎會沒飯吃、沒衣穿？」
李慕貞語塞，這才發現，她的小跟班已經完全站到李慕歌那邊去了。
「妳不要曲解我的意思！我沒去過民間，只是想請三姊姊跟我說一說。」
今天氣氛本就不好，李慕歌不想再因自己起爭執，於是回答：「民間的生活自然比宮裡差得遠了，但只要無戰亂，百姓穿衣吃飯還是無憂的。
「不過，收養我的那戶人家並非好人，所以我總吃不飽，總是盼著過年，才能到別人家拜年，吃頓飽飯。新衣自然是沒有的，但他們為了自家臉面，會用新布做一層罩衣，讓我穿兩天，等過完初一，又將布收回去，做別的衣裳。如果我把布弄髒，還會惹來打罵。」
「呀，原來妳以前過得這麼慘！想必咱們這席面上的山珍海味，妳還是第一次吃到吧！」李慕貞說道。
她以為自己讓李慕歌丟了臉，殊不知這些話聽在雍帝耳中，更是心疼李慕歌，便訓斥李慕貞。

「跟妳姊姊比，妳要更曉得知足！聽說妳最近總是不好好吃飯，丟了不少飯菜。以後再如此，就餓著不要吃了。」

李慕貞嚇一跳，趕緊低頭答應。

熙嬪打起圓場。「妾身那裡還有些適合小姑娘穿的貢綢，回頭讓人送到三公主那裡。」

李慕歌委婉拒絕。「謝謝熙嬪娘娘，不用了。吃不飽、穿不暖，都是以前的事了。」

雍帝也不快地說：「歌兒已經回宮，難道還缺衣服穿？」

眾人發現，今天雍帝心情格外不好，除了李慕歌，幾乎是誰說話就吼誰，大家漸漸不願開口，默默等著子時到來。

一會兒後，李慕歌藉出恭為由到殿外透氣，去找親自率兵守衛的顧南野。

「侯爺，新年快樂。」李慕歌把做給他的圍巾遞上去。

顧南野的眼神亮了幾分，但神色依然不顯，只是客氣道謝。「多謝殿下。」

李慕歌說：「我是臨時跟安美人學做的，平日你在家裡可以戴一戴，但還是不要戴出門，免得有損你的身分。」

顧南野聽了，低頭仔細看看，做工的確一般，跟葉桃花以前的手藝差多了。

他若有所思地問：「妳不會女紅？」

李慕歌以為他嫌棄了，伸手去拿圍巾。「你不要就還給我吧，我做了一晚上呢！」

顧南野把手抬高，李慕歌立時搆不著了。

「誰說不要的？」

李慕歌抿嘴笑了。「也謝謝你的手爐，很漂亮，也很好用。」

顧南野卻掃興地說：「入冬之後，妳的字寫得醜了許多，想來就是凍到手了。以後寫字前，先暖暖手。」

李慕歌的臉色落下來，沒想到又被他嘲諷了。

顧南野看著小姑娘，有點愁上心頭。

新年之後，雍帝必定要追查左貴妃之事，白家橫豎是逃不掉的，但他想把李慕歌從這件事裡摘出來。

該怎麼做，他還未想好。

「太玄。」顧南野輕輕喊了一聲。

李慕歌立刻仰頭看他。自她當了公主，顧南野一直敬稱她為殿下，極少喊她舊名了。

「若白家做錯事，連累到妳，妳會怎麼辦？」

李慕歌想了想，道：「人無法選擇出身，你父親做錯事，會連累你和夫人，我的親人也可能如此，但不能因為害怕受連累就不明是非，對吧？」

顧南野讚賞地點點頭。「放心，我會盡力護妳周全。」

李慕歌一方面感激他的保護，一方面也會過意來，問道：「白家又怎麼了？」

顧南野搖搖頭，並未多說。「長輩們的陳年舊事，沒什麼要緊。」這些事，他沒有刻意瞞她，只是覺得污耳朵，不聽也罷。

雖然他不說，但依據李佑斐和閔氏前前後後的動作，李慕歌大概猜到了，許是跟左貴妃的往事有關。

當年，左貴妃跟懿文貴妃是閨密，跟白家走得極近，想來是有把柄落到閔氏手中，如今被閔氏拿出來，要脅李佑斐了。

到了大年初一，宗親和百官進宮朝拜，喻太后和雍帝忙得不得了，顧南野也要加強守衛，更是忙碌。

李慕歌按照規矩，一早向喻太后及雍帝拜年，而後去東六宮、西六宮轉了一圈，與各位主位娘娘拜年。

路過左貴妃的琉慶宮時，宮門依然緊閉，什麼動靜也沒有。

新年伊始，至少大家看起來都很開心，沒人這麼不長眼，在這個時候使絆子。

唯獨北五所傳來消息，說昨夜李佑斐受凍，病得起不了床，還沒人敢去向雍帝稟報，免得又挨罵。

白家也有人進宮拜年，來的是大房夫人陶氏。

陶氏到體元殿向李慕歌請安，而後問她在宮裡可還安好，客氣話講到最後，才道：「二弟妹本想進宮問安，但父親擔心她去浣衣局看望衛夫人，會替公主惹麻煩，沒讓她進宮。」

閔氏一心想救衛夫人和幾個外甥，衛長風被打得快死的事，她肯定知道，現在不知有多氣惱、多著急。

雖然李慕歌認為閔氏重親情很值得讚賞，但衛家之事到了現在這個地步，不是閔氏，也不是白家能救得了的。

「衛閔氏犯了些錯處，如今被親軍衛扣押著，就算二舅母進宮，也看不到。大舅母回家勸勸二舅母，如今衛家姨母的事，已不是白家管得了的。」

陶氏聽了，大驚失色，壓低聲音問：「公主可知是犯了什麼事？」

李慕歌有意提醒白家，但想起昨夜顧南野告訴她的話，忍住沒說李佑斐的事，只道：「我也不清楚。」

之後，陶氏有些坐不住了，李慕歌便順勢送她出去。

第二十八章

陶氏回到家，鎮定神色立即變了，幾乎是跑著去找白以誠和白老夫人。

「衛閔氏又犯錯了，只怕衛家的事還沒結束。而且出宮時，有個宮女撞上來，塞了一張紙條給媳婦，媳婦看了之後，實在害怕。」

白以誠問道：「紙條上寫了什麼？」

陶氏把紙條呈上去，上面只寫了一個人名——白彥。

白氏夫婦對視一眼，沒有說話。

陶氏緊張地問：「小叔死了十幾年，怎麼還有人提到他？跟宮裡的人有什麼關係？」

白氏夫婦的臉色更蒼白了，什麼也沒說，但什麼都明白了。

他們將陶氏打發走，待屋裡只剩下彼此，白以誠才嘆氣。「這是要出大事啊……」

白夫人悔恨道：「看來當年彥兒和貴妃的事，衛閔氏是知道的。當初實在不該顧忌姻親，寧可錯殺也不要放過才是。」

白以誠憂心。「現在不是後悔的時候，若彥兒的事真的藏不住，咱們家就完了！」

白老夫人狠心道：「當然要藏住！只要衛閔氏一死，左貴妃絕不會自己開口說出那件事，髒水就潑不到咱們家頭上來。」

白以誠有些緊張。「您是說……」

白老夫人閉眼。「為了全家老小的命，你還不敢嗎？」

「不是不敢，是太難了。」白以誠道：「萬一留下破綻，咱們家可是萬劫不復。」

白老夫人嚴肅地說：「如今衛閔氏被京軍衛看守，咱們布置在宮裡的人不便動手。此事只有淵兒能辦，把他叫來吧。」

關鍵時刻，白以誠反倒有些猶豫。「他還年輕，經不起這麼大的事。」

白老夫人喝道：「以後白家要靠他撐起門楣，此事他得知道，也必須由他來辦！」

另一邊，白淵回跟同僚拜過年之後，打算去天音閣一趟。

雖然顧南野在宮中當值，但宋夕元想必是閒著的。

他剛走到天音閣門口，家裡的小廝就找來了，說有要事，請他速速回去。

家中最近的大事只有兩件，一件是跟李慕歌有關，一件是跟衛家有關，不論哪件，他都不敢掉以輕心，便匆匆趕回去。

到家後，見白以誠的主院由管家親自看著，院裡一個服侍的人都沒有，氣氛之嚴肅，不像是新年頭一天。

白淵回莫名有種非常不好的預感。

走進主屋，屋內煙氣繚繞，白以誠的煙袋燒得正濃。

白淵回向兩老問安，白以誠指指一旁的椅子。「坐下，仔細聽我們說。」

白淵回很不安，坐下後，說話聲音也不覺低下來。「祖父、祖母，出了什麼大事？」

白老夫人道：「你可還記得你的小叔叔？」

其實，白淵回不太記得，小叔叔白彥在他年幼時就死了，後來家裡也幾乎沒人提起他。

「孫兒只知道小叔叔是在保護懿文貴妃娘娘的時候，死於戰亂，其他就不太清楚了。」

白老夫人嘆氣。「你是家中長孫，家裡有些不能見光的往事，需要你知道，也需要你去解決。」

不能見光？

白淵回變了臉色，大氣都不敢喘一聲。

白老夫人低聲道：「當年你小叔叔書讀得好，非常有出息，十六歲就做了內秘書院的起居郎，皇上下江南時，也命他隨行。後來懿文貴妃懷了身孕，因你小叔叔是娘娘的胞弟，皇上特許他留在金陵陪產。」

這些白淵回都聽說過，後來起義軍進城，小叔叔為保護懿文貴妃，死於起義軍之手。

「當時留在金陵的，還有左嬪。左嬪在閨中時，就與懿文貴妃要好，和你小叔更是從小相識。那時皇上已先回京，山高皇帝遠，年輕男女忘乎所以，左嬪與你小叔竟糊裡糊塗走到一起。待左嬪發現自己有了身孕時，你小叔才慌張跑去找懿文貴妃，埋下後來的禍端。」

白淵回的手緊緊捏著膝蓋，儘量保持鎮定。

白老夫人說：「那個孩子是絕對不能生的，我和你祖父得知後，偷偷請信得過的太醫去金陵替左嬪打胎。太醫到時，戰亂正起，左嬪不肯拿掉孩子，只想跟你小叔趁亂私奔。你小叔擔心連累白家和懿文貴妃，哄著左嬪先出城，而後折回金陵去救懿文貴妃。

「最後，你小叔還是死在亂軍手中，左嬪恨他拋棄她，又怕懿文貴妃會把她的醜事告訴皇上，所以才痛下殺手，派人殺了懿文貴妃。」

白淵回大受衝擊，白家居然早就知道懿文貴妃是被左貴妃害死的，但為了瞞住私通之事，從未追究！

這事完全超乎他的想像，無論是小叔與左貴妃的糾葛，還是祖父母在這件事中的抉擇，都令他震驚。

「那……那二皇子是？」白淵回想到最壞的結果。

白以誠搖頭。「二皇子是左貴妃回宮後生的。你小叔的孩子，已在左嬪出城後，被你小叔伺機親手灌藥打掉了。」

白淵回鬆了口氣，還好李佑斐跟白家沒關係，不然這可是謀篡皇位、抄家滅族的大罪。

白以誠繼續道：「當年知曉左貴妃與你小叔有私情的人，差不多都死了，只餘衛閔氏。當初她與懿文貴妃、左嬪很親近，我們不確定她是否知情，又沾親帶故，所以沒有動手。

「近來宮裡傳出消息，衛閔氏被抓，又有人送字條給我們，提到你小叔白彥。淵兒，這是對白家幾百口性命的威脅，你可懂祖父的意思？」

白淵回握緊了拳頭。

琉慶宮中，左貴妃不施粉黛，一臉素淨地坐在臨窗的拔步床上。

院中積雪堆了很深，已經很多日沒人來打掃了。

宮中的人勢利得很，她被禁足多月，失去聖寵，縱然有貴妃頭銜，也無人來討好她。

飛翠提著已經涼掉的飯菜走進殿裡，高興地說：「娘娘，宮裡這兩日有宴會，咱們的伙食也好了許多，您快來吃些吧。」

左貴妃沒有動，只問道：「交代妳辦的事，辦了嗎？」

飛翠上前，小聲答道：「消息已經送出去了，但是……白家真的會幫咱們嗎？」

「會，那是他們欠我的。」

最近半年，左貴妃覺得有些力不從心，彷彿自己所有的計策，都晚了一步。

她原是打算年後解了禁足，便設計除掉衛家這些威脅，但沒想到連過年的十幾天都沒熬過去，衛閔氏那邊就出事了。

衛閔氏去威脅李佑斐，實在是自尋死路，但李佑斐不找人商量，學著她的做派，自行派刺客去滅口，也太過魯莽。

局面變成這樣，左貴妃覺得真是難辦。

過了一會兒，左貴妃鎮定下來，問飛翠。「二皇子的病好些了嗎？」

飛翠失望地說：「沒打聽到，二皇子不肯見奴婢。」

左貴妃有些難過，但自己的醜事被兒子知曉，被埋怨也是正常的，不能怪他。

「那讓妳帶的話，帶到了嗎？」她擔心衛閔氏被抓，兒子沈不住氣，慌亂之間，又做出什麼錯事。

飛翠道：「奴婢跟服侍他的心腹太監說了，娘娘自有安排，請二殿下安心養好身體。但他口氣很差，竟說正是因為娘娘，二皇子才陷入險境。敢如此詆毀娘娘，真是不想活了！」

左貴妃皺眉，兒子還是年紀太小，如此沈不住氣，居然讓身邊的人知道了。

現在唯有期望左、段兩家的人能做些什麼，不要由著兒子的意思胡來才好……

新年期間，京城又下了幾場大雪，道路濕滑，喻太后免了一眾晚輩問安的規矩，李慕歌便躲在體元殿中，看書寫字做女紅。

最近她心情特別舒暢，因為顧南野每日傍晚都會來她這裡查看一圈再出宮，她便提前準備好熱茶點心，總要留他坐一下。

雖不知顧南野為何又與她親近起來，但總歸是開心的，非常珍惜每天傍晚小敘的時刻。

初七這日，顧南野照例來了，李慕歌問道：「初十無涯書院就要開始講課，我打算這兩日跟皇祖母和父皇說出宮的事。」

顧南野卻出聲阻止。「且等幾日，上元節之後再說。」

「為什麼？」李慕歌問。

顧南野說：「過年時不宜大動干戈，刺客的事還沒發落。這兩日，各衙門已經開衙，要清算清算了。」

體元殿外有馮虎守著，門口則是環環，李慕歌便大膽追問。「皇上要對二皇子怎樣？」

顧南野搖頭。「二皇子還小，皇上不會對他怎樣，但是該發落段家了。」在體元殿和浣衣局抓的兩個刺客，都跟段家有關。

李慕歌想到顧南野除夕夜問她的話，說：「那白家呢？之前不是說他們可能有錯處？」

顧南野猶豫地放下茶杯。「我還在等，等他們的選擇。」

若白家人對衛閔氏下手，顧南野不會再顧及他們的死活；若白家人來找他、找李慕歌，甚至找雍帝，都還有救。

李慕歌聽出他的意思。「你不必因為我，對白家手下留情。」

顧南野搖頭。「妳若被白家牽連太深，後面倒有許多麻煩。」

能有什麼麻煩？不過是擔心她失了聖寵，被人欺負罷了。

李慕歌小聲道：「謝謝你處處為我著想。」

顧南野淡淡嗯了聲，李慕歌心底歡喜起來，他難得承認對她好，今日倒是稀奇了。

李慕歌心情愉悅，膽子也大起來。

「我聽說，太后把上元燈節的事交給賢妃娘娘安排，那天你也要到宮裡當值吧？我們一起看燈。」

顧南野起身。「那天事情恐怕很多。」

又被拒絕了……這人真是一個巴掌一顆棗，從來就不肯給她一個明確的答案。

李慕歌心中默嘆，只得尷尬地送走顧南野。

從體元殿出來，顧南野回親衛軍的監獄守夜。

白淵回在門外徘徊，見顧南野回來，反而躲到一旁，沒有上前。直到徐保如來給顧南野送飯時，才撞見他。

「你來找侯爺嗎？怎麼不進去？」徐保如問。

白淵回有些緊張地說：「我來問問刺客的事查得怎麼樣，擔心公主待在宮裡不安全。」

徐保如道：「這會兒侯爺有空，進去說吧。」

顧南野回來時就知道白淵回在外面，但沒有喊他，等他自己想清楚了做選擇。

白淵回看起來很累，抱歉地笑著開口：「叨擾侯爺用膳了。」

顧南野無所謂。「行軍打仗的人，吃飯不講究這些。有事就說吧。」

白淵回道：「聽說你抓了衛閔氏，她與我家沾親帶故，家裡有些擔心，讓我來打聽消息。她跟刺殺太玄公主的案子有關嗎？」

顧南野在吃飯，沒急著回答，只說道：「白家在宮中耳目眾多，要打聽一般消息，不用你到我這裡來問。你到底想問什麼，可想好了？」

白淵回心裡暗驚，顧南野的提示再明顯不過，他已經知道那件「不一般」的事了。

「侯爺……看在太玄的分上……」

顧南野打斷道：「就是看在太玄的分上，我才給你這個機會。你打算怎麼做？仔細想清楚了，再跟我說。」

「我……」白淵回很糾結，事關家族存亡，他不敢隨意對外面的人說。

但這幾日，他在家中冥思苦想，總覺得殺了衛閔氏，也無法完全解決白家的危機。這件事的癥結在左貴妃身上，她捏著這樣的把柄，白家永遠別想安生。

能對付左貴妃的人，他想來想去，也只有顧南野可以合作了。

「看來侯爺什麼都知道了。當年我小叔犯下彌天大錯，但他已經死了，此時再將此事翻出來，只會傷害無辜的人，白家幾百口人，還有太玄，都會受到牽連。可是若要瞞下當年的事，豈是容易？就算衛閔氏死了，左貴妃、二皇子仍會把這事當成把柄要脅白家，甚至脅迫白家助他們奪嫡。」

顧南野滿意地點點頭，白淵回還算是個明白人，知道這事的癥結不在衛閔氏。

「人死怨消，白彥已經死了，縱然皇上氣他，也不能問你們的罪。何況這件事太不體面，皇上本就不願公諸於世，只能咬牙忍下。你若主動替你叔叔負荊請罪，讓皇上吐了這口氣，並幫皇上解決掉丟人的事，說不定還妥當些。」

只要白家拿出效忠雍帝、認錯請罪的樣子，加上顧南野說情，便不至於太難解決。

大年初十，錦衣衛白淵回因怠忽職守，被雍帝罰了三十大板，並革去職務。

李慕歌得知後，知道這是雍帝開始算帳，有些不安，請環環去徐保如那裡打聽詳情。

徐保如沒有隱瞞，將白彥和左貴妃的往事仔細告訴環環，好讓李慕歌知道。

之前李慕歌猜到大概，但聽完其中因果，不禁有些感慨。

白彥一方面辜負左貴妃的感情，在私奔的緊要關頭反悔；一方面又逼左貴妃打掉他們的孩子，極為負心薄倖；最後發生戰亂時丟下左貴妃不管，選擇去救懿文貴妃，不怪左貴妃會恨上白家。

白彥死後，左貴妃為了自保和復仇，對懿文貴妃痛下殺手，也就不奇怪了。

白家對左貴妃有愧，又怕左貴妃拖著白家玉石俱焚，難怪這麼多年來，白以誠不曾想著替懿文貴妃報仇。

環環說道：「侯爺叮囑，說皇上最近在生白家的氣，可能有些冷落公主，請公主不必慌張。過了這段日子，侯爺會幫公主想法子的。」

李慕歌嘆氣。「其實我和白家受不受冷落，關侯爺什麼事？因為我的原因，連白家都成了侯爺的拖累，處處給他添麻煩，我覺得有些過意不去。」

環環安慰她。「侯爺視公主為自己人，處處為您考量，這是好事。」

自己人……到底是什麼定位的自己人？

李慕歌一直看不透顧南野的態度，所以沒辦法坦然接受他的關照。

小懲白家之後，緊接著，雍帝又下了一道聖旨。

左貴妃失德，奪貴妃位，貶為婕妤。

眾人驚訝極了，不明白這颳的是什麼風？

原以為左婕妤被禁足一段時日，就會被放出來，畢竟沒聽說她又犯錯，聖旨中也說得不清不楚。

琉慶宮中，左婕妤接下貶斥她的聖旨，尚能保持鎮定，問來傳旨的胡公公。「雷霆雨露均是君恩，妾身領旨就是。只是不知，受罰的是妾身，受賞的又是誰？」

胡公公道：「哎喲娘娘，最近皇上心情非常不好，一連幾天下的都是貶斥的聖旨，哪裡還有人受賞呀！」

左婕妤追問。「哦？除了妾身，還有人受罰？」

「可不是，連太玄公主的母家都受罰了。說來冤枉，白侍衛只是當值遲到了一會兒，就被革職，還挨了三十大板呢！」

左婕妤聽完，臉色倏地蒼白，倉皇坐倒在椅子中。

白家在這個時候受罰，極有可能是雍帝知道了當年的事和確切的人。

指望白家在這個時候出手除掉衛閔氏，已是不可能。

與此同時，得知母妃被貶斥的李佑斐徹底慌了，偷偷帶病出宮，跑去段府，找賦閒在家的段沛商量了。

第二十九章

段沛見李佑斐跑來，如丟了三魂七魄一般，請他進書房，悉心安慰。

「殿下不要慌張，後宮沈沈浮浮，本是常事。這個時候，您更要鎮定，只要您立得住，娘娘才會平安無事。」

李佑斐連連搖頭。「不一樣，這次不一樣！」

段沛不明白二皇子為何如此慌張。在他看來，左婕妤殺懿文貴妃、毒害太玄公主、殺證人滅口，又誣陷太玄公主不是親生，樁樁件件，雍帝雖無實證，但心裡肯定有了計較，只將她貶為婕妤，已是極大的隱忍和照顧。

「殿下，世上難免有些見不得光的事，若捂得住，便太平無事；若一朝被人揭開，則須承擔後果。當初娘娘為在後宮立足，選擇對懿文貴妃下手，就已料到可能會有今日。但後宮事後宮了，不會因為娘娘犯下的事，影響您的前程。」

李佑斐更是驚慌。「怎麼不會影響我？我連自己是不是皇子都不知道！」

段沛震驚，喝道：「殿下，不可胡言亂語！」

「你們到現在還想瞞著我，我什麼都知道了！那罪婦現在被顧侯抓起來，父皇肯定也知道，很快就要處置我了，我不能這麼等死！」

段沛伸手按住李佑斐的肩膀。「殿下，您冷靜下來，同我說清楚，到底怎麼回事？」

年前，李佑斐曾擅自調用段家在親軍衛中的人，去刺殺太玄公主和罪婦衛閔氏。

這兩人的性命，左婕妤早交代過，遲早要取，段沛雖覺得李佑斐下的令有些倉促，但聯絡不上被禁足的左婕妤，只能相信李佑斐，依令派人去刺殺。

孰料，那兩人身邊都有暗衛，刺客失手了。

如今回想起來，倒像是李佑斐落入別人的圈套。

「那罪婦找到我，說我不是龍嗣，而是母妃在金陵跟別人有私生下的孽種！」李佑斐驚恐地說。

段沛睜大眼睛，一拳捶在桌上，喝道：「胡說八道！」

左婕妤與白彥之事，段家的確不知道，連左家也不知情。

段、左兩家不只左婕妤一個女兒，若知道此事，必會將當時的左嬪當成廢子，再選其他女兒進宮。

段沛很快冷靜下來。「那個瘋婦為了活命，什麼話都敢說，她想替死去的衛人人報仇，也不是不可能。這麼荒謬的話，您怎麼能信？您是娘娘在京城懷胎生下的，自始至終由我們信得過的太醫照料，絕不會有錯！」

「可父皇不讓我進祠堂，還罰我站在雪地裡，朝廷開衙後，又免了我去學政務的功課，他肯定是信了！」

「好了，這件事老臣知道了，殿下安心回宮，那個瘋婦和謠言，交由老臣來處置。」

李佑斐還發著燒，如此強撐著跑出來，聽到有人會幫他，立刻鬆懈下來，哭著道：「舅公，我好怕……」

段沛拍拍他的肩膀。「殿下，想成為王者，就得經歷各種匪夷所思的磨難，以前有娘娘替您遮風擋雨，但總有一天需要您獨自面對。您放心，不管何時，段家和左家，都是您背後的支柱，我們會竭盡全族之力支持您。安心回宮，安心養病，然後如常地向皇上請安，一切都會好的。」

送走李佑斐後，段沛再也克制不住，一掌拍碎了廳裡的木桌。

自白淵回受罰，果真如顧南野提醒的那樣，李慕歌感受到雍帝對她的冷落。

原本雍帝隔三差五就會讓李慕歌去養心殿一起用膳，就算因忙碌無法賜膳，也會賞些點心和小玩意兒到體元殿。但這兩天，養心殿的人完全沒來過體元殿。

李慕歌並不著急，一方面顧南野說過會幫她想法子，另一方面，哪有因為小舅子做錯事，怪罪自己女兒的？只要不是懿文貴妃以前有大錯，就不會影響得太重。

不過，不著急並不代表什麼事都不做，她還是要如常地做一個「好女兒」。

李慕歌想了想，對環環說：「我們來做幾盞花燈吧，等上元節賞燈的時候獻給父皇，看看能不能討個彩頭。」

「好呀好呀，我這就去準備材料。」環環高興道。

想紮出好看的花燈，一是要會糊模子，二是要會畫燈面。模子做得精巧，就能製出兔兒、狗兒、花兒等各樣的花燈；燈面畫得好，就能畫八仙過海、五福臨門各種吉祥畫。

但李慕歌哪樣都不是特別會，只能仿著最簡單的蓮花燈做，只求能浮在水面上就行。

主僕倆試著紮了三只蓮花燈，待夜幕降臨後，李慕歌便帶環環去御花園的湖邊放燈了。

夜風凜冽，兩人披著斗篷，哆哆嗦嗦地走去，負責體元殿守衛的馮虎也跟在後面。

幾個人在水邊搗鼓一陣，三只蓮花燈都沒能浮起來。

「風太大了，這燈不穩，一吹就翻了。」李慕歌有些沮喪。

馮虎也出主意。「您用的竹篾太粗了，這麼重浮不起來，我幫您削薄一點吧。」

環環說：「這紙也不行，沾一點水便全濕了。」

要改進的可不是一點半點，是李慕歌想得太簡單。

「我還以為很容易呢，沒想到自己動手這麼難。罷了，咱們先回去，晚上的風太冷了。」

幾人剛從御花園走出來，就在前面的廣場上遇到大皇子李佑顯及一隊侍從。

「三皇妹？」李佑顯有些驚訝，上前問道：「這麼晚了，妳怎麼還在外面？」

李慕歌行禮。「做了幾個蓮花燈，出來試一試。」

李佑顯點頭。「原來妹妹還會自己做燈，這次上元燈節，我已命內務府準備了兩百多盞花燈，到時候三皇妹看中哪個，就拿哪個。」

喻太后讓向賢妃主持上元燈節，向賢妃便派了很多差事給李佑顯辦。

「辛苦皇兄。」李慕歌看看李佑顯身後放著的材料，似乎是做孔明燈的，遂問：「皇兄準備在上元燈節放孔明燈？」

李佑顯笑著說：「是，孔明燈祈福最靈驗。」

李慕歌有些擔憂地提醒他。「還是要小心些，以免燈落在宮殿上頭，引起火災。」

李佑顯面色一僵。「冬天到處都是積雪，應該不至於。」

李慕歌只是隨口一說，沒打算阻止他，便準備告辭。

孰料，李佑顯忽然對她說：「三皇妹，這幾天我旁聽政務時，聽說要撤換大理寺卿和刑部尚書。之前皇妹在葉典案中受了委屈，父皇都記得，他還是疼愛妳的。」

李慕歌不明白李佑顯跟她說這個是什麼意圖，單純安慰她嗎？

「謝謝皇兄，我知道父皇一直很疼愛我。」

兩行人分別後，李慕歌回到體元殿，用熱水泡腳時，還在想這件事，便問環環。

「最近有聽說大理寺和刑部犯什麼事嗎？」

環環搖頭。「什麼也沒聽說呢。」

之前大理寺少卿瀆職，雍帝沒連帶責怪大理寺辦事不力，如今突然要問罪，顯然是被李佑斐的事刺激到，瘋狂剪去他的羽翼。

雍帝為難李佑斐，在後宮和朝堂做這麼大的動作，有些太急迫，只怕會逼得狗急跳牆。

不過，李佑顯跟她說這些，又是什麼意思？

李慕歌百思不得其解。

到了上元燈節，老天作美，天氣放晴，皇宮裡裡外外都被彩燈點亮了。

這次受邀來參加上元節晚宴的宗親多，交泰殿比吃年夜飯時更熱鬧。

李慕歌到時，殿裡已熙熙攘攘站了不少人。

李慕歌見喻太后來了，便過去向她請安。

「給皇祖母請安，孫女來晚了。」

喻太后正和幾個宗室王妃及郡主說話，聽她請安，便道：「今日過節，不必在我跟前拘束著，跟幾個妹妹去玩吧。」

「是，謝皇祖母。」

不遠處，李慕妍和李慕錦坐在一起說話，見李慕歌來了，十分客氣地起身打招呼，李慕錦更是主動地說：「既然三姊姊來了，那咱們一塊兒去選花燈吧。」

交泰殿外的廊下放著幾座燈架，上面掛著各色各樣的宮燈。

李慕歌笑著跟她們往外走，剛出殿門，便感覺遠處有不善的眼神盯著她，抬頭一看，是李慕貞。

李慕貞站在左邊燈架前挑選，李慕錦遂拉著李慕歌和李慕妍去右邊燈架，一副老死不相往來的模樣。

李慕錦挑了牡丹花燈，李慕妍選仙鶴燈，李慕歌左右看看，取下一只鑲著琉璃片的八角宮燈。

她剛拿起，就被人撞了肩膀，有隻手從她手中搶過宮燈。

「這只燈我早就看中了。我剛離開一會兒，妳怎麼就搶了？」李慕貞惡人先告狀。

李慕歌站定，打量她一下。「妳要，就給妳吧。」轉身拿了旁邊的兔子燈，招呼兩個妹妹走了。

待走遠，李慕錦憤憤地說：「三姊姊，妳也太好說話了，貞姊姊就喜歡欺負人！」

李慕歌笑著道：「那只宮燈的琉璃片碎了，我是準備叫人拿去修，既然她不嫌棄，那就留著吧。」

另一邊，李慕貞看著三人匆匆離開的背影，有些得意。白家被削職，李慕歌果然就猖狂不起來了。

她命宮人點燃琉璃燈，但燭火點了又熄，亮不起來。

宮女青禾說：「公主，這只琉璃燈裂了，透風，點不著呀。」

李慕貞低頭一看，果然有一面的琉璃片被磕裂了。

她嘩的一聲把宮燈摔在地上，氣憤道：「李慕歌，妳耍我！」

青禾急忙拽她袖子。「公主，您小聲點。時辰差不多，我們先回交泰殿吧。」

李慕貞不服氣地進殿，想找李慕歌理論，但雍帝和賓客們都入席了，只得暫時作罷。

如今左婕妤已被貶，李佑斐抱恙未來參加筵席，上元節筵席由向賢妃負責，全場只聽到她左右逢源的說話聲。

李慕歌在席間坐著，有些無聊，左右張望，卻沒有看到顧南野，不禁覺得有些奇怪。

筵席進行到一半時，大皇子李佑顯出列，敬酒道：「皇祖母，父皇，賢妃娘娘為了慶祝上元佳節，特地令內務府做了五百只孔明燈，替雍朝祈福。現吉時已到，請皇祖母和父皇移步觀燈。」

雍帝點頭，起身扶起喻太后，宗親們跟在身後，陸陸續續走到交泰殿外。

殿外廣場上，幾百名宮人手上拿著火把，逐一將身邊的孔明燈點燃放飛，一時間，滿空星星點點，十分好看。

喻太后非常開心，乘機誇讚道：「顯兒用心了，這次上元燈宴辦得很好，可見顯兒長大，能獨當一面了。」

李佑顯笑著說：「這都是賢妃娘娘的主意和心血，兒臣不過是出些力氣罷了。」

向賢妃道：「放孔明燈是翔兒的主意，這孩子心思靈活著呢。」

李慕歌受不了這群人互相吹捧，拉拉身上的斗篷，先帶人退席了。

李慕貞一直盯著李慕歌，見她提早退席，便也帶著宮女青禾跟上去。

走出殿外，青禾知道李慕貞一直想找李慕歌的麻煩，但眼下宮裡都是客人，鬧出什麼事不好圓場，便去勸李慕貞。

「公主，今天過來之前，熙嬪娘娘千叮嚀萬囑咐，最近皇上心情不好，咱們千萬不可在這個節骨眼惹事呀。」

李慕貞說：「就是要趁著父皇不喜歡李慕歌，現在才是時機。」

見勢頭不好，青禾豁出命了，勸道：「可是、可是咱們不比往日，出了什麼事，太后娘娘不會護著咱們。」

這句話刺到李慕貞，猛地轉身，一巴掌打在青禾臉上。「妳這話是什麼意思？連妳也看不起我了？」

「不是。」青禾哭訴。「奴婢都是為了公主好，縱然咱們有氣，稍忍幾日，待宮裡形勢明朗些，再與三公主計較。」

李慕貞氣得不得了，但這一會兒工夫，已瞧不見李慕歌去哪裡，只得作罷。

「真掃興。算了，回去吧！」

鍾粹宮位於東六宮，李慕貞回去時，會路過琉慶宮。

看著黑漆漆的琉慶宮，和緊鎖的大門，李慕貞譏笑道：「這哪裡是被貶，分明是被軟禁了。大過節的，連燈都不點一盞，一個人影都沒有。」

青禾說：「咱們別管琉慶宮的閒事了，這附近太冷清，快走吧。」

另一邊，李慕歌從交泰殿出來，走回體元殿，一路上都是忙碌的宮人。

有的宮人忙著在各殿前防火的蓄水缸下燒火，把凍成冰的水缸燒融，以備不時之需。還有些宮人在路口推著水龍車，嚴陣以待。

看到這些，李慕歌欣賞地說：「大皇子辦事的確不錯，上次我提醒他孔明燈容易引發火災，他就做了這麼齊全的準備。」

環環看看那些忙碌的人，道：「那些好像是親軍衛的人，不是內務府的人。」

「咦？」李慕歌駐足，向一隊水龍車走去，近看發現，那些人的確是士兵，不是太監。是顧南野的人。

李慕歌點頭。「難怪之前邀他看燈，他說很忙沒工夫。」

正說著，突然鑼鼓喧天，東六宮傳來火光，有宮殿失火了！

水龍車一得到消息，立刻往東六宮駛去。

李慕歌趕緊靠牆站著，給他們讓路。

「真是擔心什麼來什麼，怎麼真的著火了？」她吩咐馮虎。「去看看是哪處宮殿著火了，要不要緊？」

環環見宮裡亂起來，道：「公主，咱們快回去吧。」

李慕歌點頭，回了體元殿。

過了許久，外面的喧囂都停了，馮虎才回來。

「是琉慶宮失火，孔明燈落到琉慶宮裡，引燃殿宇。左婕妤被燒死了。」

李慕歌驚訝地站起來。「死了？」

馮虎點頭。「左婕妤被貶，關在寢宮裡，起火時，看守的太監溜去看燈，來打火的人找不到鑰匙。等撲滅火勢時，左婕妤已經沒救了。」

李慕歌的心跳得很快，這事太突然，讓她覺得不太可信。是巧合，還是天命？

馮虎又說：「還有四公主……」

李慕歌睜大眼睛。「李慕貞也被燒死了？」

「不是。打火的人在琉慶宮外遇到昏迷的四公主和她的宮女，兩人好像是因天黑路滑摔倒了。」

哪有這麼巧的事？

李慕歌隱隱覺得，許是李慕貞撞見什麼了。

她的心臟狂跳不止，反覆想著孔明燈、水龍車、李慕貞和左婕妤。

左婕妤……真的死了嗎？

「可有見到侯爺？」李慕歌問馮虎。

馮虎點頭。「侯爺還在東六宮忙著善後。」

李慕歌想起，顧南野說今天會很忙，難道他早就知道會發生這件事？

北五所中，臥病在床的二皇子李佑斐得知左婕妤被燒死的消息時，哀嚎一聲，跌倒在床邊，半天站不起來。

「不要……不要殺我……」他嘴裡胡言亂語著，抓著太監的手說：「快去找我外公、找我舅公，讓他們救我……」

第三十章

之後幾天，因失火之事，宮裡一大批人受了責罰。

向賢妃因孔明燈的主意受了重罰，被貶為貴嬪；琉慶宮所有宮人被處死；李佑斐因悲傷過度，得了失魂症，即將被送往天津行宮休養。

李慕歌一連多天沒見到顧南野，聽馮虎說，顧南野要親自送二皇子去天津，正在忙著。

段家的書房裡，一片烏雲密布。段沛與左家家主左閣老，及幾個重要的主事老爺都在。

左閣老痛心疾首道：「自從那個孽種回宮，左家便一刻也沒有安生過。這次娘娘蒙難，必定是那個小孽障跟向貴嬪聯手幹的，我一定要讓她們付出代價！」

段沛冷著面色。「娘娘蒙難，二皇子將被軟禁，短短一個月，後宮發生如此天翻地覆的變化，絕不可能是向貴嬪或太玄公主辦得到的。向貴嬪與娘娘鬥了十幾年，你我難道還不清楚她的斤兩？給她一百個膽，也不敢在宮裡縱火。至於太玄公主，畢竟只是個小姑娘，在宮裡什麼根基都沒有，縱然想替她母妃報仇，也沒這麼狠的手段。」

左閣老不快道：「不是她們，還會是誰？段大人，莫非你看到娘娘出事，就想倒戈？」

段沛氣得一拳捶在桌上。「左閣老，自我妹妹嫁給你，段左兩家快半百年的交情，你如此說，也太寒人心了！這次分明是皇上動了殺心，你怎麼還不肯相信？」

左閣老額頭上的青筋漸漸冒出來。若真是雍帝的意思，他們的好日子也要到頭了。

段沛繼續道：「以前發生再大的事，皇上顧及二皇子的顏面，總是替娘娘留餘地。可這一次，皇上不僅要了娘娘的性命，還要送走、軟禁二皇子，可見真如二皇子所說，是娘娘犯了大忌！」

左閣老咬牙。「那件事……絕不可能！娘娘絕不會做出那麼荒謬的事！」

關於左婕妤與人有私情的事，段沛收到消息後，早已與左家秘密商議。

不過，左閣老不相信自家女兒做了醜事，認為是衛閔氏狗急跳牆的誣告，可段沛顯然更理智一些。

「娘娘死前最後一次往宮外送信，是送去白家的，這說明什麼？不管你我信不信，皇上顯然都信了娘娘失德。之前不管是懿文貴妃的死，還是毒害太玄公主，皇上都睜一隻眼、閉一隻眼，唯有這種事，傷到皇上顏面，還可能混淆皇家血脈，皇上絕不會忍！不僅容不下娘娘，現在也容不下二皇子，又如何容得下你我兩家？我們百年的籌謀，都要完了！」

不只段、左兩家的根基會垮，至少三代之內，都無入廟堂、進後宮的可能，他們會成為京城和滿朝世家的笑柄。

左閣老憤恨道：「左家數代人為雍朝鞠躬盡瘁，之前為了二皇子的前程著想，皇上要處置我兒，我也咬牙忍了。難道現在絲毫情面都不講，要將我們趕盡殺絕？」

段沛笑出聲。「你跟皇上講情面？皇上蟄伏這麼多年，把你我都麻痺了。你不要忘了，當初他逼死帝師時，是何等狠絕，又怎會與你我講情面？近半年來，他斬殺致恒、奪我兵權、燒死娘娘、囚禁皇子，聽聞你我安排在大理寺、刑部各處的官員，也將被他一一除掉。再不反擊，就只有死路一條了。」

「你……你是說……」左閣老有些發抖。

段沛拍案。「後宮私通、混淆皇家血脈是抄家滅族之罪，謀逆也是抄家滅族之罪，但後者還有一線生機。這是他逼我們反的！」

左閣老沈寂良久，兩家的主事老爺們也都屏息，不敢作聲。他們過慣了榮華富貴的日子，萬萬沒想到竟然要走上謀逆這條路。

段沛起身逼近左閣老，低聲說：「段家就此收手，尚有生機，左家卻只能拚死一搏。你還在猶豫什麼？」

冬天裡，左閣老頭上的汗涔涔冒著，好一會兒後，終於開口。

「顧侯率領親軍衛送二皇子去天津衛時，是我們最後的動手時機！」

顧南野在離開京城的前一天，抽空去了體元殿。

李慕歌有小半個月沒見到他，有許多話想問，但看到他略顯疲憊的臉色，又什麼都問不出口了。

顧南野在她的寢殿坐下，看著桌案上散放的書本、堆在床頭的線簍、茶桌上吃到一半的點心，雖然稍顯凌亂，卻讓他感覺放鬆，連說話聲都不禁放輕了。

「這段日子沒工夫管妳，妳這邊沒什麼事吧？」

李慕歌搖頭。「最近宮裡氣氛不好，大家閉門不出，我也很少出去。」

顧南野點點頭。「我要去天津幾日，已經跟白淵回說了，明天他會來接妳出宮。」

李慕歌隱隱覺得奇怪。「左婕妤已死，我留在宮中還是不安全嗎？」

顧南野沒回答她，只問：「怎麼，不想去讀書了？」

「也不是……」

顧南野道：「妳已晚去了半個月，明天小心先生罰妳。今日趕緊看看書吧。」

他越不明說，李慕歌越覺得有事要發生，憂心叮囑。「那，你去天津要注意安全。」

顧南野難得主動地問：「擔心我？」

李慕歌不知該不該如實說出自己的心意，思前想後，又怕太熱情反而引起顧南野的冷淡，便傲嬌起來。

「我才不是擔心你，你又凶又厲害，滿京城都找不到比你更危險的人了。我是替二皇弟擔心，他本就病著，你送他去養病，別把他嚇得病重才好。」

顧南野笑著說：「也就妳掛念著我。我的劍許久不見血，怕是有人不記得我顧南野是什麼人了。」

李慕歌見他如此自信，稍稍安心了些。

兩輩子都在沙場上廝殺的人，怎麼會怕京城的小風小浪？

翌日一早，白淵回果然來接李慕歌出宮，同行的還有范涉水。

「范統領，好久不見。」自進京中毒昏迷後，李慕歌就沒見過范涉水了。

范涉水行禮。「看到殿下身體恢復如初，屬下總算放心了。」

馮虎陪李慕歌一起出宮，在旁邊道：「之前范統領沒保護好您，讓您中毒，被侯爺冷落了一段時日，還是夫人替他說好話，侯爺才把他調回京城。」

李慕歌慚愧道：「是我連累了范統領。」

范涉水也不好意思地說：「哪裡的話，是屬下失職，以後必定更加用心保護殿下。」

白淵回站在一旁，一直沒說話，臉色蒼白，身形也有些佝僂，完全不似之前的挺拔。

李慕歌關心道：「表哥，上次你挨了板子，傷好些了嗎？」

白淵回搖頭。「沒事，皮外傷。」

李慕歌聽見他的聲音，嚇了一跳，居然嘶啞至極。

「你是不是還病著？既然身體不舒服，就不必親自來接我了。」

「沒事，我撐得住。」

李慕歌不再多說，請白淵回一起坐上馬車，趕緊去白家。

車上，李慕歌偷偷打量白淵回，他現在看起來很不好，很讓人擔心。

按理說，離他挨打的日子已經過了快一個月，且他正是如龍似虎的年紀，又是習武之人，不該沒有半點好轉。

「你真的沒事嗎？除了皇上罰的板子，是不是還有其他不舒服？」

白淵回搖頭，咳嗽起來。

李慕歌嘆口氣，要環環倒了杯熱茶給他，讓他先小歇了。

闊別一個多月再回白府，府中光景竟然有了說不清、道不明的改變。

長房因白淵回被革職，氣氛實在說不上好，陶氏迎接李慕歌時，一直在強顏歡笑。二房的閔氏也病著，白靈秀在床前伺疾，只有白靈嘉來接李慕歌。

大家興致都不高，李慕歌便吩咐早些散了，帶白靈嘉回白玉堂說話。

「表哥被革職，對府裡打擊這麼大嗎？」

白家入仕的人不多，男丁多是出名的學者，女子則嫁入宗親豪門，以維繫各方關係。

白家以文壇清流形象立足京城，即便白淵回丟了錦衣衛之位，也不會撼動白家根基，現在怎麼搞得滿府蕭條？

白靈嘉苦著小臉。「大哥真的可憐，他被皇上責罰也罷了，還被祖父關在祠堂裡抽了一頓，不僅沒請大夫治他的傷，還餓了三天，最後是大伯母哭著求著，把大哥帶出來的。出來時，大哥都燒糊塗了，養了這麼多天，昨日才能下床呢。」

白以誠對親孫子都這麼狠?!

看來是白淵回沒按照他們的意思辦事，徹底惹惱了家中長輩。

「那二舅母呢？身體要緊嗎？」

白靈嘉說：「衛姨母和長風表哥死了，母親很傷心，好多天吃不下飯了。」

左婕妤死後，衛閔氏被處決，衛長風重傷不治，死在馬場的馬棚中。

李慕歌道：「衛家受左婕妤連累，已經救不了了。妳勸勸二舅母，不要太自責。」

白靈嘉又問：「真的救不了了嗎?曉夢表姊還在教坊司，母親想救她。」

衛閔氏知道左婕妤和白彥私通的事，為了掩蓋，雍帝必然不會輕易放過她的嫡系子女。

李慕歌搖搖頭，白靈嘉失望地嘆了口氣。

翌日，李慕歌回無涯書院上課，簡先生看到她，嘆道：「已開學半月有餘，公主總算記得回來上課了。這般怠慢，稚子都學得比您快了。」

李慕歌賠笑。「先生莫怪，實在是有些私事耽擱了。不過我已將《弟子規》背得滾瓜爛熟，不僅會背，還會解。先生可出些題考我，學生也好對先生有個交代。」

見她如此自信，簡先生便問：「好，那妳說說『親有過，諫使更。怡吾色，柔吾聲。諫不入，悅復諫。號泣隨，撻無怨』這幾句如何解？」

這是說父母或親人有過失時，身為子女要勸父母不可以這樣做，但勸戒的時候，要和顏悅色使他們改正。如果一次勸不好，便多次委婉勸諫，哪怕最後父母惱羞成怒，不願聽勸，甚至因此挨打，也不該有所怨恨。

李慕歌說出解釋，簡先生點頭。「公主說得不錯，既然懂了這個道理，不僅自己要照著做，還可以教化身邊的人。」

李慕歌眼珠轉了轉，道：「先生似乎意有所指呀。」

簡先生哈哈笑了。「公主聰慧，我只是聽聞大少爺被打，想來心裡很不好受。公主若能幫忙開導一二，想必他會聽妳的。」

李慕歌點頭。「先生有心了，我會儘量開解表哥的。」

中午時，李慕歌問白靈嘉。「簡先生與淵回表哥的交情是不是很好？」

白靈嘉道：「簡先生能來無涯書院當先生，與大哥大有關係。以前他們交情很好，但自從大哥做了錦衣衛，兩人來往就少了。」

「為什麼？發生什麼事了嗎？」李慕歌追問。

白靈嘉搖頭。「不知道，好像是志向不同。簡先生不喜歡錦衣衛。」

李慕歌想了想，人各有志，便沒有再問了。

晚上下課回家，李慕歌見到了多日不見的白靈秀。

「聽說二舅母病了，妳一直在床邊侍疾，二舅母好些了嗎？」

白靈秀神情不振地搖頭。

李慕歌道：「二舅母多半是因衛家的事，積鬱成疾，我怕惹她傷心，暫且不去探望。這次變故，金陵衛家也受到牽連，其他幾房入仕或做生意的，陸續被查辦，大勢如此，妳多開導二舅母吧。」

白靈秀低聲說：「我們也聽說了，這次朝廷不給衛家一點活路，大概是衛家還幫左家做了其他見不得人的事。母親見這般光景，知道自己救不了姨母的孩子，漸漸也不多想了。只是，最近還有一事……」

「怎麼？」李慕歌回到白玉堂，見到白靈秀主動等著她，就猜到可能有事。

「太后娘娘要辦花朝宴的事，公主知道嗎？」

二月十二日是花朝節，雍朝有祭花神、賞紅的習俗。

李慕歌的確聽說過，但覺得這事與她關係不大，便沒有細問。

「聽說了一些。妳想參加嗎？」往年能參加花朝宴的，都是名門世家的閨閣姑娘，如果白靈秀想去也不奇怪。

白靈秀搖頭。

「花朝宴的請帖，這兩日已經從宮裡送出來，但咱們家一張帖子都沒有收到。今日下午，祖母叫了伯母和我母親過去問話，說要想辦法讓大姊和我進宮赴宴。祖母的意思，會請妳帶著我們倆。我不想去，能不能請公主幫幫忙？」

論白家在京城士林中的地位，白家姑娘不會缺席這種聚會，這次沒收到請帖，還真是有點奇怪。

不過，李慕歌更好奇的是另一件事。

「為什麼妳不想參加花朝宴？是不想應酬嗎？」

白靈秀湊近她，小聲地說：「母親說，這次花朝宴，其實是太后娘娘為大皇子舉辦的選妃宴。」

李慕歌驚訝極了。「那外祖母是想讓妳或白靈婷去選妃？」

白靈秀點頭，神情非常不開心，明顯看得出來，她不願嫁給李佑顯。

其實，從白家的私心來看，二皇子和左家大勢已去，大皇子有太后支持，且是唯一成年的皇子，的確是非常好的選擇。

不過，雍帝已然因白彥的事惱了白家，怎麼可能再選白家的姑娘當王妃？

白老夫人是明知山有虎，偏向虎山行呀。

「我也不愛湊這種熱鬧，落下的課太多了，早上才被簡先生說。花朝節那日，我可不能再請假去玩了。」

得了這句話，白靈秀總算笑了。

「謝謝公主。」

果真如白靈秀所說，晚膳過後，白老夫人請李慕歌過去說話，提了花朝宴的事。

白老夫人體態清瘦，保養得當，據說年輕時也是名動京城的才女，書法極佳。

但李慕歌絲毫沒看出她的才氣，只覺得她滿腹算計。

「……自妳回京，這是太后娘娘第一次辦宴會，怎能缺席？可不能如此不顧太后娘娘的情面。到時候妳帶上靈婷、靈秀，有她們伴妳左右，遇上什麼人、什麼事，都有個照應。」

白老夫人和顏悅色地說著。

李慕歌聽了，想跟白老夫人把話說清楚些，免得總把她當小孩子哄。

「我不赴宴，不是不顧皇祖母的情面，而是為了體諒父皇的心情。自父皇知道了小舅舅的事，就不願見到白家的人和物。此時咱們不躲著，怎麼還好意思往前湊？這不是惹父皇不高興嗎？」

白老夫人變了臉色，緊張道：「妳如何知曉此事？淵回跟妳說的？」

李慕歌道：「表哥性子嚴謹，怎敢跟我說那些事？左婕妤因此事被貶，我能知道內情，並不奇怪。雖然父皇不願在明面上處罰白家，但咱們也不能當作不知道，沒一點愧疚吧？

「如今大皇兄選妃，父皇和皇祖母沒下帖子給白家，便表現了他們的心思，您強送兩位表姊進宮，有什麼用呢？就算討得大皇兄歡心，他絕不會忤逆他們的意思，您說是不是？」

白老夫人面色灰沈，知道強行送孫女去參加宴會不妥，但李佑顯如今聲勢這麼好，她不想放棄機會。

她原先以為，白家沒在喻太后的宴請名單內，跟白彥之事無直接關係，畢竟雍帝跟喻太后並非親母子。這種皇家醜事，哪會有那麼多人知道？

但此時看來，知道的人比她以為的多了，若不壓下此事，以後白家姑娘的婚嫁，都會受到影響。

原本白老夫人想了一籮筐的話，要勸李慕歌帶姊姊們赴宴，現在說不出來，只好作罷。

一會兒後，李慕歌回到白玉堂，想起一事，問環環。「妳去打聽打聽，看謝知音是不是回京了？」

前世，謝知音是李佑顯的側妃，若此世不變，她應該會進京參加花朝宴。

謝太守做過京官，京城亦有謝家府邸，隔天環環便打聽到了，帶著謝知音的帖子回來。

「謝姑娘想來拜訪公主，還邀了金陵舊友。」

原來不僅謝知音回京，林有典兄妹也進京了。

李慕歌對謝知音、林有儀的印象都不錯，便答應下來，下午頂著簡先生不悅的臉色，請了半天假，回白玉堂待客。

第三十一章

白玉堂座落在白家三進後院中的東翼，堂外有一池靜水，北面的抱廈從書房中伸出水面，正對著池水，池中養著紅鯉，池邊還有開得正好的水仙，景觀十分不錯。

暮冬初春時節，天氣並不是很冷，李慕歌安排道：「天氣回暖，今日無風，客席就擺在抱廈中吧。」

謝知音、林有儀都是喜歡風物雅趣的人，林有典更是醉心書畫的癡子，若在客廳那四平八穩的臺桌上招待他們，他們定然不喜歡。

環環帶著幾個丫鬟張羅一陣，在抱廈上擺了茶几、糕點，又摘了紅梅插瓶裝飾。

這邊剛準備好，門房就來稟報，說客人到了。

李慕歌去二進院門迎了下，謝、林三人見到她，一時有些拘束，規規矩矩地向她行禮問安，恭祝公主千歲。

「這麼客氣，我都不知道該如何說話了。」李慕歌打趣道。

謝知音的性子素來冷清，但不卑不亢，此時反而最為自在。

她站起來，對林家兄妹說：「公主如同在金陵一樣，親自出來接我們，我們也不要如此拘束，反倒傷了情誼。」

李慕歌點頭。「正是這個道理。」

林有典接話。「不是拘束，只是覺得好神奇，一時無所適從。剛認識時，誰能想到妳是皇家血脈？雖然能拿出『金雞晨鳴圖』的人，身分定然不一般，但我依然沒想到會是公主。消息傳回金陵時，書院裡議論了好多天。」

李慕歌笑道：「我自己也沒想到呢。」

將客人引進抱廈落坐，丫鬟們上茶之後，李慕歌才問道：「你們怎麼都進京了？」

謝知音略略低頭，露出幾絲羞赧，沒有回答。

林有儀說：「謝姊姊是進京參加花朝宴，我是陪我哥哥來相看嫂嫂的。」

「咦？林兄在說親了？是哪家姑娘？」李慕歌十分好奇。

林有典露出幾分憨態。「是京城王家的姑娘，我祖母看上的，但人家不太願意遠嫁金陵，想要提前相看，我便藉著遊學的機會來了。而我妹妹是想玩，才非要跟我一起。」

林有儀哼道：「我千辛萬苦陪你進京，是怕你被人騙了好嗎？」

李慕歌笑著說：「我進京時日也不久，還不認識太多人，不然可以先幫你打聽那位王家姑娘。」

謝知音道：「那位王姑娘，以前我在京城見過幾次，不過不熟，她與妳大表姊的關係好像是極好的。」

「白靈婷？」

李慕歌一聽，不由對那位王姑娘的人品生出一絲疑心。但她忍著，什麼也沒說，不想壞了別人姻緣。

「若是有這樣的關係，以後說不定會見到的。」她勉強說道。

謝知音見狀，轉開了話頭。「聽說公主現在在無涯書院讀書？這次林兄到京城遊學的目的地，就是無涯書院，以後可以常見了。」

「哦？那太好了！」

林有典說：「白家家學很少收外面的學生，我有這個機會來，多虧了顧夫人引薦。」

提起顧夫人，李慕歌十分想念。

林有典告訴她，在她離開金陵後，他去顧府歸還「長恨歌」的畫卷，見到顧夫人時，說非常敬佩顧南野的筆墨。

顧夫人道，顧南野師從當代書畫大家景陽先生。最近這些年，景陽先生在無涯書院授學，若他真心想學，她可以寫信引薦。

因此，林有典這才有機會進京遊學。

李慕歌聽了，亦十分感興趣，湊熱鬧道：「我也想跟景陽先生學畫。」這樣她就是顧南野的小師妹了。

眾人邊喝茶邊閒聊，一會兒說金陵和京城的人事、一會兒又談起詩詞書畫，十分投機。

時間過得飛快，眼見太陽下山，客人們要在天黑前回家，紛紛告辭，李慕歌便不留了。

「今日小聚太倉促，等過些天天氣更暖了，我另設宴招待大家。」

林有儀建議道：「今年的立春是二月十五日，那幾天踏青的人多，到時候可以多約些人一起去京郊玩。」

林有典敲敲妹妹的腦袋。「妳就知道玩，還要哄公主。公主出城，哪有那麼方便？」

二月十五日就在花朝節之後，也沒幾天了。

李慕歌腦海中一閃，突然想到一件事，不由得有些擔憂。

送走朋友們，李慕歌回房問環環。「立春之前，侯爺能趕回來嗎？」

環環說：「據說要到二月底才能回來。」

李慕歌琢磨著，立春時，雍帝要出宮，去天壇辦春日祭，祈求一年的風調雨順、五穀豐登，路上與京城的安危，都需要顧南野這個京軍指揮使操心。

這種時候，他卻不在，不知囑託誰去辦差了。

二月初十，書院休沐，李慕歌在家休息。

宋夕元上白家做客，由白淵回陪著，去白玉堂看她。

「宋大哥，今日你怎麼有空來了？」

宋夕元拿扇子指著身旁的白淵回。「聽說他的傷拖了月餘還沒好，我來看看他。這身子也太不禁用。」

白淵回捶他的肩頭一下。「你這弱不禁風的文生，還好意思說我？」

宋夕元笑道：「我帶給你的藥快些用上，不然天音閣的樂會，就不請你去玩了。」

李慕歌問道：「什麼樂會？」

宋夕元對她說：「公主還沒去過天音閣吧？立春那天，天音閣要辦開春樂會，今日我是特地來請公主去玩的。」

李慕歌知道天音閣在京郊的香山上，有些不確定。「要出城嗎？我可能不是很方便。」顧南野離京之前叮囑過，叫她不要亂跑。

宋夕元說：「沒關係的，范大哥、徐隊長那天都在天音閣，妳再帶上馮侍衛，還有白淵回陪妳，能有什麼事？」

李慕歌心中驚訝，顧南野把心腹全留在京城，那他帶誰去天津？

見她思索，宋夕元追問。「那就這麼說定了？到時候請白淵回送公主過來。」

李慕歌回神，問道：「既然是辦樂會，想必很熱鬧，我能帶幾個朋友去嗎？」之前林有儀他們說想出城踏青，不如趁這次一起去。

宋夕元面露為難。「這次請的賓客有限，恐怕不方便再帶外人。如果公主想請朋友，下次再特地為妳辦一場，妳看如何？」

李慕歌心中更好奇了，一個小宴會，不僅布了這麼多護衛，還不許帶外人？但宋夕元沒明說到底有什麼安排，想來是不方便，她便不多嘴去問了。

李慕歌答應邀約後，白淵回便開始張羅。

因立春那天雍帝要去天壇祭祀，京城內封禁道路，他們要出城的話，就得趕早。

到了那天，李慕歌寅時便被環環喊起來，出門時天都沒亮，睏得眼睛睜不開。

白淵回帶了一輛深青色的桐油小馬車等在後門。馬車樸實無華，沒掛風燈，也沒掛白府的牌子，馬蹄上甚至包了棉布，讓奔跑的動靜變得小些。

隨行的人除了馮虎、白淵回，沒有一個白府的護衛。

李慕歌見到這副情景，瞬間清醒，什麼也沒問，戴上斗篷上的兜帽，動作俐落地上車。

路上，李慕歌回想著近日來的種種細節，心中越來越緊張，今日城內必有大事發生。

抵達天音閣時，天邊才浮現出一絲魚肚白的天光。

宋夕元親自在門口等她，領她走到閣樓最頂層的房間休息。

「辛苦公主早起奔波，離樂會還有些時候，您可以先在這裡休息片刻。這間房平日只有侯爺能用，旁人進不來，您可放心小睡。」

李慕歌點頭，憂心地叮囑。「你們要多加小心。」

宋夕元一愣，而後笑道：「公主不必憂心，萬事俱全，只欠東風。」

待宋夕元走後，李慕歌根本睡不著，讓她睡顧南野的床，也不好意思，遂在房間裡轉悠起來。

顧南野的房裡，有許多他平常用的東西。

弓箭和佩劍掛在牆上，清一色的玄色、墨色衣服整齊疊放在衣櫃裡，書桌上堆滿文書和文房四寶。

李慕歌坐到書桌旁，桌下矮櫃上的一只鏤花木匣吸引她的目光。

這不像是男人的東西，是女人送給顧南野的禮物？

李慕歌盯著木匣看了很久，躊躇再三，終是沒有克制住好奇心，輕輕伸手打開。

木匣裡的東西很簡單，也很眼熟。

一只平安符、一個劍穗、一條皮草圍巾。

李慕歌的臉騰地紅了，手中的木匣彷彿會燙手一樣。

她幾乎無法思考，劍穗為什麼會在顧南野手上？而他特地收起這些禮物，又是什麼意思？只覺得快不能呼吸。

之前的彷徨與不解，彷彿在這一刻得到答案，明白了顧南野沒有說出口的話。

過了好一會兒，李慕歌回過神來，臉上綻放出克制不住的笑容。

她興奮地在原地轉圈，又蹲到矮櫃前，依次掏出裡面的東西，細細看起來。

一只是寺廟裡賣的平安符，一個是被削壞的劍穗，一條手工蹩腳的圍脖，真是配不上這麼精緻的木匣……

唉，她怎麼淨送這麼不上檯面的禮物？

李慕歌既窘迫又開心，但漸漸地，她開始擔憂……現在顧南野到底在何處？今天京城會發生什麼事？他真的沒有危險嗎？

她臉上的笑容漸漸收起，放好木匣後，走出房間，決定去外面看看。

此時太陽正升起，沒想到香山上的天音閣，是絕佳的觀景之處，整個京城都在其眼皮子之下，一覽無遺。

暮冬初春的早晨，一切安寧，裊裊炊煙從坊間升起，增添些許生氣，看不出任何危險。

李慕歌轉身下樓，環環迎上來，問道：「公主不再睡一下嗎？」

李慕歌搖頭。「睡不著。大家都在做什麼？」

環環說：「宋少爺帶著范大哥和我哥哥出去了，說去接貴客。白少爺、馮大哥在吃早飯，要不公主也用早飯吧？」

李慕歌點頭，跟著環環一起去，遇見白淵回和馮虎。

兩人正在低聲說話，見她來了，停止交談。

李慕歌讓環環守住入口，走過去問：「今天到底有什麼事，為什麼你們全瞞著我？」

白淵回道：「不是刻意瞞著妳什麼，只是不想讓妳擔心。」

李慕歌神情嚴肅。「我兩眼一抹黑，什麼都不知道，這樣更擔心。」

馮虎看白淵回。「已經把公主接到這裡，此時告訴她也無妨了吧？」

白淵回想想，點點頭。「今日皇上出宮祭祀，有人想趁著侯爺不在京時，刺殺皇上。」

果然！

李慕歌坐到他們身邊。「既然你們已經知道了，侯爺也知道吧？打算如何應對？」

白淵回說：「其實侯爺沒有去天津，離京的第二天晚上便悄悄返回。有他在京城坐鎮，只等刺客現身，皇上不會有事的。」

單是刺客，只要讓她不去春日祭便可，顧南野何必讓人接她出城？情況肯定比白淵回說的要凶險！

刺殺皇帝是大事，敢做這種事的人，怎會不留後手？只怕還有叛軍在後。

李慕歌的心又提起來了，她從未經歷過戰亂，不知道自己能做些什麼。

馮虎見她不安起來，安慰道：「公主請放心，亂黨的計劃都在侯爺掌控之下，翻不出什麼浪來。」

李慕歌問：「是二皇子和左、段兩家的人吧？」

白淵回點頭。

左婕妤的死太過突然和湊巧，李佑斐會懷疑是雍帝故意為之，加上兩黨的黨羽不斷被查辦，他們肯定會生出異心。

而下令送李佑斐去天津養病，更是一道催命符，逼得他們要麼等死，要麼造反。

這一步步下來，的確像是雍帝刻意逼反，希望雍帝和顧南野真能做到萬無一失吧！

李慕歌跟他們細談後，得知顧南野藉著花朝宴，把部分重要官員的女眷扣在宮中。

京軍衛在段沛手中太久，五軍、三千和神機營中到處有他的眼線，十二親軍衛經過幾個月的清洗，有一部分人確保可信，但還是有些人態度不明。為了確保雍帝安全，顧南野動了些西嶺軍舊部。

西嶺軍的梁道定秘密帶了一萬人，在京郊紮營。

顧南野又親自點了八百親衛軍，以調往天津為由，暗中布防在京城各處。

「現在什麼時辰了？」李慕歌問環環。

「辰時三刻了。」

春日祭會在巳時正開始，這時，雍帝已經出宮，抵達天壇。

現在沒有任何消息傳回來，表示亂黨沒在出宮路上動手。

祭祀時守衛森嚴，不利行刺，叛軍應會在雍帝回宮時攻擊。

李慕歌魂不守舍地坐了一個多時辰，一會兒擔心亂軍得逞，一會兒擔心顧南野受傷，覺得格外煎熬。

她等得難受極了，遂問馮虎。「能不能派人去城裡打探消息？」

馮虎搖頭。「恐怕會走漏風聲，還是遵照侯爺的安排，靜候消息吧。」

李慕歌又耐著性子等了一會兒，天音閣外突然傳來響動，她立刻起身往門口跑去。

如同她早上乘坐的小馬車一樣，一輛黑色不起眼的馬車停在門口。

徐保如率先從車裡下來，李慕歌上前喊道：「徐領隊。」

徐保如難得沒有回應她，而是恭敬地立在車旁，掀開車簾，將車中的人請下來。

李慕歌定睛一看，竟然是穿著常服的雍帝！

原來，在春日祭的祭堂中，雍帝被悄悄換了出來。

李慕歌立刻噤聲，上前扶住雍帝。

父女倆對視一眼，雍帝什麼也沒說，只抬抬手，作勢先進屋。

雍帝進天音閣後，許多李慕歌先前沒見到的侍衛從各個地方冒出來，看守進出的路口。

白淵回迎著雍帝去主賓廳裡上座，徐保如才道：「啟稟皇上，上山的各處通道已由梁將軍帶著西嶺軍守死，出城的城門也已封閉，待侯爺清理完城中亂軍，再接皇上回宮。」

李慕歌心中一緊，追問道：「侯爺把自己跟亂軍鎖在城裡？他不調西嶺軍進城幫忙嗎？」

徐保如說：「西嶺軍進城，會引起百姓恐慌，也會落人話柄。侯爺吩咐，除非收到求救信號，不然只能死守城門和香山。」

顧南野手上只有八百人！

雍帝安排道：「派人去探，有最新消息，即刻來報。」

徐保如領命，立刻去辦。

李慕歌有一段時日沒見到雍帝，想了想，說：「皇祖母還在宮裡，希望不要有事。」

雍帝道：「妳不必擔憂太后，顧侯早已肅清禁軍，亂軍攻不進皇城，所以才想趁著朕出宮時動手。」

「那就好。」

現在不便說些無用閒話，李慕歌安靜下來，陪著雍帝一起等消息。

第三十二章

很快地，徐保如回來傳話。「五十名先鋒刺客已被侯爺斬殺，亂軍五千人圍住天壇。」

亂軍以為雍帝還在天壇中。

八百對五千！

李慕歌越發感到不安。

又過了一會兒，斥候來報。「急報——神機營叛變，啟用火雷，正在攻打天壇，西嶺侯下令棄守天壇！」

雍帝沒說話，只是慢慢閉上眼睛。

天音閣中，無人敢發出任何聲響。

李慕歌的手微微顫抖，不由去抓環環的手。

環環無聲看她一眼，用口形道：「相信侯爺。」

一道道戰報傳來，五軍營也被段沛調動，占領內城二十坊，直逼皇城六坊。

五軍營和神機營接連叛變，只餘下負責巡哨的三千營。

李慕歌坐不住了，想上樓遠眺京城。

她一動，雍帝便說：「坐下。身為皇家公主，不可如此沈不住氣。」

李慕歌只得坐下，按捺著性子繼續等待。

臨近中午時，消失許久的宋夕元回來了，稟道：「叛軍占領天壇後，擄了一百餘位朝廷大官，將他們囚在祈年殿。當場叛變的官員名單已整理出來，請皇上過目。」

雍帝接過，看了幾眼，氣得將茶杯摜在地上。

李慕歌聞言，反而放心了些。顧南野棄守天壇之舉，似乎只是為了清查哪些官員叛變。

宋夕元又道：「請皇上示下。」

雍帝從懷裡拿出御賜金牌。「去吧。」

宋夕元恭敬地捧過金牌，飛快退出去。

隨即，一道長嘯聲響起，無數響箭從城外射入城內。

這彷彿是反攻的信號，接下來的半個時辰中，捷報頻傳。

神機營統領被斬！

得知顧南野尚在京城，五軍營中有三軍立刻投降！

段府所在的崇文坊燒起大火，顧南野帶人攻進去，與大理寺卿周泰裡應外合，斬下段沛首級！

左家府邸被圍，左閣老自縊！

李慕歌的眉頭漸漸展開，大理寺卿周泰居然是顧南野安插的一枚棋子。她一直以為大理寺完全被左家控制了。

有內應的話，想必顧南野對反賊的計劃瞭若指掌，也能妥善應對。但她一刻沒見到顧南野，一刻都不能完全放心。

待到夜幕降臨，顧南野還沒出現，也沒人送來最新的消息。

最後的捷報是，京軍衛已控制京城，顧南野帶著大理寺的人清點叛黨，追捕叛黨餘孽。為防止流寇逃竄，城門依然沒有打開。

李慕歌有些心急，但雍帝四平八穩地坐著，她也只能忍耐。

好不容易又盼來宋夕元，他稟報道：「皇上，侯爺說回宮的路被火雷炸毀，為確保安全，請等明日道路清理完後再回宮，今日委屈皇上在天音閣留宿一晚。」

雍帝的精神從凌晨便緊繃著，直到此刻仍無法放鬆，的確有些累了，但他還是不能安心去休息。

「今日朕在此等消息，除了叛黨名單，軍民傷亡如何，也要盡快查清楚。」

「是。」宋夕元領命退下。

李慕歌上前道：「父皇，大勢已定，您累了一天，先用飯吧。」

天音閣一直有準備膳食，但雍帝什麼都沒吃。他不吃，旁邊的人也跟著餓。

此時已近塵埃落定，雍帝想了想，才點頭。

李慕歌立刻命環環安排飯菜，並道：「兒臣先替父皇試菜吧。」

雍帝一天不吃不喝，也是怕宮外有人下毒，動容地看向李慕歌。

「何用妳來試菜？妳也是公主，金尊玉貴。」

李慕歌堅持。「女兒為父親試菜，有何不可？」

雍帝嘆口氣，再看向李慕歌時，神情才一如往日那般疼愛。

今日李慕歌雖由顧南野安排，陪雍帝待在天音閣避難，但雍帝幾乎沒正眼瞧過她。一方面是發生大事，一方面也因為白家的事，與李慕歌生疏了。

在李慕歌主動試菜之後，父女之間才漸漸融洽起來。

雍帝問道：「歌兒沒被今天的情況嚇到吧？」

李慕歌回答：「女兒一早便被接到天音閣，一個亂黨都沒見到，只聽斥候通報得嚇人，但有父皇在身邊，女兒不怕。去年父皇才御駕親征，打垮外敵，深受百姓愛戴，在皇城腳下，亂黨想造反，定不會成功。女兒只覺得苦了京城百姓，不知道有多少人家受到牽連。」

雍帝點頭。「妳如此為百姓著想，頗有皇家氣度，不愧是朕的女兒。」

雍帝告訴李慕歌，亂黨意在謀權篡位，為收買民心，不會對百姓大開殺戒。而且，京城內城二十坊、皇城六坊，每個坊間都有單獨的坊門，遇到亂時，城防軍會關上坊門，不許百姓隨意走動。除非受火雷和大火波及，不然尋常百姓不會有太多傷亡。

聽雍帝解釋完，李慕歌道：「這樣就太好了，方才聽說亂黨占領內城二十坊，女兒還擔心他們會屠殺百姓。」

雍帝笑了，摸摸她的頭。「傻孩子。」

父女倆聊了些旁的話，雍帝的精神才放鬆下來。

一鬆懈，他就有些睏了。

李慕歌乘機勸道：「父皇，之後清理餘孽，整頓朝廷，您還有好多事要忙，不是一、兩日就能做完的，您要保重身體。去休息一下吧，女兒替您守著，有什麼變故，立刻稟報。」

後面收尾要做的事的確很多，這次抓出這麼多叛黨和立場不定的人，朝廷任官必然有不小的變動。

雍帝點頭。「好，歌兒長大了，知道替朕分憂了。」

李慕歌和環環親自服侍雍帝，在備好的房間裡睡下，房內有白淵回和馮虎親自守著，房外則安排了西嶺軍侍衛。

將一切安置妥當後，李慕歌走到天音閣門口，遙遙往京城的方向看去。

夜色朦朧、山林茂密，李慕歌看不清遠處是什麼情況，只依稀瞧見一些濃煙和火光。

京城內，顧南野拿著御賜金牌，臨時調動六部官員和京軍衛整頓城務，叛黨早已被關入大理寺牢中，現在正抓捕叛黨家眷。

一批一批的人被送入大理寺，牢獄立時全塞滿了，只得徵用京府尹的衙門，先把人看管起來。

禮部侍郎葛錚幫著處理，憂心地告訴顧南野。「段、左兩黨經營日久，段沛又仿造虎符，哄騙神機營和五軍營叛變。此次造反，牽扯的人實在太多，抓了三千多人，後面處置起來不容易啊。」

顧南野身上沾著血，衣角都被火燒了，但他連清洗換衣的工夫都沒有。

「參與這次叛變的只有京軍衛和京官，沒有地方的人涉入，就沒什麼難的。哪怕三省六部停擺兩日，地方也不會出大亂子。」

葛錚道：「我不是說這個，我是指殺氣太重，皇上會擔心青史上留下暴君罵名。」

顧南野一笑。「皇上早用慣了我這把殺人的刀，惡名自然是由我揹。到時候皇上還會勸我放掉一些無關緊要的人，以全他的名聲。」

「我就是替你擔心這個。年紀輕輕的，惹一身惡名，以後的路只會越來越難走。」

顧南野並不是太在乎名聲，現在雍帝信他、用他，他能藉雍帝之手提前清掉雍朝的蛀蟲，避免國破家亡的慘劇，這就夠了。

「現在還不是說這些的時候，若你覺得有空，不妨替我進宮一趟，安慰太后和大皇子。那兩位至今沒有皇上的音訊，怕是快熬不住了。」

葛錚身為禮部侍郎，經常跟後宮打交道，這個活兒由他去做，的確最合適，遂沒有推辭，拱拱手，去了皇宮。

李慕歌在天音閣前等到半夜，依然沒有等到顧南野。

宋夕元再次回天音閣送信時，瞧見她撐著下巴坐在門口的臺階上，便問：「公主怎麼還不休息？」

李慕歌揉揉眼睛，問道：「侯爺還沒回來嗎？」

宋夕元說：「京城要善後的事太多，侯爺分身乏術，這些日子恐怕要住在衙門裡了。」

李慕歌驚訝地問：「他不來接父皇回宮嗎？」

宋夕元搖頭。「京城需要他坐鎮，明日待道路清好，由范統領和我送皇上回去。」

李慕歌有些失望地點頭，曉得近期見不到顧南野了。但大難當前，這也是沒法子的事。

「那你見到他了嗎？他沒受傷吧？」

宋夕元頓了一下。

其實，顧南野身上有傷。

段沛死前被困，打算玉石俱焚，用火雷炸毀了府邸。

顧南野為了取段沛首級，以勸降各叛軍，冒險衝進去，後背和頭上都被砸傷了，但不危及性命。

「侯爺久經沙場，沒事的。」

宋夕元撒了謊，又勸著李慕歌，哄她上樓去睡了。

白淵回激動地應下。「微臣叩謝皇上，白家誓死守護公主！」

李慕歌聽了也鬆口氣。雍帝這樣說，便表示可以不追究白彥的事了。

「父皇，您為了兒臣的安全，一直讓我住在白家。但這段時日，宮中多變，兒臣想陪父皇共度難關。要不，我陪您回宮吧？」李慕歌適時開口。

雍帝聽著很暖心，但還是搖搖頭。「妳還小，很多事沒辦法插手，妳好好的就行。等時機合適了，朕再派人接妳回來。」

李慕歌只是表態，既然雍帝不要她陪，便不再堅持，跟白淵回回去了。

內城二十坊還沒解禁，白淵回拿了軍中的腰牌，才令城防軍打開坊門進去。

白府中亦嚴陣以待，各府門口、圍牆邊都有家丁把守，見他們回來，立刻安排人護送他們去主屋。

因京中動亂，為了方便出逃，白府嫡系四房幾十口人，都被白以誠召集在主院裡。

李慕歌和白淵回走進中堂時，白以誠便當著眾人的面，喝斥了白淵回。

「你這個混帳東西，一聲不吭把公主帶到哪裡去了?京中出了大事，我們還得冒險派人四處找你們，你就不能讓家裡省點心嗎？」

陶氏看到兒子平安無事，撲上來，帶著哭腔說：「你可嚇死娘了！」

白淵回準備道歉，但李慕歌攔了他一下，上前道：「外祖父勿怪，表哥是因皇命難違，不是有意帶著我獨自行動。」

一聽「皇命難違」，白以誠的臉色果然好看多了。

李慕歌對他和白老夫人說：「外頭有些事，我和表哥要跟外祖父、外祖母說一說，還請移步內室。」

眾人正愁不知外面的情況，白以誠夫婦立刻帶著兩個孫子和外孫女進去。

留在中堂的各房叔伯、夫人、孩子們，也小聲議論起來。

進了內室，白淵回簡單說了段、左兩家叛亂，雍帝金蟬脫殼提前出城，顧南野關城門甕中捉鱉的事。

「……皇上擔心公主安危，傳密旨命我帶公主出城與他會合。剛剛送公主回來時，他亦叮囑我保護好公主，說這是給白家將功補過的機會。祖父，祖母，往事休矣，以後咱們只要不犯錯，忠心不二，皇上定不會虧待白家的。」

白以誠有些驚疑不定。「皇上真的不追究之前的事了？」

李慕歌幫著解釋。「外祖父，之前表哥向皇上坦白白家與左家的陳年醜事，是有些拿白家冒險，但唯有從根本解決這個隱患，才能讓白家徹底和左家斷開。不然，這回左家叛亂，皇上挖出以前的醜事，定會一併收拾白家。這次是表哥救了白家，您可不能再錯怪他。」

白以誠一把年紀，被一個小姑娘這樣說，面子上有些過不去。

白老夫人接話道：「我們這些上了年紀的人，考慮事情難免瞻前顧後，還是托公主的福，皇上才能網開一面。」

李慕歌不想跟他們虛與委蛇，只揀些重要的話說。

「外面很快就會解禁，但清理叛黨需要時間，朝廷還會繼續動盪一陣子。這期間，最容易冒出各種流言蜚語，擾人視聽。既然白家在士林中有威望，該讓表舅公、舅舅、哥哥們都行動起來，替皇上、朝廷多說些話，好叫父皇感受到白家的忠心。」

白老夫人點頭。「是這個道理。公主如此玲瓏心，難怪皇上偏愛妳。」

以前李慕歌也做過媒體宣傳，這點功夫還是有的。

大亂之後須安定人心，如何控制輿論是關鍵。

過兩日，眾人定會探究段、左兩家起事的原因，若雍帝不想把醜事掀出來，便少了個正當的理由。

若有心人拿李佑斐說嘴，編排雍帝弒子，逼得兩家不得不反，就不太好了。

而且，如果雍帝的立場站不住腳，之後要收拾叛黨，也會處處掣肘，讓顧南野難做事。

李慕歌補充道：「皇上這麼快就原諒白家，顧侯可是幫了大忙。這次保護皇上、清剿叛黨，顧侯立下大功，你們也得替他說好話，算是答謝顧侯在白家臨危之際的搭救之恩。」

她說著，又去看白淵回。「書院應該沒這麼快開門，這幾日我待在家裡，你不用擔心我的安全，且陪著外祖父，把叛黨如何在後宮弄權、把持朝政、苛待邊防軍的事，跟大家說一說吧。」

李慕歌的話帶點「監督」的意思，一定要白家把這事辦好。

白以誠聽了不是很痛快，但他突然發現，居然沒辦法忤逆這位小祖宗的意思。

雍帝可放話了，伺候好李慕歌，就是白家將功補過的機會！

第三十三章

雍帝順利回宮後，朝廷的形勢仍是瞬息萬變。

接下來的半個多月，養心殿中連傳數道聖旨，先是查辦刑部尚書、兵部尚書和吏部尚書等十餘位三品以上的大員，而後嘉賞京軍衛指揮使顧南野，由三品西嶺侯擢升為一品毅勇侯，暫領刑部尚書一職，命大理寺協助，全權處理亂黨之事。

另擢升西嶺軍鎮撫梁道定為兵部尚書，禮部侍郎葛錚遷任吏部侍郎。

如此安排，雍帝便能控制刑部、兵部、吏部、禮部，削弱外戚對朝政的把持。

在天音閣守護雍帝的眾人，也得到了嘉賞。

宋夕元布衣入仕，被任命為禮部司務廳主事；范涉水進兵部輔佐梁道定；徐保如跟著顧南野去刑部；馮虎依然留在親軍衛，替顧南野管禁軍；白淵回也接到任命，官復原職，回到錦衣衛。

太平元年的春天，雍朝朝政也如萬物復甦的大地般，煥發出勃勃生機。

眨眼到了三月初一，李慕歌按例回宮請安，見雍帝政務繁忙，沒有多留就回白家了。

剛到白玉堂，陶氏便來找她。

三月十八日是李慕歌的十四歲生辰，白家想隆重操辦，一來在雍帝面前表現對公主的重視，二來可以藉機經營白家在京城的人脈。

但李慕歌並不想這麼做。

她最怕這種麻煩事，也不喜歡被人利用，對前來問她意思的陶氏說：「生日年年有，又不是整歲或及笄，不必大辦了。」

陶氏勸道：「生日雖然年年有，但今年不一樣。這是您恢復身分後的第一個生日，自然該把以前缺的都補上。」

李慕歌依然搖頭。「父皇不只有我一個公主，這樣大操大辦，會招人議論的。今日進宮請安時，已經跟內務府說了，生日那天就如其他姊妹那樣，回宮給皇祖母和父皇磕個頭，一起吃飯便罷。」

陶氏著急了。「宮裡簡單點也行，但替您辦生辰宴是白家的心意，旁人能說什麼？」

見她還是不懂，李慕歌索性把話挑明了說。

「段、左兩家的事才告一段落，朝廷大傷，元氣尚未恢復，父皇正值艱辛的時候，我們不幫著分憂解難，怎可還添些無關緊要的麻煩？我的母妃雖然不在了，但大舅母別忘記，白家也是外戚。父皇被囂張跋扈的外戚困擾多年，現在咱們行事，萬萬不可張揚。」

陶氏想必是帶著白老夫人交代的事而來，聽了李慕歌的話，一臉為難地回去了。

前往白老夫人院子的路上，陶氏對自己的心腹婆子抱怨起來。

「我搶這個差事做什麼？咱們這位祖宗真是油鹽不進，想討好都難，還不如把她丟給二房去管。等會兒娘又要說我辦事不力了。」

婆子道：「依我看，咱們家這位公主心思大著，她不計較眼下的排場，實則是為了在皇上面前示弱，博取皇上的心疼。依公主現在的年紀，已經可以說親，若有皇上的疼愛，未來自然是一片坦途，要什麼排場沒有？若老夫人真想拿捏住公主，不如提早為公主的婚事籌謀，您說是嗎？」

陶氏雙手一拍。「是啊，十四歲說親雖然早了點，但說完親還要辦及笄禮、備嫁妝。辦齊六禮也要兩年，是該打算起來了。」

於是，陶氏一改抑鬱神色，步伐輕快地去找白老夫人。

白老夫人聽了陶氏的建議，點點頭。

「不錯，雖然公主的婚事由皇上說了算，但懿文貴妃不在了，咱們自然要多操些心。有了好的人選，得早早跟宮裡打招呼。

「公主不想辦生辰宴也行，但咱們家的各種節宴要辦起來了，人要多走動才親熱，也好讓各家熟悉熟悉公主。不說旁的，公主這張小臉，可是把懿文貴妃好看的地方都留住，哪個愣頭小子看了不心動？」

陶氏立時想到一事，說：「初三是上巳節，雖然倉促些，但現在張羅也來得及。往年女兒節都是婷兒做東，要不今年還是由她做東，也乘機緩和她跟公主的關係，您看行嗎？」
白靈婷畢竟是長孫女，以往白老夫人也對她寄予厚望，便點點頭。
「去辦吧，辦周全些。務必要請來王家的姑娘，婷兒的婚事，還要請王老夫人在中間多牽線。」
「是，媳婦這就去辦。」

上巳節又稱春浴日，大家會在這天結伴去水邊宴飲郊遊。
白家提前一天才開始張羅，的確太倉促，帖子發到幾個交好的世家，都說已經答應了工部員外郎王家的邀約，會去金溪臺聚會。
陶氏無法，只得親自去王家，說太玄公主想出來散散心，向王夫人討了兩張請帖。
她把帖子帶回家給白靈婷，要她去邀請李慕歌，但白靈婷立刻就炸了。
「之前王妙雲給我送請帖，被我拒絕了，您怎麼又跑去她家要帖子？真是丟死人！」
陶氏沈下臉。「妳還敢說？妳幾個月沒出門參加聚會了？妙雲還記得妳，次次都約，是她有情有義。妳躲在家裡有什麼用？給我大大方方走出去，有公主替妳撐腰，誰敢取笑妳？大家只會高看妳一眼，說親的事，也會有轉機的。」
白靈婷翻了個白眼。「她替我撐腰？娘也太天真了。」
陶氏拍她的胳膊一下。「她怎麼不替妳撐腰？沒看她對妳哥哥多好？現在妳祖父什麼事都跟妳哥商量，這全是託公主的福。妳還不趕緊把帖子送去？再耍脾氣，我真打妳了！」

「娘！」白靈婷急得跺腳，她實在拉不下臉面去討好李慕歌。

陶氏耐心勸道：「公主比妳懂事，雖然她不喜歡妳，但只要出去，白家的臉面就是她的臉面，難道胳膊肘還會往外拐？妳出去，也給我把腰板挺直了。以前不見妳這麼膽小，怎麼婚事遇到點挫折，就變得這般沒骨氣？」

白靈婷被陶氏強行推出房門，拿著請帖，磨磨蹭蹭地去了白玉堂。

吃晚膳時，李慕歌聽說白靈婷來了，頗為驚訝，難道是好了傷疤忘了疼，又來招惹她？上次跪祠堂沒長記性嗎？

她放下筷子，對環環說：「請她進來吧。」

白靈婷到底還是大家姑娘，會些場面上的功夫，當她走進白玉堂時，臉上已經沒有半點不情願的神色。

她十分規矩地向李慕歌行禮，道：「後天是上巳節，往年咱們家都會做東辦聚會，但今年疏忽些，籌辦晚了。不過今日家中接到工部員外郎王家的請帖，特邀公主出席。」

她將帖子遞上，接著說：「祖母與王老夫人十分要好，咱們家與他們家也常有來往。若公主有空，還請賞個臉。」

李慕歌看著帖子，倒不是她有意為難白靈婷，而是她不認識王家人，所以不肯去。

「近日京城中還是有些亂，我不太想出門，就算了吧。」

白靈婷想了想，道：「我聽說公主之前請了謝家與林家的姑娘、公子到家中做客，這次金溪臺的聚會，他們也會去，都是認識的人，不會出什麼亂子的。」

經她這樣一說，李慕歌倒是想起一事。

林有典說親的對象好像就姓王。當時謝知音還告訴她，王姑娘跟白靈婷交情不錯，想來就是這位了。

李慕歌起了點興趣，道：「容我想一想，明日中午再告訴妳好嗎？」

能得到這個答覆，白靈婷已是謝天謝地，歡喜地走了。

等她一走，李慕歌立即派環環去謝家打聽，果然跟她猜的一樣，辦金溪臺聚會的王姑娘正是林有典的說親對象，他們幾個都會去。

「既如此，那我也去湊個熱鬧吧。」李慕歌又讓環環去跟顧南野那邊說一聲。

雖然顧南野沒禁止她出門，但她就是覺得應該告訴他。

第二天，大房得到李慕歌答應赴約的消息，陶氏十分開心，白靈婷亦鬆了口氣。

白淵回得知後，特地交代白靈婷半天，要她務必收斂脾氣，照顧好李慕歌。另外又抽調八個侍衛，陪她們一起去。

金溪臺位於京城西南角，是引城外河流活水建的園林，常有大戶人家包園遊玩，這次便是被王家包下來。

白靈婷赴宴經驗豐富，帶著李慕歌過去的時間算得極好，最後登場，又沒讓眾人久等。東道主王妙雲比白靈婷小兩歲，長著一張白裡透紅的芙蓉面，姿色說不上驚豔，但也是美人一個。

王妙雲聽說李慕歌要參加她辦的聚會，亦十分開心，與有榮焉，不僅命人將聚會的一應用品和吃食備得更精緻，自己亦是隆重打扮。

她親自在金溪臺門口迎接，由白靈婷引薦著，拜見李慕歌。

王妙雲熱情地對白靈婷說：「還是姊姊面子大，能請得動公主。昨日我得到消息，可高興極了。我從未接待過公主，今日若有招呼不周的地方，還望公主看在白家姊姊的分上，寬恕我一二。」

李慕歌初見王妙雲，覺得有些眼熟，在聽她說了這番話後，更覺得耳熟，仔細一想，心中就涼了。

無他，因為王妙雲就是之前在茶舍中背後取笑白靈婷和顧南野的兩名女子之一。

那時李慕歌穿的是常服，氣呼呼上樓瞪她時，只是匆匆一瞥，王妙雲想必是忘記了，完全沒認出今日盛裝華服的李慕歌。

李慕歌心中好笑，這個王妙雲，嘴上姊姊叫得親熱，背地裡卻笑白靈婷嫁不出去，真是典型的心口不一。

可憐林有典那個老實人，怎麼跟這樣的人說親？

李慕歌想著，一步三嘆地走進金溪臺。

王家的筵席沿著金溪旁的長廊而設，年輕的男女很多，一眼望去，有二、三十人在席上，還有些人在園裡玩耍。

王妙雲引著李慕歌坐到上席，想召集眾人介紹她的身分。

李慕歌攔住她。「若這般正式介紹，頗有些拿喬，會讓大家不自在。我只是聽說這裡好玩才來看看，不必興師動眾。」

王妙雲有些失望，她本還想藉李慕歌的身分，耍耍排場。

「那……若是有人問起，方便說出公主的身分嗎？」

李慕歌點頭。「自然可以，也不是要刻意隱瞞。」

王妙雲笑著點頭下去，一會兒消息便傳開，很多人悄悄往李慕歌的席位看去。

謝知音、林有儀從園林一角走來，見到李慕歌，便上前跟她打招呼。

李慕歌問：「妳們剛剛去哪裡玩了？」

林有儀有些不高興。「哪裡是玩？是我那笨哥哥，幫王姑娘拿手爐，拿到現在還沒回來。我找了一圈，也沒找到人。」

李慕歌愕然。三月的天氣，用不上手爐呀！

謝知音解釋道：「王姑娘很早就到門外等您，吹了些風，說是手冷，託林大哥去幫她拿手爐。」

林有儀沒好氣。「滿院子的王家僕從，幹麼使喚我哥哥？」

白靈婷拿王妙雲當好姊妹，聽到林謝兩人的話，有些不開心，忍著脾氣說：「窈窕淑女，君子好逑，自然要主動表現。」

林有儀想回嘴，被謝知音按了一把，只好忍住。

李慕歌轉頭去看白靈婷，問道：「妳也聽說林王兩家在議親的事了吧？」

白靈婷點頭。「是呀，林家公子都從金陵追到京城來，大家當然都聽說了。」

「什麼從金陵追到京城？我哥哥本來就是要來京城讀書的。」林有儀生氣地說。

別說林有儀，李慕歌聽著也不是很舒服，像是林有典死纏爛打一樣。

白靈婷顧忌著李慕歌，笑著道：「那可能是我聽錯了吧。不過妳家若是有意，還是抓緊些，妙雲妹妹漂亮能幹，很多人家都在問的。林家遠在金陵，王家捨不得讓妙雲妹妹遠嫁，可不是得花點功夫嗎？」

李慕歌聽了，暗暗替白靈婷不值。她拿王妙雲當姊妹，別人卻拿她當笑話。

幾個姑娘夾槍帶棒爭了幾句，林有典終於捧著手爐出現了，笑著將手爐遞給剛過來的王妙雲。

王妙雲卻說：「呀……太陽已經升起來，這會兒我來回走動，反而有些熱了。」

林有典有些尷尬，但還是保持風度地說：「沒關係，是我取慢了，這時候炭火不好找。那我先替妳收著，冷了再給妳。」

他失落地回到席位中，見妹妹換了位置，跟李慕歌一起坐著，也上前跟李慕歌打招呼。

林有儀橫他一眼，小聲抱怨。「像傻子一樣。」

林有典拿扇子輕輕敲她的頭。「公主面前，妳怎麼說話的？」

林有儀偏過頭不理他，生著悶氣。

李慕歌問謝知音。「知音姊姊，一直沒機會問妳，之前花朝宴的情況如何？聽說妳們被困在宮中，還經歷了些凶險。」

謝知音略略蹙眉，說起那日的經過。

「是呀，誰能想到會有叛黨出現。那時，太后娘娘點了十二個姑娘扮演花神，留我們在宮裡小住，說是要為春日祭晚宴獻舞。但當天就出事了，幾日不得出也不得進，連太后娘娘都不知道發生什麼事，又沒有皇上的消息，大家都慌了。還好，最後毅勇侯平定了動亂。」

李慕歌點頭。「回想起來，還有些心有餘悸。」

聽到毅勇侯顧南野的名字，白靈婷不著痕跡地翻了個白眼，冷笑一聲。

「話說回來，姊姊被點了什麼花神？」李慕歌好奇地問。

林有儀搶先回答：「太后娘娘說謝姊姊冰肌玉骨，點了梅花仙子！」

李慕歌笑著說：「是很適合知音姊姊。」

謝知音有些害羞地側過頭。「是太后娘娘過獎了。」

李慕歌心想，看這樣子，跟前世一樣，謝知音的皇子側妃之位，應該是有譜了。

說了一會兒話，王妙雲請客人一起到金溪旁玩曲水流觴，這是上巳節的傳統遊戲。

曲水流觴是指眾人在溪水兩旁席地而坐，將盛酒的酒杯放入溪中，由上游徐徐漂下，停在誰面前，誰就要賦詩飲酒。

王妙雲來請李慕歌過去坐，但白靈婷想到李慕歌書讀得少，阻攔道：「以前公主沒玩過，我們在這裡看大家玩就行了。」

王妙雲猜出她的言外之意，尷尬道：「是我思慮不周。但乾坐著多沒意思，不如這樣，公主不用賦詩，唱首應景小曲也行。」

林有典替李慕歌解圍，對李慕歌說：「公主不必怕，我坐妳旁邊，替妳賦詩。」

李慕歌笑道：「那就多謝林大哥了。」

第三十四章

眾人起身往溪邊走去，王妙雲故意落後一步，拉著白靈婷問道：「公主認識林有典？」

白靈婷點頭。「公主是從金陵尋回來的，妳說呢？」

「呀，我之前怎麼沒想到。」

王妙雲有些懊惱，但很快收拾好心情，安排眾人坐下後，特地端了盤點心，送到林有典面前。

「林公子，我看你一直沒用點心，先吃一些吧。若等會兒空腹喝酒，會不舒服的。」

林有典有些意外，起身道謝。

林有儀十分不屑地轉頭譏笑一聲。「真會見風使舵。」

大家都是出身高門，誰不明白王妙雲為何如此？

遊戲開始後，金溪似乎很給李慕歌面子，一只只羽觴從她面前漂過，都不停的，想喝一杯解渴都不成。

坐在上游的人被挑中的可能性比較低，下游被選中的人一時又沒把詩詞寫出來，大家便閒聊起來。

有個長臉姑娘跟王妙雲說：「看看今年來參加聚會的人，真是物是人非。記得去年左家某位公子，詩寫得真是極好，可惜如今已被關在牢裡了。」

王妙雲點頭。「這兩日我跟母親看賓客名單時，也說到這事。顧侯真是狠絕，但凡跟左、段兩家沾點關係的，都被抄了家。照他這個查法，京城半數人家都要被他抓了。」

長臉姑娘說：「可不是嘛，要麼怎麼說不能讓這種匪將掌權呢，真是野蠻人。」

李慕歌聽了兩句，渾身怒氣湧了上來。

顧南野的壞話，她真是一句也聽不得。

「王姑娘，天氣太熱，除了酒，有茶水喝嗎？」她突然開口問道。

林有典說：「我去取吧。公主喜歡喝什麼茶？」

李慕歌攔住他。「還是煩勞王姑娘幫我準備，我的嘴比較刁，喜歡喝吳裕泰茶軒的蒙頂茶，不知道有沒有？」

「當然有……」王妙雲正要轉身吩咐人去準備，忽然僵住了，猛地看向李慕歌。

很好，她想起在茶舍的那次碰面了。

王妙雲的臉色瞬間變得通紅，看著李慕歌，又看看白靈婷，有些不知所措。

李慕歌微笑著道：「既然有茶，那煩勞呈些上來，讓大家都漱漱口，免得淨說些不著調的話。」

王妙雲非常不安，親自去備茶了。

白靈婷知道李慕歌跟顧家關係不同，肯定是聽到她們說顧南野的壞話，生氣了，便出聲開解。

「妙雲並非有意詆毀顧侯，實在是顧侯的做法有些匪夷所思，大家沒見識過，難免多討論兩句……」

「我想起一事，原來我跟王姑娘並不是第一次見面。」李慕歌笑吟吟地打斷白靈婷。「上次見到她時，也聽到她和旁人說起顧侯，而且還是說妳跟顧侯的是非呢。」

白靈婷訝異。「我和顧侯有什麼是非？」說完，蹭地站了起來。

她唯一能和顧南野扯上關係的，就是母親讓哥哥去試探一下，顧南野是否有跟白家結親的意思。

那是八字沒一撇的事，只因她被拒絕覺得丟臉，找王妙雲抱怨過，當時說好，聽完後定要保密的。

難怪……京城那麼多人家不願和她結親，還以為是顧家為了羞辱她故意放出的消息，想處處為難她。

李慕歌見白靈婷的怒氣要爆發了，勸道：「與王姑娘相比，妳這定力可不夠呀。不管她在背後說了妳什麼，都能跟妳笑臉相迎，哪怕明知被我撞破，還能鎮定自若地去備茶。妳不會連表面工夫都不想做了吧？」

白靈婷一言不發地坐回去，憋著氣，快把手帕撕爛了。

坐在旁邊的謝知音和林家兄妹聽出些端倪，林有儀幸災樂禍地說：「我就知道這個人不行，人前一套，背後一套。」

林有典的臉色不太好看，但什麼都沒說，只默默拿出一直帶在身邊的手爐，將裡面越燒越旺的炭火澆滅了。

一會兒後，王妙雲端著茶水回來，十分鄭重地向李慕歌敬茶。

「我言行有失，怠慢了公主、靈婷姊姊和顧侯，還望公主大人大量，原諒我這一次，以後我再也不敢了。」

能屈能伸，真的厲害。

李慕歌在眾目睽睽之下接過茶水，但沒有喝，放到一旁的石桌上。

這麼多人面前，李慕歌不想表現得太盛氣凌人，便道：「誰都會犯錯，敢於承認、改正就好了。妳不必對我行如此大禮，還是哄哄靈婷姊姊，向她賠罪吧。」

王妙雲看著石桌上的茶，泫然欲泣。「公主不喝我的謝罪茶，便是不肯原諒我。」

李慕歌為難地說：「茶太燙了，過些時候我再喝。」

王妙雲彷彿聽不懂一樣，眼淚瞬間落下。「對不起……」

席間還有不知道李慕歌身分，但認識白靈婷的人。

白靈婷頤指氣使的性格在京城是出名的，大家看她們聚在一起，便有人以為她們欺負王妙雲。

一名公子出頭道：「白靈婷，這是妳家妹妹嗎？看著面生啊。妙雲不過是怠慢了茶水，你們何必這樣不講道理？今日客人這麼多，一、兩處疏忽在所難免，以前妳辦聚會時，也沒見妳做得多周全。」

白靈婷本就憋著氣，這下忍不住了，站起來對那位公子道：「怎麼，見不得王妙雲受一點委屈？她與我的事跟你何干？你別以為我不知道你的心思，不就是心疼她嗎？但你別忘了，你跟孟家正在議親呢。」

「妳不要胡說八道，亂攀咬人。我只是打抱不平，主持公道！」

白靈婷從不在外面吃虧的，爭論道：「好個主持公道，那你來評判評判，我這個好姊妹編排我的親事，在背後非議我、壞我名聲，到底誰對誰錯？」

公子也大聲起來。「我們怎麼沒聽過她說妳壞話？妳不要不講道理，自己嫁不出去，反倒怪別人。」

「太玄公主親耳聽見的，能冤枉她不成？若是冤枉她，她何必哭著來道歉？」白靈婷要氣哭了。「妙雲妹妹，我們自小玩在一處，妳被人欺負，哪次不是我替妳出頭？妳倒好，我遇到一點難處，竟是妳先落井下石，編排我、非議我，我真是瞎了眼！」

滿場譁然，低聲議論起來。

白靈婷因李慕歌之故而無法進宮的事，去年他們的確聽人說過。

這本沒什麼要緊，但之後的短短數月，大家又聽說白靈婷要嫁西嶺侯被拒絕，接著陸續議了不下十門親事。

這樣迫不及待，讓眾人猜測，她或白家是不是有什麼問題？其中怕是有些捕風捉影的假消息，但茶餘飯後，誰在乎真假呢？

再者，京城權貴雖不喜顧南野，但他是雍帝面前風頭正火的紅人，已明確說了不願跟白家聯姻，其他人家自然也會多參考參考他的行事。

這樣一來一去，各種原因纏在一起，的確影響了白靈婷的婚嫁。

王妙雲掙扎道：「不是的，我沒有編排妳，我也只是聽說，無意間說了兩句。」

白靈婷氣道：「無意間說兩句？我只同妳說的體己話，妳敢說沒告訴別人？好啊，妳不守信，我也不必替妳保守秘密。讓我想想，妳取笑過孟家姑娘臉上長痣、方家妹妹舞姿妖媚，編排過羅家姊姊是靠豐厚嫁妝才能嫁入公府……」

「妳不要亂說！」王妙雲被逼得沒辦法，激動地起身，去捂白靈婷的嘴。

白靈婷就站在溪邊，一時沒站穩，直接跌進水裡。

好在金溪的水不過小腿深，不會造成任何危險，但誰也沒想到，白靈婷居然扯住王妙雲，把她的頭按到水中。

場面瞬間亂了起來，勸架的勸架，喊人的喊人。

白靈婷發完脾氣後，逕自走到岸上，不顧濕答答的衣裙，直接拂袖走了。

李慕歌驚訝地看著她的背影，也被嚇到。
白靈婷直接把人往水裡按，這是起了殺心啊，好狠！
李慕歌不知該說她衝動之下太壞了，還是耿直得太傻。
白靈婷這麼做，不僅將白、王兩家所有過往情面都撕碎，連帶著跟很多人家都沒辦法再來往。
她固然撒了氣，但也斷了自己的後路。
林有儀目瞪口呆，深覺之前跟白靈婷頂嘴時，她是讓著自己的。
「公主，妳這個姊姊好厲害啊！」
李慕歌看著混亂的場面，道：「這裡待不了了，咱們也走吧。」
金溪臺外，白家的馬車和護衛已經被白靈婷帶走了。
謝知音便道：「我送公主回去吧。」
李慕歌搖了搖頭。
白靈婷回家後，白家肯定也要鬧一場，李慕歌不想趕這個熱鬧，想了想，約他們出城，去了天音閣。
去天音閣的路上，謝知音有些擔憂地問：「白家恐怕要鬧翻天了，您現在不回白家，沒關係嗎？」

李慕歌說：「正是因為要鬧起來，我才要躲著。白家這麼大，總不至於連這點事都解決不了。」

謝知音想想也是，便不再提，安心跟她去天音閣玩。

如今宋夕元進了禮部，不能天天待在天音閣，但天音閣的管事都見過李慕歌，自然禮敬有加、熱情接待。

管事說：「公主突然大駕光臨，閣中的戲曲尚未準備好，恐怕要委屈公主等等了。」

李慕歌道：「不必特地為我趕，該什麼時候演，就什麼時候演。先幫我們安排個地方休息就行。」

管事安排他們去風景最好的包廂，此時風輕日朗，光是在山頂欣賞香山的美景，也很是舒服。

林有儀還沈浸在金溪臺的鬧劇中，不停地議論王妙雲和白靈婷。

林有典被她說得煩了，教訓道：「既然知道背後說人不好，就不要再說了！」

林有儀不快地嘟嘴，去找李慕歌和謝知音。「我不想理我哥了，咱們來玩遊戲吧。這裡不能曲水流觴，但咱們能擲骰子呀，誰擲的點數最小，就得依擲出點數最大的人出題，來吟詩作畫。」

李慕歌想了想，說：「吟詩作畫太難，我玩不來。我們來玩個有意思的。」

林有儀好奇。「好呀，玩什麼？」

李慕歌一笑，命人取來酒水和骰子。

「咱們來玩真心話大冒險。誰擲的點數最小，便依擲出點數大的人之要求，做一件事或回答一個問題，若是做不到或答不出就罰酒。」

林家兄妹和謝知音面面相覷，不知道這個遊戲有意思在哪裡，好像跟林有儀說的吟詩作畫差不多。

李慕歌說：「遊戲的精髓在於發號施令的人安排的事或者問的問題。今日咱們關上門來玩，可不能像王妙雲那樣人前一套、人後一套，咱們做什麼、說什麼，都不許外傳，儘管放開來玩。」

其餘三人還是不太懂，唯有林有儀稍微有點想法。

「做什麼或問什麼都可以？」

李慕歌說：「來，我玩給你們看。」又喊林有典。「林兄，回答真心話，或做冒險的事，你選一個。」

林有典道：「那一樣樣來，先真心話吧。」

李慕歌一笑。「那我可問了，不許撒謊，可以不答，不回答就喝酒。林兄，你之前對王妙雲動真心了嗎？」

林有典立時害羞。「這遊戲原來是要問這些啊……」

林有儀也好奇極了，催促道：「哥，你快回答啊，你該不會真喜歡上那個人了吧？眼光這麼差。」

林有典說：「也談不上喜歡，既然是家裡相看好的，便想著應該多照顧些。但既然人品有缺，我會跟家中說清楚，便作罷了。娶妻還是要娶賢。」

「沒錯。」李慕歌讚賞道，也很開心今天的事沒傷到林有典。

林有儀又問：「若是大冒險，要做什麼？」

李慕歌笑道：「林兄，請你出去對著山下大喊『我想娶個賢妻回家！』」

「這……這不妥吧？」林有典放不開。

李慕歌說：「正是有挑戰才好玩。若實在放不開，就喝酒吧。」

林有典果然是個老實人，雖說讓他示範，但李慕歌讓他喝，他真就喝了。

「好了，都知道怎麼玩了吧，那咱們開始。」李慕歌特地看謝知音一下，見她並沒有很排斥的樣子，就放心了。

她想玩真心話，也有想探探謝知音的意思。

從人品來說，李慕歌覺得謝知音是個不錯的姑娘，但跟林有儀相比，心思比較沈。

謝知音若真要做李佑顯的側妃，以後兩人恐怕做不了最親密的朋友，最終會跟前世一樣，做保持距離又惺惺相惜的陌生人。

然而，今天李慕歌的運氣真的有點不好，第一把居然就是她擲了最小點，擲出最人點數的是林有儀。

林有儀有樣學樣，按照李慕歌問林有典的問題，問道：「那我可問啦！公主，妳有喜歡的人嗎？」

林有典教訓道：「公主比妳還小一歲，問這個豈不是胡鬧？」

誰也沒料到，李慕歌低聲答了一個字。「有。」

林有儀興奮得不得了，追問道：「誰呀？咱們認識嗎？是妳在金陵認識的，還是京城認識的？」

李慕歌說：「一次一個問題，多的我可不答。」

「這就算答完了？」

李慕歌眨眨眼。「對呀。」

林有儀大呼不夠意思，拿起骰子。「來，繼續，我一定要問出來！」

但李慕歌的運氣背到家了，又擲了最小點。

這次擲出最大點的是林有典，林有儀慫恿道：「哥，快幫我問，我太好奇了！」

林有典觀察一下李慕歌的神情，見她沒生氣，才問道：「那請公主幫我妹妹解惑吧，妳喜歡的人是誰？」

李慕歌斟酒。「我選擇罰酒。」

「呀，怎麼這樣！」林有儀急了，怪林有典。「你真笨，應該先問是在哪裡認識的！」

天音閣裡，一群好友玩得熱鬧。另一邊，金溪臺中的鬧劇已經散場，東道主王家連午宴都沒辦，直接送走了賓客。

刑部衙門離金溪臺不是很遠，顧南野便趁著午膳時辰過來看看。

昨天小姑娘專程派人告訴他，她要在這裡參加聚會，不知是不是有什麼事想見他。

孰料，他過來一看，園子空空如也，除了桌上的狼藉，沒有一個賓客。

他找了一個幹活的僕人，問道：「這裡的聚會散場了？」

僕人以為他來赴宴，解釋說：「您來晚了，筵席被白家大姑娘砸了場子，早散了。」

顧南野眉頭一皺，吩咐親兵去白府，把環環喊出來問話。

這時，白家正亂著，白靈婷哭鬧著定要找王家麻煩，白老夫人卻訓斥陶氏沒教好女兒，搞得家中如此狼狽，根本沒人理上門的親兵。

親兵白跑一趟，回刑部告訴顧南野。「公主和環環姑娘都沒回去，也沒有聽說她們去了哪裡。」

顧南野不悅。「叫白淵回去找人。」下午他有大案要審，實在脫不開身。

兩個時辰後，他手中的案子終於辦完了，一問之下，白淵回那邊還是沒找到人。

顧南野覺得不妙，白淵回也著急起來。

顧南野把刑部的事暫且交給徐保如，親自帶人出去，第一個去找的便是正在祠堂被打手心的白靈婷。

「是妳把太玄帶出去的，她人呢？」
顧南野冷若寒鐵、渾身戾氣的樣子，把白靈婷嚇得不敢吭聲。
顧南野按著腰間的佩刀，白靈婷很怕他下一刻拔刀殺了她，拚命往白淵回身後躲。
「說話。」顧南野耐心非常有限。
白靈婷結結巴巴地說：「我……我和王妙雲打架，就先走了，公主還在金溪臺啊。」
顧南野極力克制著怒氣。「所以妳把馬車和護衛帶走了，丟下她一個人？」
「我……我當時太生氣了，又覺得丟人，沒有多想……」白靈婷越說越小聲。
白淵回氣道：「出門前我怎麼叮囑妳的？真是一句話都聽不進！如果太玄出了一星半點的意外，不僅妳沒辦法交代，白家也沒辦法向皇上交代！」
現在追究這些無濟於事，顧南野打斷他的責問，道：「赴宴時，除了妳，還有誰接近過太玄？」
「謝知音和林有典兄妹，他們一直在一起……對，公主肯定去他們家玩了！」
聽到熟悉的人名，顧南野心中稍定，但願李慕歌是跟朋友們在一起。
出了白府，顧南野立即派人去謝、林兩家，但得到的回答竟是三個孩子也沒回家。
顧南野一顆心七上八下，又被提了起來。
白淵回像是安慰自己一樣，道：「最近京城加強巡防，如果出事，早該有消息傳來。現在沒消息，應該是在哪裡玩。」

顧南野吩咐道：「你去注意大皇子那邊有沒有異樣，若無異樣，我們就再等等。等會兒天黑，他們也該曉得回家了。」

隨著天色一點點暗下，顧南野的心也一點點沈下來。

他想了很多種可能——左黨餘孽？衛家遺孤？還是與大皇子有關的謝家帶走了李慕歌？

在他決定不能再等，要派兵去搜城時，從禮部下衙的宋夕元趕來，抱怨道：「你趕緊跟我回天音閣一趟，下午閣裡傳話來，說公主在我那兒喝醉了，正在發酒瘋。」

顧南野腳步一滯，非常凶狠地瞪著宋夕元。「你怎麼現在才說？」

宋夕元一頭霧水。顧南野幹麼發脾氣？他忙了一天，這不是才有空嗎？

而且，李慕歌待在天音閣很安全，也不能在她發酒瘋時送回白家呀。雖然喝醉，但鬧累了自會睡覺，並不差這一時半會兒。

顧南野懶得跟他多說，當即策馬出城。

第三十五章

趕到天音閣時，顧南野推開包廂一看，只覺得腦殼疼。

四個孩子居然都醉了，趴在矮桌上呼呼大睡。

環環一直守在旁邊，見顧南野臉色很不好看，有些慌張。

「公主說要酒，管事便送了最好的仙人釀進來。我們不知道這酒是要兌著喝的。公主跟大家玩遊戲，一不留神，就喝多了……」

顧南野關上房門，蹲在桌邊，看看抱著桌腿睡覺的李慕歌。

他輕輕拍她的頭。「太玄，醒醒。」

毫無反應。

顧南野嘆口氣，對環環道：「取我的斗篷來。」

他的房間就在樓上，環環很快便取來斗篷。

顧南野伸手把李慕歌從地上抱起，如抱稚子般，單臂抱在胸前，然後用斗篷罩住。

出房門時，他吩咐環環。「去通知謝林兩家來接人，再告訴白淵回，太玄在我這裡，明早再送她回白府。」

「是……」

環環早已看傻了。

顧南野抱著李慕歌回房，打算把她放上床，卻發現小姑娘雙手抱著他的脖子不撒手。

抱她時，顧南野沒有別的心思，只想讓她睡得舒服點。雖然覺得不太合適，但這裡除了他，也沒其他人適合抱李慕歌上樓。

現在小姑娘又嫩又暖的小臉貼在他脖子上，軟軟的身體毫無防備地靠在他懷裡，他終於意識到，這有多麼不妥了。

有一股躁動的氣從身體裡竄出，他立刻伸手去拉李慕歌。動作大了點，小姑娘很不舒服，在他懷裡扭了下，雙手抓住他的衣襟，蹭蹭腦袋，換個姿勢又睡了。

顧南野屏住呼吸，不敢再動，連行軍打仗都沒這麼緊張過。

猶豫一瞬，顧南野沒強行把這隻樹懶扒下來，而是抱著她，坐在書桌前的太師椅中。

他靠著椅子，小姑娘坐在他腿上，靠著他臂彎，如同把他當床墊一樣，睡得十分舒坦。

顧南野低頭看看懷裡的小姑娘，她的臉因為飲酒而紅撲撲的，表情沒有最初認識他時的緊張和害怕，也沒有進京後的不開心或拘謹，非常放鬆，露出少女天真的可愛模樣。

醉酒，似乎也不那麼壞了。

隔天，李慕歌宿醉醒來時，感覺腦袋要炸了，身上也痠痛，若非看到自己睡在床上，都懷疑昨晚被人打了一頓。

「環環……」看到周圍擺設，她知道自己在天音閣的顧南野房中，沒有太驚訝，以為是環環送她上來休息的。

她喊了半天都沒看到人，只得扶著劇痛的頭，下床找人。

走出去時，她經過書桌，瞥見桌上的書是打開的，還有寫到一半的奏疏，以及半杯溫茶。

李慕歌的腦袋頓時轟地炸開了。

天音閣裡，沒有其他人敢用顧南野的書桌。

昨晚他來天音閣了？

他看到她喝醉了？

所以，她在裡面睡覺，顧南野在書桌前坐了一夜？現在人呢？

李慕歌有點想死……

她怎麼在顧南野面前喝醉了？

昨晚她有沒有失態？有沒有胡說？

她完全不知道！

「環環！」她不僅聲音有點抖，腿腳也不穩，哆嗦著往外走去。

顧南野晨練回來，耳聰目明，在樓下便聽到李慕歌在喊人，便加快了腳步。

李慕歌在樓梯口迎面遇上顧南野，顧南野穿著單薄的圓領衫，臉上有汗，看得出是剛練完身子歸來。

兩人四目相對，顧南野看她一副快哭的表情，問道：「我在這裡。怎麼了？」

李慕歌不好直說，只得支支吾吾道：「我頭痛……」

顧南野挑眉。「知道難受了？昨天喝酒時沒想過？」推著小姑娘的背，帶她回房。

「坐下，等會兒廚房就送醒酒湯上來了。」

李慕歌不好意思地低頭，不安地揉著衣角，這才注意到裙子縐巴巴的。

雖然沒照鏡子，但她猜想自己的頭髮、妝容肯定亂七八糟，於是又從位子上跳了起來。

「我要梳洗一下！」

這時，天音閣的僕人很體貼地將醒酒湯、早點、換洗衣服，以及女子梳妝用品送來了。

李慕歌拿了衣服，趕緊往最裡面的屏風跑去，跑到半路，突然回頭對顧南野說：「你出去呀，我要換衣服。」

顧南野愣了一下，他這房間大得很，外間書房，裡間寢室，還有梳洗的隔間。

但小姑娘說了，他還是起身出去吧。

顧南野抱著雙臂，站在臨窗的過道上，不可抑制地想起昨晚懷裡的軟玉溫香。

他走了神，連宋夕元上來找他也沒察覺。

宋夕元拍他肩膀時，把他嚇了一跳。

宋夕元見狀，精神立刻變得十分振奮，問道：「如此心不在焉，你在想什麼？我可聽說了，昨夜你跟太玄在房裡待了一夜。」

顧南野恢復鎮定，板著臉說：「不要拿你的想法來揣度我。還有，女孩子的名聲很重要，管好你手下的人，不要亂說話。」

宋夕元還是很興奮。「在我面前就別裝了。若是以前，你一定會避免任何可能發生誤會的事，昨夜怎麼就不顧及太玄的名聲了？你是想好了？」

自范涉水從金陵送年貨來京城，提到顧夫人起了撮合顧南野、李慕歌的意思後，宋夕元便跟顧南野商量過，顧夫人能這麼想，至少說明顧南野和李慕歌不存在任何血緣上的關係。

雖然顧南野尚未去查證，但心中已然非常相信母親，一定是他父親誤會了母親和雍帝的關係。

顧南野沒有直接回答宋夕元，只說：「現在談這些還太早。」

宋夕元以為他是指李慕歌的年紀。「她十四歲了，你若有這個心思，可以開始準備。」

顧南野沒說話，依然不肯明確表示心意。

兩人聊了一會兒，顧南野聽到房裡的腳步聲傳來，低聲囑咐宋夕元。「不要在她面前亂說話。」

「行，不打擾你們，我走了。」宋夕元十分有眼色地離開了。

片刻後，李慕歌梳洗好了，打開房門，請顧南野一起吃早飯。

顧南野鎮定自若地回房用早點，快吃完時，對侷促不安的李慕歌說：「等會兒我送妳回白府。如果還是頭疼，今天不必去書院了，多休息一日。」

「好。」

李慕歌慢慢地吃著饅頭，想了半天，還是鼓起勇氣，試探著道：「為什麼把我送你的東西單獨收起來？」

顧南野轉頭看看書桌下的雕花木匣，看來小姑娘是打開瞧過了。

他放下筷子。「既然是送我的禮物，自然要妥善保管。」

李慕歌問：「沒有別人送過禮物給你嗎？怎麼就收著我的東西？」

「沒有。」

李慕歌驚訝極了，像顧南野這樣的大人物，竟然沒人送禮給他？

她不死心，想問點真心話出來。

「那劍穗呢？那是我給表哥的，怎麼在你這裡？」

這下顧南野沒話說了，臉上難得浮現尷尬的神情。

李慕歌得意地抿嘴笑了，這個心口不一的男人，可讓她弄清楚他的真實心意了！

「我女紅不好，那些東西，你別刻意留著吧，我自己看著都不好意思。待你今年生日，我一定送你一個好禮物。」

顧南野順勢問道：「我記得，前世的妳，旁的技藝都拿不出手，唯有做得一手好針線，還是得過太后誇獎的，怎麼重生一次就忘了？」

這下輪到李慕歌尷尬了。

芯都換了，會的東西當然變了。

不過，她能直接告訴他嗎？

之前告訴他夢境的事，是為了傳達一些有用的消息。如果告訴他穿越的事，他能理解嗎？能接受嗎？畢竟情況與他不同，還是有極大風險。

他這樣問，是不是因為昨晚她喝醉後說了什麼不該說的話？

李慕歌糾結不已，手中的饅頭都被捏得變形了。

顧南野很早便注意到李慕歌跟葉桃花的不同。

他重生一次，還是本來的自己，但小姑娘的性格、神態、氣質、言語、能力都變了。

雖然覺得匪夷所思，但他自己的經歷，又何嘗不是匪夷所思？

看出李慕歌的緊張，顧南野不打算追問，畢竟他心裡已有判斷。

「吃飽了嗎？該回城了。」

李慕歌也怕他繼續問，連忙點頭，跟他出門了。

回白家的路上，李慕歌被馬車一晃，頭又開始暈，很不舒服地靠在車壁上。

顧南野看她這樣難受，有些心疼，板著臉教育起來。「知道酗酒不好了嗎？」

李慕歌懨懨地說：「我知道錯了，以後再也不喝了。」

之前在宴會上喝的酒都跟米酒一樣，她沒當回事，誰知道天音閣的仙人釀這麼厲害。

「昨天要不是在天音閣，而是醉在其他地方，妳打算怎麼辦？遇到意圖不軌的人，又打算怎麼辦？」

若是在別的地方，她肯定不會喝醉。再說，昨天她是帶著環環出門的。

但李慕歌身體不舒服，懶得解釋，只是有氣無力地點著頭。

顧南野又道：「不僅不能酗酒，也不能亂跑。昨天妳一聲不吭跑出城，白家和我都不知道妳的行蹤，險些封城搜查。」

李慕歌不高興了，又因宿醉導致心情不佳，回嘴道：「我沒有亂跑。之前我出門都跟你說了，而且我後來去的是天音閣，又不是別的地方。平時你閒話少得很，怎麼今日這麼囉嗦？顧婆婆！」

顧南野被她好一頓頂嘴，想再板起臉來教育一番，但看到她鼓起的腮幫子，以及雙手抱在胸前、瞪著他的模樣，瞬間就心軟了。

生氣……也很可愛。

他沒忍住，伸手按她的頭頂，帶著笑意說：「還說不得了？脾氣變得這麼大。」

李慕歌也被這一摸摸得氣消，軟下聲音說：「侯爺，我真的不舒服，想再睡會兒，你就別再說我了。」

顧南野聽了，挪挪位置，把車廂裡更寬敞的位置空出來，拿出靠枕給她墊上。

因對顧南野的心意有了更大的把握，李慕歌大膽地問：「躺下來我大概就要吐了，能借你肩膀靠一會兒嗎？」

顧南野有些猶豫，但看她是真的不舒服，便又坐了回去。

李慕歌見他坐近，心臟狂跳，而後屏住呼吸，身體僵硬著，小心翼翼地把頭靠上去。

顧南野比她高太多，哪怕是坐著，李慕歌也靠不到他的肩膀，只能挨著他的手臂。

他手臂上有結實的肌肉，靠著並不舒服，硬邦邦的，還靠不穩。

但李慕歌心滿意足，哪裡還敢挑剔？

顧南野端坐著，目視前方，身體不動如山。

馬車駛在路上難免顛簸，李慕歌的頭在他手臂上搖來搖去，感覺下一刻便要往前栽倒。

顧南野見小姑娘閉眼睡著了，但似乎睡得很不舒服，遂輕輕捧住她的頭，將她放倒，讓她枕在他腿上。

李慕歌雖然在睡，但並非全無知覺，感覺自己睡在顧南野的腿上，興奮得不敢動彈。

感情得到回應，沒有比這更幸福的事了……

李慕歌巴不得時間永遠停在這一刻，然而一陣翻天覆地的爆炸聲，瞬間打碎她的美夢！

她不知道發生了什麼事，只感覺自己被顧南野猛地抱進懷裡，接著又是一陣天旋地轉。

馬車被掀翻，劇烈的疼痛從李慕歌腿上傳來，她還來不及叫，就和顧南野一起重重摔在地上。

顧南野抱著李慕歌連續翻滾，跌落在路邊的小坡下，馬車已被埋在路上的火雷炸得四分五裂。

這時，數十名黑衣人從山路兩側的林子裡竄出來。

「抱緊我！」顧南野聲音沈冷，忍著怒氣。

他一手將李慕歌往懷中按緊，一手抽出腰間的佩刀，第一次沒有迎敵而上，而是選擇了撤退。

昨夜他孤身來天音閣找李慕歌，李慕歌身邊亦沒帶護衛，沒想到會被人在回城路上鑽了空隙。

小姑娘受傷了，她溫熱的血已經浸透顧南野的褲子，他不敢拿她冒險。

顧南野飛快在山林裡穿梭，並從袖中射出一支響箭。

追殺的黑衣人瞧見了，有人喊道：「速戰速決，不能等他叫來援兵！」

黑衣人追上來，顧南野只得反身出擊，纏鬥起來。

他的刀快而狠，身體騰挪之間，刀光劃過刺客的身體，鮮血噴射而出，殘肢斷落。

李慕歌很害怕，這一年她經歷了很多，但從未經歷過真槍真刀的武鬥，哪怕之前中毒垂危，也不覺得多麼凶險。如今鮮血殘軀就在眼前，生命消殞在旦夕之間，她如浮萍一般，只能仰仗顧南野獨力奮力抗敵。

十個刺客而已，對顧南野來說，原本算不得什麼，可他還要保護她。

李慕歌雙手緊緊摟住顧南野的脖子，把頭埋在他的脖頸間，一聲也不敢吭。她死了沒什麼，就怕自己拖累了顧南野。

好在沒過多久，一排利箭從叢林裡射出，徐保如帶人趕到了。

顧南野不再戀戰，抱著李慕歌，脫身而出。

離開了遇襲的地方，顧南野輕輕把李慕歌放在樹下，讓她靠著樹幹休息。

「哪裡受傷了？」顧南野聲音緊繃，面色不佳，有些著急地檢查李慕歌的傷勢，瞧見她腿上血肉模糊的傷口時，神情陰鬱至極。

李慕歌的小腿被馬車炸散的碎片扎入，手掌長的木片插進皮肉中，流了很多血，但她已經緊張得感覺不到疼痛。

「沒事，應該只是劃破了一點皮肉。」但她的身體真實地顫抖著。

顧南野用布條包紮好她的腿，確定沒有其他地方受傷後，重新抱起她，對徐保如下令。

「不必留活口，殺無赦！」

話落，他頭也不回地帶著李慕歌，折返天音閣。
而李慕歌流血過多，靠在他懷裡，迷迷糊糊睡了過去。

待李慕歌再次醒來時，天色已經昏暗，環環紅著眼睛守在她床邊。
她睜眼看看四周，還是在天音閣的顧南野房中，出聲喊環環，聲音卻嘶啞得讓她自己都有點聽不清楚。
環環立刻湊到她床前。「公主，您醒了？我這就去叫大夫。」
李慕歌沒看到顧南野，本想問問環環，但環環已經跑出去叫人了。
天音閣請的大夫等在樓下，得知她醒了，立刻上來。
大夫說她失血過多，又發燒，熬了湯藥來，讓環環餵李慕歌喝下。
喝完藥後，李慕歌問大夫。「侯爺有沒有受傷？」
大夫道：「侯爺只有些皮外傷，他身體強壯，不礙事的，公主不必擔心。」
李慕歌點點頭，雖然很想見顧南野，但他現在必定在處理刺客的事，便忍著沒有開口。
大夫退下後，環環擔憂地說：「我得到消息時可嚇死了。都怪我，沒留下來保護您。」
昨晚去各家送完信，顧南野便先讓她回白府了。
李慕歌說：「這不怪妳，哪怕侯爺保護我，還是會發生意外。不過，今天的刺客是哪裡來的，竟然用了火雷。」

環環道：「聽我哥說，段左兩家叛亂時，兵部丟了一批火雷，一直沒有找到，定是這次用的。刺客是叛黨餘孽，刺殺皇上不成，就想報復侯爺。昨天侯爺一出城，便被他們盯上，公主是受了無妄之災。」

李慕歌搖頭。「侯爺是為了找我才出城，不然，刺客怕是找不到機會下手。」

另一邊，天音閣樓下，宋夕元房中，大夫正向顧南野說明李慕歌的傷勢。

「公主醒了，就沒有大礙，退燒湯藥和外傷的膏藥要按時用，等燒退下去，再換補血的方子。如果傷口疼痛難忍，可以在湯藥裡加幾味止疼的藥。」

顧南野皺著眉頭聽完，待大夫退下，對宋夕元說：「這幾日太玄先留在你這裡休養，你命人仔細照料，差什麼藥材，儘管去買，買不到就去宮裡御藥房取。待太玄的傷勢好一點，你再送她回去。」

宋夕元道：「我自然會仔細照料公主。但你呢？她醒了，你不上去看看？」

顧南野神情凝重地搖頭。

宋夕元深深嘆了口氣。眼見兩人情意相投，好事漸成，經此一事，顧南野只怕又會生出諸多顧慮，止步不前了。

「我知道你是為了公主的安全考慮，不想將麻煩事牽連到她身上，可還是要注意分寸，別傷了公主的心啊。」

顧南野閉上眼睛，沒有說話。

在等李慕歌醒來的這幾個時辰裡，他想了很多，腦海裡反反覆覆都是前世母親被虯穹人報復的可怕情景。

他兩世為人，樹敵無數，未來的敵人只會更多。他不懼艱險，但憑什麼拉著小姑娘跟他一起遭罪？

這一世她很好，受雍帝寵愛，自己也有主見，沒有經歷髒污的人生，能有光明的未來，就別拉她一起在險惡的地獄中沈淪了吧。

宋夕元看他的神情，就知道他心意已定，多說無益，還是想想怎麼安慰小姑娘脆弱的心比較實際。

他起身拍拍顧南野的肩膀。「你要三思，要相信自己，也要相信她。」

說罷，他便上樓探望李慕歌了。

第三十六章

在叛亂被鎮壓後的一個月，京城的氣氛漸漸恢復往日的祥和，但太玄公主和毅勇侯遇刺的事發生後，世家和官員們又緊張起來，依著顧南野的行事作風，必然又會迎來新一輪的清剿，紛紛管束家人和僕從，祈求不要被波及。

果不其然，顧南野重新查了兵部、三千巡防營、神機營，連他自己管理的刑部也不放過，辦了洩漏他行蹤、巡查不力、勾結餘孽的多名官員。

李慕歌被宋夕元送回白家時，已是十日之後，白老夫人帶著幾房兒媳來白玉堂探望她。其中，陶氏神情最為淒切，因為李慕歌在城外遇刺，白老夫人認為這與白靈婷擅自丟下她也有關係，又狠狠責罰了白靈婷一頓。

李慕歌精神不太好，陶氏在她跟前絮絮叨叨賠罪，也令她心煩，遂怏怏地開口。

「多謝外祖母、舅母們關心，我已經無大礙，只是精神不濟。今日坐車顛簸，現在又有些體力不支了。」

眾人了然，陶氏立刻道：「公主好生休息，我這就命人把補血養氣的珍奇藥草送過來，讓您補補身子。」

李慕歌點點頭，示意環環送客。

待清靜了，李慕歌便趴在床上出神。
整整十天，從她受傷開始，顧南野沒再露過面，原以為今日回京，顧南野肯定會送她，但沒想到宋夕元、徐保如帶著大批的護衛露面了，獨獨不見顧南野。
遇刺之前，他明明待她很親近，怎麼一夜之間又變了？
有問題！
之前感情的事，不好借他人之口，雖知顧南野可能是故意躲她，但還是想當面問一問。
李慕歌左思右想，喊來環環。「再過幾日是我的生辰，打算在白玉堂設宴。賓客名單由我來理，妳幫我把帖子送出去，並請大舅母幫我準備。」
李慕歌想請的客人並不多，外人只請了天音閣的人，以及謝知音、林氏兄妹。白家同輩兄弟姊妹則是請了白淵回、白靈秀和白靈嘉。
到了三月十八日，莫心姑姑一早便帶著喻太后和雍帝的賞賜到白家，並代為探望李慕歌的傷勢。
白家的兄弟姊妹早早來到白玉堂幫忙待客，謝知音等人也來了。
唯獨天音閣的數人遲遲不見蹤影。
環環見李慕歌臉色漸漸變得不好看，小聲安慰。「我哥哥說他們一定會來的，可能是因公務繁忙，一時耽誤，午宴前肯定趕來。」說罷，自行去門口查問了。

不出去不知道，原來宋夕元、徐保如、范涉水和馮虎已經在門房坐著，但就是不進去。

環環著急地對哥哥徐保如說：「你們來了怎麼不進去呀？公主都等急了。」

徐保如為難地說：「我們在等侯爺。他不來，我們進去也沒辦法跟公主交代。」

環環問道：「侯爺有事耽誤了嗎？」

徐保如看向宋夕元，沒有回答。

宋夕元清清嗓子，尷尬地說：「侯爺忙呀，成堆的事，也不知有沒有吃飯的工夫……」

環環變了臉色。「可今日是公主的生辰，皇上日理萬機，都記得派人傳話來，侯爺總不至於連面都不露一下吧？」

眾人面面相覷，不說話了。

環環急得跺腳，搖著哥哥的手臂。「我不管，你快去找侯爺！」

徐保如摸摸腦門，無奈地說：「行行行，我去我去。」

環環又對宋夕元道：「宋七公子，你們先隨我進去吧，也好安慰安慰公主。」

宋夕元嘆口氣，躲是躲不過的，只得硬著頭皮進去了。

李慕歌見宋夕元帶人進來，沒有見到顧南野，心中明白了幾分。

她面上不顯，笑著待客，介紹眾人互相認識。

在金陵的書院時，宋夕元就是林氏兄妹的音律老師，又與白淵回來往多次，所以大家很快就熟悉起來。

李慕歌陪著客人說話，聽林有典說，梁曙光也要進京了，笑著道：「我聽聞梁大人升任兵部尚書，便猜到曙光弟弟也會進京。到時候他來了，你們一定要告訴我。」

林有典點頭。「那是自然，要是他知道能在宮外見到妳，肯定也很開心。」

絮絮叨叨說了好些話，臨近開宴時，徐保如終於來了，但還是一個人。

他捧著一個盒子，對李慕歌說：「原本侯爺要來的，可臨出門前，葛大人帶著好幾位大人去刑部，說有要事相商，侯爺只得託我先把禮物帶來，改日再當面向公主道賀。」

李慕歌依然笑盈盈的，道謝後，請眾人入席。

徐保如拿著禮物，尷尬地看向妹妹。

環環只得嘆口氣，代為收下禮物。

雍朝習俗，生辰上要吃長壽麵、飲壽桃酒。

李慕歌湊著大家的興，來者不拒飲了很多杯，酒席還未結束，已經暈得不得了，賠罪道：「各位哥哥、姊姊恕罪，我一時飲急了，有些不勝酒力，要先下去歇歇。」

她請白淵回、白靈秀幫著招呼賓客，由環環扶著回房。

她倒在床上，對環環揮手。「妳去外面幫忙吧，我躺一會兒就好了。」

環環點頭，想替她取醒酒湯，但剛關上房門退出去，便聽到壓抑的哭聲。

環環的心都揪起來了，縱然她從前是顧南野手下的人，此刻也要腹誹前主人，這樣對待一個真心實意的姑娘家，真是太壞了！

三月十八日的生辰，對李慕歌來說，有著不一樣的意義。

去年的今日，她睜眼來到這個陌生的世界，渾渾噩噩與葉氏夫婦纏鬥半月有餘，受了不少苦和驚嚇。

再看今日，生活雖不是一帆風順，但這一年中，她有了依靠，有了親朋，衣食無憂，比起去年的境況，不知強了多少。

未必處處順心遂意，但一切都在朝好的方向發展，這就足夠了。

更重要的是，她飛快地適應和成長。

半年前，李慕歌害怕一切變化，害怕離開顧家，害怕陌生的環境，但經歷種種事情後，她已能適應京城和皇宮的生活，也嘗試獨立面對問題和解決苦難。

至於感情，李慕歌對顧南野的心意始終如一，不同之處在於她日漸自信，相信顧南野對她並非無情。

眼下顧南野的冷落，她雖傷心，但她相信，他一定有他的理由。

想通這一切，李慕歌的心情便紓解不少。

環環取醒酒湯回來時，李慕歌已經止住了眼淚。

喝完湯後，李慕歌睡了一刻鐘，再醒來時，已精神抖擻，重新去前廳陪客。

環環看著她這般強顏歡笑，十分心疼，拉過徐保如的手臂，就勢掐了一把。

徐保如痛得跳起來，低聲問道：「妳掐我幹什麼？」

環環憤憤地說：「你們這些臭男人真是討厭！」

「關我什麼事？」徐保如莫名被罵，十分無語。

環環哼了一聲，不再理他。

朝廷經過春天的兩次變動，諸多衙門出現官職空缺，而能在內閣及三臺六部留下的大臣，又因摸不準雍帝的行事，處處明哲保身。

結果，事情全壓在顧南野、葛錚等深受雍帝信任的臣子身上。

顧南野忙著處置獲罪官員的案子，要幫葛錚把關吏部官員的遴選和提拔，還要整頓京軍防務，忙起來連廢寢忘食也不足以形容。

不過再忙，他也會掛念李慕歌。

這天深夜，顧南野剛結束刑部的要案會審，走出衙門時，在路上問徐保如。「太幺的傷如何了？」

雖然徐保如被妹妹嫌棄，但一直保持聯繫，互通有無。

徐保如詳細說道：「公主行走已經無礙，只等傷口慢慢長好。四月初一，公主進宮向太后請安，還說四月廿八日想與太后去藥王廟禮佛，太后應允了，馮虎正在準備出行的事。」

四月廿八日是藥王菩薩的誕辰，喻太后身體不佳，要去藥王廟禮佛並不奇怪，但奇怪的是，李慕歌為什麼突然主動跟喻太后親近起來？

「她打算做什麼？」顧南野問徐保如。

徐保如搖頭。「我也問過環環，但公主只說，既然成了一家人，就該多親近，和樂融融才好。」

顧南野不信。

若是以前，他見到李慕歌便直接問了，但他現在故意避而不見，要下面的人去問，肯定問不出她的真實想法。

顧南野沒辦法，只得叮囑道：「讓馮虎多留意，提前做好藥王廟的布防，萬不可出任何差錯。」

「是。」

李慕歌刻意親近喻太后，自然是有原因的。

在葉桃花的夢境中，顧南野因反對立李佑顯為太子，狠狠得罪喻太后，因此吃了虧。

依李慕歌眼下的觀察，顧南野依然不太欣賞李佑顯，同樣的劇本應該還會上演。

若她能得喻太后歡心，或許能在喻太后面前幫顧南野說好話，抑或替他打探消息，總會有用的。

不過，對於顧南野的心思，李慕歌很是疑惑。

他不支持大皇子，二皇子和四皇子因左婕妤之故，早早失去了繼承皇位的資格，那就只剩三皇子了。

三皇子李佑翔是向賢妃所出，但向賢妃因上元節孔明燈失火而被貶為貴嬪。眼下三皇子的日子不怎麼好過，也沒見顧南野幫助或栽培他。

莫非真如夢中所見，顧南野打算自己幹大事？

李慕歌被這想法嚇了一跳，她不懂朝政，想不通也就不想了，反正她是無條件支持顧南野。他為了保家衛國流血拚命，為了匡扶社稷懲奸除惡，她全看在眼中。

四月廿八日，白淵回帶隊護送李慕歌，和喻太后在藥王廟會合。

他們早早出發，到達藥王廟時，意外發現有人比她更早，而且是李慕歌沒想到會在此時此地出現的謝知音。

謝知音上前迎她，李慕歌問道：「知音姊姊，是皇祖母邀妳來的嗎？先前不知道妳要來，不然我們就一道來了。」

謝知音點頭。「是，昨日臨時接到的懿旨。」若有所指地補了一句。「聽說一同被邀的，還有向閣老的孫女向思敏。」

李慕歌有些意外，但看到謝知音後，向思敏的出現就在意料之中了。

前世，向思敏是李佑顯的正妃。

既然喻太后有意再看看她相中的幾位姑娘，自然要把正妃候選人請出來，謝知音和李慕歌反而是今日的配角。

向思敏背景雄厚，祖父是閣老，父親是外放的四品官員，再過些年，肯定也是要進三臺六部的。

而且，向貴嬪就是她的姑母。

喻太后為避免向家扶持三皇子，替皇長子爭取到這樣的王妃，可謂用心良苦。

但這樣的安排，向貴嬪肯定十分不滿意。

李慕歌想著其中的彎彎繞繞，與謝知音先在藥王廟前院的茶廳裡小坐。

現下沒有旁人，李慕歌便問：「知音姊姊，咱們相識相交有些日子，有幾句話，妹妹要直說了。」

謝知音聞言，腰背挺直了些，認真回道：「公主真心待我，我也有些話想跟您商量。」

李慕歌點頭。「皇祖母為大皇兄相看王妃，先前召見不少世家姑娘，今日邀妳和向姑娘來，想必是看中了妳們。但權衡利弊，正妃之位非向姑娘莫屬，妳真的願意入宮做個皇子側妃嗎？」

李慕歌敢跟她說這些，也是因為前世謝知音經常一個人到太玄觀禮佛，日子過得冷冷清清，跟李佑顯的感情並不好，想來是不喜歡他。

謝知音小聲說：「向姑娘的身分自然不是我能比的，我沒有想跟她爭正妃之位，但我的婚嫁，哪裡是我說了算的？」

謝家跟大皇子的關係到底有多深，李慕歌不知道，謝知音也不提這些。

拋開家族立場，李慕歌真心勸道：「姊姊是個聰明人，想必知道太后替大皇子娶向姑娘的原因。大皇子雖養在向貴嬪膝下，但有三皇子夾在中間，向家到底支持誰，還很難說。日後，向貴嬪和大皇子之間，必然暗潮洶湧，向姑娘是向貴嬪的姪女，她們不會撕破臉皮，可妳呢，豈不是成了兩人撒氣的工具？」

謝知音憂愁地說：「先前不知道太后要為大皇子爭取向家，如今立場明朗，日後定是有些風雨波瀾。我母親也為此發愁。」

李慕歌說：「世上的路千萬條，姊姊勸勸令尊跟令堂，不要一條路走到黑。為了妳自己，可不能聽之任之啊！」

她有句話沒說穿，就算謝家要支持大皇子，也不是只有聯姻一條路，她相信謝家會想明白的。

謝知音默默聽著，沒有表態。

李慕歌知道這事逼不得，又是別人的事，只能小勸兩句，點到即止。

兩人喝了半盞茶，白淵回敲門進來，手裡拿著兩小包點心。

「聽說太后娘娘禮佛時，要齋戒一整天，今天連齋飯都沒有，要等晚上回去才能吃東西。這包點心，公主藏著，餓了偷偷吃一點。」

他給李慕歌一包，另一包給謝知音。

謝知音沒想到自己也被照顧了，有些驚訝，便對白淵回行謝禮。

白淵回說：「謝姑娘不必客氣，妳對公主多有照顧，情同姊妹，在我眼裡，就跟自家妹妹一樣。」

謝知音不好意思地說：「我哪裡照顧公主了，是公主不嫌棄，高看我一眼。」

白淵回說：「宮中花神宴時，四公主當眾詆毀太玄公主，妳仗義直言，作詩反諷，我可聽說了。謝姑娘的風骨、才氣和義氣，都令人欽佩。」

接著，他背出詩來，又道：「……好個不入時人眼，當真是名士自風流。」

詩裡，謝知音當眾嘲諷李慕貞俗麗，不入時人之眼，讚賞李慕歌雖出身鄉村，但清新淡雅，極為難得，可謂相當大膽和放肆。

李慕歌聽了，不禁替她感到後怕，也著實覺得這姑娘有些孤傲和實心眼，替她出頭，卻一個字也沒有提。

謝知音低頭，紅了臉，小聲道：「白大人莫要再提，那只是我的狂傲言論，回家被母親狠狠訓過了。」

李慕歌看著兩人，漸漸悟出一點意思來。

前世謝知音總來太玄觀，真是為了禮佛？該不會是為了偶遇白淵回吧？

突然，李慕歌興奮起來，憋得好辛苦，才沒有當場笑出來。

「還有這事？知音姊姊替我出頭，我居然不知道！幸好我表哥欣賞妳，連妳的詩詞都背下來，才能把此事說給我聽。」

白淵回被她這樣一說，也覺得自己好像太過注意謝知音，這樣對姑娘家很失禮，連忙找藉口下臺。

「太后娘娘的儀駕應該快到了，我出去等消息，妳們也準備出來吧。」

白淵回出去好一會兒，謝知音的臉色還是透著紅。

李慕歌笑著飲茶，也不多說旁的話，相信謝知音心中自有想法。

第三十七章

喻太后和向思敏同車而來。

據馮虎說，向思敏先進宮給向貴嬪請過安，再隨喻太后出來，可見她已經清楚知道，未來要在夾縫中求生存。

向思敏年紀不大，十六歲，瘦瘦弱弱的，看起來很文靜，說話聲音也不大，倒跟向貴嬪很不同。

同行的還有李慕妍、李慕錦，眾人互相見禮後，便由藥王廟住持領著去大殿。

喻太后上香祈禱後，命嬤嬤呈上她親手抄的經書，請住持唸經開光。

李慕歌見狀，也讓環環把她抄的《藥師琉璃光如來本願功德經》取來。

「皇祖母，孫女也抄了經，希望藥王菩薩能保佑皇祖母和父皇身體康健，出入平安。」

喻太后驚訝地看她一眼，十幾歲的年紀，正是愛俏又愛鬧的時候，能靜心抄寫經文？

她親自從環環手上接過佛經，翻開來看，黃色的灑金紙上，筆跡稚嫩，算不上好字，但整整齊齊，看得出是用了心思，是她親自抄的。

喻太后點頭稱讚。「難得妳有這個心思，菩薩必會感知妳的誠心。」

李慕歌說：「孫女是在去年佛祖誕辰日時，在金陵的小雷音寺中遇到顧夫人相助，所以謝知音飛快瞥了站在不遠處的白淵回一眼，說：「跟法師論法時，我說了幾句愚鈍的話，好像惹太后娘娘不開心了，說我既然沒有悟性，不如出來陪妳們玩。」

李慕歌聽了一喜，謝知音還真是乾脆，沒跟家人商量，也不確定白淵回的意思，就決定在喻太后面前醜化自己，那她也得表示一下支持才行。

「皇祖母應該不會氣很久，姊姊也不要不開心。過幾天是端午節，白家組了龍舟隊，要參加比賽，到時候我們一道去看。」

李慕妍、李慕錦聽者有分，也想去湊熱鬧。

李慕歌為難道：「妳們倆出宮是件難事，要是能求得皇祖母的同意，自然也可以來。」

李慕錦犯難了。

李慕妍出主意。「我們去求思敏姊姊，如果她願意帶我們出宮，皇祖母肯定答應。」

「對！」李慕錦一喜，便與她興匆匆地回藏經閣找向思敏了。

放生池邊只餘李慕歌和謝知音。

李慕歌握住謝知音的手。「姊姊是個面冷心熱又外柔內剛的人，能遇到知曉心意、互相欣賞的人不容易，我定會全力幫妳。」

謝知音別過身子。「公主突然說什麼渾話，我聽不懂。」但臉色已經紅到脖子了。

藥王廟的佛塔上，顧南野抱著手臂俯瞰放生池邊說說笑笑的姑娘們，心情複雜。

他記掛著李慕歌今日要陪喻太后出行，擔心她刻意接近喻太后是要行什麼計策，放心不下，還是跟過來了。

但看小姑娘自在又活潑地跟謝知音說笑，好像真的只是出來散心的。

他有些悶，發現自己在她心中好像沒什麼分量，他的退避，沒有給她帶來半點不樂。

李慕歌並不知道自己的一舉一動已落入有心人眼中，一心想替謝知音製造機會，便喊來白淵回。

「表哥，你陪知音姊姊坐一下，我回藏經閣看看皇祖母有沒有什麼安排。」

不待白淵回拒絕，李慕歌便一溜煙跑了。

她忍著笑，和環環在路上壓低聲音商量。「以後請知音姊姊去家裡玩，還要想辦法讓大舅母見見她，妳若是跟長房的管事嬤嬤說得上話，也旁敲側擊一下。現在大舅母一直操心白靈婷的婚事，也不能耽誤表哥的大事呀。」

兩人正商量著，李慕歌的眼角餘光瞥見一個身影從角門一晃而過，先是一頓，又立刻追過去。

「欸，公主，您去哪兒？那是往外走的路呀！」環環見她突然調轉方向，只得跟上。

李慕歌氣喘吁吁地從寺廟內院跑到外院，在下階梯的地方，終於看清楚了那個人影。

她沒有看錯，真的是顧南野。

李慕歌點點頭，想到蚪穹和顧家的前世恩怨，開始體諒顧南野。「你遇上蚪穹的事，近來心情必然會受影響。如今他們為魚肉，我們是刀俎，想怎麼報仇都可以，你也不必因為他們生氣。」

顧南野暗中嘆氣，這個小姑娘著實讓他心痛，他這樣惡劣地對她，她還在替他的冷淡自私找藉口。

「太玄，妳不必在我面前如此委屈自己。妳父親是大雍皇帝，母親是貴妃，妳身分尊貴，不必看任何人的眼色行事。」

李慕歌抬頭看他。「沒有啊……我只是覺得，你說話做事都是經過深思熟慮，任何決定都有你的理由，我若不理解，應該是有我不知道的事。總之，這一年來，我都被你安排得好好的，你從沒做過對我不好的事，相信你肯定沒錯。」

被李慕歌如此信任，顧南野的內心頗為動搖。

他捏捏自己的拳頭，強忍著想去摸小姑娘腦袋的衝動。

「殿下回內院去吧，出來久了，太后會派人找的。」

今天李慕歌跟他吐露了內心想法，按照以往的慣例，顧南野肯定不會回應，她不敢追著他逼問，怕情況變得更糟，於是一步三回頭地往內院走去。

直到她的身影消失，顧南野才邁著沈重的步伐離開。

顧南野策馬馳往天音閣，拎了一罈仙人釀，坐在頂樓，看著香山腳下的京城，猛地灌了一大口。

他閉上眼，前世母親被懸於敵陣前的恥辱、雍朝皇族被一個個推下城樓的悲哀、山河百姓被屠戮的慘劇，在他腦海中一一閃現。

他重生醒來時，曾發誓要彌補前世的遺憾，手刃仇人和奸佞，還無辜百姓一個海晏河清的太平盛世。

可是……終究還是不夠強。

若是夠強，何至於患得患失？何至於不能守護所愛？何至於拱手退讓？

小姑娘如此相信他，他卻只覺得不配！

他心中忽升起對自己的怒氣，重重地將酒壺摜到地上。

天音閣管事聽到樓上動靜，心中一顫，叫來手下吩咐。「速速去禮部衙門一趟，跟七爺說侯爺有些不對勁，請他快回來。」

宋夕元得到消息後緊趕慢趕，午後才趕回天音閣。

顧南野小憩後，已經酒醒，此時正要回衙門做事。

兩人在門口遇上，宋夕元問他。「今日你不是去藥王廟了嗎？怎麼這時辰來天音閣？」

顧南野一臉平靜地說：「來取個東西。」

宋夕元見他兩手空空，不信，問道：「是不是在藥王廟遇見太玄公主了？你們又吵架了？」

「沒有。」

顧南野邁步走出去，宋夕元緊緊跟上，追問道：「哎，你這個人，怎麼心事越來越重了，連我也不說？你看看你身上還有酒氣，白天喝酒，絕對是有事。」

顧南野牽過坐騎，翻身上馬。「禮賓院很閒嗎？之前禮部還遞帖子說人手奇缺，我看你可以更忙一點。」

蚚穹使節團進京商討歸降的事，由禮部禮賓院來辦，宋夕元負責。

宋夕元看不得他這樣，上前拉住他的韁繩。「你這人就是這樣，心裡越是有事，越是東拉西扯。不行，你下來，我們好好聊聊。」

顧南野是家中獨子，沒有兄弟姊妹，又自幼與父親結仇，雖然身分尊貴，但對長他一歲的宋夕元來說，他始終是個性格孤僻的弟弟，需要照顧。

顧南野不會在親人面前抬身分，雖臭著一張臉，還是跟宋夕元回了天音閣。

從衙門趕回來的路上，宋夕元想了許多勸解顧南野的話，但感情的事，外人沒辦法做決定，能做的只是告訴顧南野事實，幫助他看清自己的心意。

「你不願意說，我便不問，但你聽我說兩件事。

「一是上個月引起沸議的國子監治世之辯。文壇士林的事，你向來不感興趣，所以不知道，在大會上有四成名家支持你亂世用重典，肅清餘孽。

「半年前，哪怕你打了那麼多勝仗，這些文人名家何曾替你說過一句好話？還不是跟著朝臣一起罵你暴虐殘忍。你當是為什麼變了？是白家受太玄之託，連續數月登門造訪各界名士，請他們為你正名。」

宋夕元見顧南野神情變得凝重，繼續道：「還有，從這個月開始，無涯書院開始辦無涯大講堂，沒有限制，京城學子皆可前往聽學。這個月第一堂課，白氏的先生頻頻以你為例，來討論治世中的個人名利，讚譽你是『苟利國家生死以，豈因禍福避趨之』的大忠之人。你覺得這又是誰在為你籌謀？

「侯爺，我們都小看太玄了。你在保護她的時候，她也正用她的方式保護著你。你怕拖累她而避開她，她卻想盡一切辦法去解決困難。這樣的好姑娘，值得尊重，也不該辜負。」

顧南野心酸得說不出話，第一次生出愧疚和挫敗。

「謝謝你告訴我這些。」

宋夕元起身。「多的我就不說了，怎樣才是對她好，你應該能想明白。」

宋夕元走後，顧南野心中的火越燒越旺。

不是怒火，而是受到鼓舞和振奮的希望之火。

他所做的一切，有人能理解，並為他奔波頌揚。

顧南野不由苦笑，明明發誓要挽回前世的遺憾，卻又差點製造新的遺憾。

小姑娘用行動表達自己的決心和心意，他有什麼理由退縮？

他顧南野在戰場上是勇士，在情場上，卻是個懦夫！

李慕歌見過顧南野一面後，有些心不在焉，直到傍晚返家時，在路上跟環環商量如何幫謝知音、白淵回牽線，才重新打起精神。

「……外祖母和大舅母素來看重功利，謝家如今的地位，她們未必看得上，需要想些別的辦法。」

環環為難道：「聽府中下人說，大少爺之所以拖到現在沒說婚事，是因為老夫人想等大姑娘入宮後，借勢替大少爺求個郡主或公侯府的姑娘，謝姑娘許是難入老夫人的眼了。」

李慕歌覺得還有辦法。「白靈婷沒能入宮，他們的籌謀全白費了，現在連帶著白淵回的婚事也沒有著落，我不信白家不急。之前她們還想讓白靈婷去選皇妃，可見有意跟大皇子攀上關係。謝家不是跟大皇子關係好嗎？何不利用這一點，讓老夫人看中謝家。」

謝家的背景其實並不差，世代官宦，謝老爺是地方大員，其他幾個公子也都入仕，前途無量，匹配白家是足夠的。只是白老夫人和陶氏眼高手低，需要改變她們的想法。

兩人商量著，馬車停了下來。

李慕歌以為到白家了，下車一看，卻是個陌生的地方，嚇了一跳。

她轉頭去尋白淵回，白淵回就在車隊旁，她才放下心。

「這是哪兒呀？咱們不是回家嗎？」

白淵回忍著笑意，道：「這是毅勇侯府。侯爺說之前錯過了您的生日宴，要特地設宴向您賠罪。」

李慕歌望著高大的朱門，驚訝得不知道該做什麼表情。

顧南野這是什麼意思？上午他在藥王廟裡，也沒說要請她吃飯啊。

白淵回對她擠了擠眼睛。「家中還不知道行程有變，我得先回去，妳安心赴宴吧。」又對在門口迎接的徐保如說：「宴後還要麻煩侯爺送公主回白府。」

徐保如也是一臉高興，忙道：「自然，自然。」

李慕歌從他們臉上看出些不尋常，顧不得害羞，迫不及待地走進去見顧南野了。

第三十八章

顧南野負手站在大門影壁後，李慕歌走進去就看到他了。

他已換下官服，穿著常服，看著平易近人一些。

「殿下。」顧南野如常行了抱拳禮，臉上雖無表情，但看著卻有些不自在。

李慕歌心裡高興，抿嘴笑著問：「侯爺什麼時候置了這麼大的宅子，我竟不知道。」

顧南野說：「先前晉升一品侯時，皇上賞的，但我住的日子少，只把前院和東邊的思齊院收拾出來。今日委屈殿下，要在小院裡用飯。」

「思齊院？」跟金陵顧府的院子同名。「我不講究這些，侯爺怎麼變得客氣了？」

顧南野沒有回答，引著李慕歌往思齊院走去。

思齊院是一座小小的四合院，筵席設在正堂上。

李慕歌走進去，環視一周，席面豐富，十幾道菜熱呼呼冒著香氣，但只有兩副碗筷。

「只有咱們呀？」李慕歌問。

顧南野點點頭，請她坐下。

兩人單獨相處，李慕歌忽然緊張起來，看顧南野一臉嚴肅，心中更覺得不對勁。

她臉上的笑容漸漸消失，忐忑問道：「侯爺……你突然這麼正式地請我赴宴，是不是有重要的事要跟我說？」

「是。」顧南野不苟言笑地回答。

李慕歌坐立難安，感覺像是要吃最後的晚餐。

雖說進門前白淵回和徐保如臉上笑嘻嘻的，但很可能是他們會錯顧南野的意思，眼下顧南野表情這麼難看，說不定是要跟她徹底劃清界線。

她低聲道：「是不是我在藥王廟裡說的話給你帶來困擾？要不……你就當沒聽到，我只是一時情緒上來……」

「太玄。」顧南野打斷她。「妳知道的，我的人生與別人不同。」

之前顧南野從未在口頭上承認自己重生，李慕歌聽他說起這件事，立刻噤聲，認真地點點頭。

顧南野繼續道：「上一世，我終其一生未娶妻，因為我的人生充滿了殺戮、征戰、算計和背叛，我不想有任何牽掛和羈絆。」

李慕歌臉色漸漸蒼白。完了，果然是要跟她把話說清楚，徹底斷了她的念頭。

她低下頭，失落地繼續聽顧南野開口。

「上天給了我重生的機會，但我常常午夜夢醒，懷疑時下的一切只是幻想，是不甘而產生的妄念，直到妳出現。」

李慕歌猛地抬頭，驚訝道：「我？」

顧南野眼裡難得有了笑意。「妳是太玄，也不是太玄，妳與以前的太玄不同，這樣全新而鮮活的人，不是我能幻想出來的。雖然很難說明白，但看著妳，我就知道我今生的努力，是真實而有意義的。」

李慕歌聽了，心彷彿被揪住，原來他早就知道了！

「很抱歉，之前我對妳不好……」

「沒有！」李慕歌激動地打斷他。「侯爺一直對我很好！」

顧南野被她緊張的樣子逗樂了，拍拍她的頭，安撫她坐下。「聽我說完。」

「嗯。」李慕歌彷彿坐著雲霄飛車，心情又回暖了。

顧南野看著她的眼睛，說：「因為我知曉未來會有很多危險困難，所以有很多顧慮和擔憂。我不想讓妳跟著我受苦，也不願妳一生活在擔驚受怕之中。」

果然，一切疑惑都有了答案！

「我本想遠遠地守護妳，給妳清靜而無憂的人生，但我發現做不到……就算自私，我也想試一試，不希望這一生再留遺憾。

「太玄，妳願意跟我在一起嗎？我的未來或許不會是一片坦途，或許四面樹敵，或許危機不斷……」

李慕歌盼這一刻盼了一年，雖談不上多久，但反反覆覆的情緒，讓她度日如年，她等不及他說完，激動地撲向坐在對面的顧南野，摟住他的脖子。

「侯爺，不要說了，就算死，我也願意！」

顧南野沒想到她熱情如此，一時身子有些僵硬，雙手無處安放。

他頓了一下，才說：「傻姑娘，若是妳死了，我今天的決定便是此生最後悔的事。」

李慕歌也回過神來，對自己衝動之下的「投懷送抱」，感到十分尷尬。

但她現在已經摟著他了，要她去看他的臉，對她來說更尷尬。

她害羞地把臉埋進顧南野脖子旁，嘟囔道：「君子一言，不許後悔。」

顧南野被她帶點撒嬌意味的軟話哄得心軟，伸手撫上她的背，拍了拍。「好，永生永世都不後悔。」

李慕歌紅著臉鬆開手，扭捏地坐回席位，捏住手帕，把半張臉埋在手帕中，以掩蓋自己怎麼都忍不住的笑意。

顧南野也難得地笑了，英氣的臉龐上，劍眉星目多了幾分柔和，更顯俊朗。

李慕歌偷瞧著，心中得意至極。這麼好的男人是她的了！

整頓飯下來，李慕歌都有些飄飄然，飯也沒吃幾口，光偷看顧南野去了。

待僕人把飯菜撤下，換上茶水時，李慕歌狂亂的心跳才漸漸平復。

顧南野非常有責任心地說：「關於婚事，我會儘快請皇上賜婚。」

李慕歌嘴裡的熱茶差點噴出來。

「這、這麼急嗎？」她的戀愛觀，到底跟這個時代不同。雖然她很喜歡顧南野，但還沒開始談戀愛便談婚論嫁，實在無法接受。

這時輪到顧南野疑惑了，剛剛小姑娘不是說死也要在一起嗎？怎麼又猶豫了？

李慕歌見他臉色微變，生怕壞了好事，連忙解釋。「之前你跟父皇說，向菩薩發願，三年不娶；我又跟父皇說要替母妃守孝，三年不嫁。眼下才過了半年，咱倆就齊齊反悔，不太好吧？」

顧南野低笑一聲，也是。

他不信神佛，不守約倒沒什麼，但讓小姑娘落下不孝的名聲就不好了。

而且，小姑娘現在還小，他也大事未定，只要兩人把心意說明白，等些時候也無妨。

顧南野心中的大石頭已經落下，見天色全黑，遂安排車馬，送李慕歌回白府。

兩人並排坐在馬車裡，李慕歌忍不住一直偷瞧顧南野。

顧南野察覺到了，索性坐到對面，正對李慕歌，讓她看清楚。

這樣四目相對，李慕歌反而不好意思了，害羞地轉過頭，望向窗外。

「怎麼又不看了？」顧南野忍著笑意問。

李慕歌發覺顧南野故意逗她，瞪大雙眸橫他一眼。「侯爺這是仗著臉皮厚欺負人！」

困擾多日的問題解決了，現在顧南野只覺得神清氣爽，也起了興致。

「這便不好意思了？之前妳撲向我時，我還當妳多大膽呢。」

李慕歌更羞窘了，急得輕輕跺腳。「不許說了。當時是你話太多，一直說不完，我著急才……才……」

有個人迫不及待地向自己奔過來，顧南野心裡很暖。

他坐回李慕歌身邊，攬住她的肩膀。「以前讓妳受了不少委屈，對不起。」

李慕歌突然被他攬在懷裡，這感覺比她摟他脖子還要親密。

雖然先前遇刺，顧南野也抱過她，但情況不同，感受完全不一樣。

男人的氣息環繞著她，李慕歌緊張得頭腦都有點發暈。

「怎麼這麼燙？」

顧南野察覺到小姑娘渾身散發著熱意，跟小火球一樣，有些擔心她今天出門著了涼。

他伸手去撥車簾，想藉月光看看李慕歌的情況，卻被李慕歌抓住手。

李慕歌轉身，把臉埋進他懷裡，低聲道：「別看，我臉紅，害羞……」

顧南野笑著摟住她，寵溺地低低說了聲。「傻姑娘。」

到了白家，馬車駛入前院。

顧南野率先下車，而後伸手去抱李慕歌，將她「提」了下來。

「我自己能下來。」李慕歌小聲嗔道。

顧南野忍著笑意。「還在害羞？以後可怎麼得了？」

李慕歌低著頭不說話。

顧南野道：「快進去吧，我們初一宮裡見。」

按照慣例，李慕歌初一要進宮請安。

李慕歌開心地點頭。「好呀，初一見。」但磨蹭了幾步，就是不肯走。

「快進去。」

李慕歌說：「我都到家了，我先看你走。」

顧南野搖搖頭，覺得自己現在跟十幾歲的毛頭小子一樣，這樣可不行。

他轉身，背對李慕歌揮揮手，大步走了。

白府的大門在身後緩緩闔上，顧南野在馬車前轉身，看著這座原本非常普通的府邸，因借住在這裡的可人兒，有了不同的意義。

自到了侯府開始，環環就沒能跟在李慕歌身側服侍，剛剛她準備來扶李慕歌下車時，清楚看見，自家公主是被顧南野抱下去的。

待顧南野走了，環環才激動地捏住李慕歌的手臂，問道：「公主，您跟侯爺是不是……是不是……」

李慕歌臉上的幸福是遮不住的，她也沒打算隱瞞，開心地「嗯」了一聲。

環環驚喜不已。「阿彌陀佛、阿彌陀佛，您和侯爺總算在一起了。您不知道，我跟我哥替你們操碎了心，還有白大人、宋七爺、范統領、虎哥，你們簡直要把大家急死了！」

李慕歌笑著往白玉堂走，打趣道：「急什麼？他沒急著娶別人，我也不是要嫁別人。」

環環興奮地說：「你們明明就情投意合，卻總是鬧脾氣，互不搭理，看著實在讓人著急啊！」

「以後不會啦！」李慕歌挽住環環的手。「知道妳兩邊傳話辛苦了，明天給妳做新衣服，好不好？」

環環笑得更開心了。

主僕倆樂呵呵地回房休息，顧南野卻要回刑部辦差去。

一天沒辦差，他案上的文書又多了好幾疊。

他收整心思，翻了一些書信後，臉色突然沈下來。

西北軍傳信，顧益盛偷偷進了雍朝國境。

早年顧益盛因虐殺柳敬的妹妹惹上官司，顧老爺救下他，安排他去關外打理顧家的生意，不許他再回來。

先前蚍穹人抓了顧益盛，以此挑撥柳敬背叛顧家，後來蚍穹被雍朝打敗，顧益盛不知所蹤，顧南野便猜，他應該又落入蚍穹人手中。

原本他想藉此次歸降談判的事，乘機收拾顧益盛，沒想到顧益盛好本事，居然自己偷偷溜進來了。

前世，因顧老爺認定顧夫人背叛他，所以非常痛恨雍帝，連帶顧家的生意也做得不顧道德。

為了逐利，顧家專做國難生意，不管勾結虯穹，還是偷賣海軍巡防圖給扶桑人，皆是犯下大錯，顧南野對此深惡痛絕。

如今顧益盛從虯穹人手中逃出，又沒跟顧家聯繫，不知他有何算計，跟虯穹公主進京的事有沒有關係……

自毅勇侯府回來後，李慕歌的心情極好，不論是陶氏來拜託她帶白靈婷一起去端午節的慶典，還是公主妹妹們要出宮來湊熱鬧，都應允了。

只是，她沒料到，喻太后也囑託她在端午節招呼一個人——虯穹公主，朵丹。

雖說虯穹戰敗來降，以後是屬國，但來的是公主，為表現大國風度，還是要派出有身分的女眷接待。

如今後宮沒有皇后，也沒有四妃，位分最高的是向貴嬪。但她因商議大皇子的婚事得罪了喻太后，太后無意抬舉她，遂讓目前宮中年紀最大的三公主李慕歌來辦。

五月初一，李慕歌進宮問安時，聽說了這件事，頗覺得意外。

喻太后說：「來使只是蠻夷國的公主，妳不必慌張，妳大皇兄和禮部已將一應事情安排妥當，妳只需帶她四處逛逛，參觀皇城，感受無上的天朝皇威即可。妳是皇家公主，對這種人物，要拿出該有的自信。」

李慕歌點頭，笑著走到喻太后身邊。

「是，皇祖母，孫女定會將此事辦妥。有您和大皇兄的支持，我自然不會慌張害怕，而是驚喜皇祖母如此信任我，將這樣的大事交給我辦。」

兩人又說了些話，李慕歌便向喻太后告退，去準備了。

李慕歌從慈寧宮出來後，大皇子李佑顯得到消息，來接她去前朝的文華殿議事。

再次見到李佑顯，他看起來比以往更有精神，眼中的謹慎和拘謹少了許多，想必是李佑斐、向貴嬪接連出事，替他帶來希望，也敢露出自信的一面了。

他對李慕歌倒是非常客氣，畢竟眼下喻太后和雍帝對這個失而復得的三公主極為滿意。

「皇祖母為女眷接待人選頭疼有些日子了，最後定下三皇妹，可見三皇妹已是皇祖母最疼的人了。」

李慕歌不敢應承李佑顯的話，謙虛道：「哪裡，皇祖母對幾位妹妹都是一樣疼，只因向來注重長幼有序，所以將此事交給我。」

一句「長幼有序」讓李佑顯十分舒暢，笑著向李慕歌介紹目前的準備。

文華殿為內臣處理政務的地方，是四座宮殿的統稱。

前殿是文華殿，集中群臣議事；後殿主敬殿，供內閣之用；東殿本仁殿是中書省、門下省的處所；西殿集義殿，則歸尚書省下屬六部。

每座宮殿都是面闊五間、進深三間的大殿，李佑顯要帶李慕歌去議事的地方，就在集義殿的次間。

因葛錚被調任到吏部救急時，帶走了一些重要官員，導致禮部一直缺人手，這幾天更是忙得人仰馬翻。

負責禮賓的宋夕元見李佑顯和李慕歌來了，忙從文書堆裡鑽出來，命太監上茶，與他們核對起虯穹公主來朝之後的安排。

李慕歌見負責的人是宋夕元，便完全不擔心了，她與他相熟，有什麼想法或建議，也能坦然大方地說出來。她這副從容的樣子，讓李佑顯頗為驚訝。

其實禮部已經安排得很妥當了，只是出於私心，李慕歌將端午節上午的遊園改成去看龍舟賽。

她不想為了一個虯穹公主，放眾姊妹的鴿子。

對於這個建議，李佑顯和宋夕元都沒有異議。讓虯穹瞧瞧大雍的端午習俗，感受賽龍舟的熱烈氛圍，也挺好的。

商議好這些事，宋夕元要派人下去辦，便沒有多陪李慕歌。

見快到午膳時辰，李佑顯便邀李慕歌去皇子起居的北五所用膳。

李慕歌不想單獨跟李佑顯吃飯，推辭道：「大皇兄公務繁忙，不必特地招待我。」

李佑顯笑了笑，不強求，與她在文華殿門口道別。

因要準備接待蚶穹公主，李慕歌不能出宮，這幾日必須住在宮裡。

跟李佑顯分開後，她沒有立刻回體元殿，而是在文華殿門口張望了一會兒。

環環問：「公主是在找侯爺嗎？」

「嗯……」她和顧南野說好初一在宮裡見，怎麼沒看到人？

環環說：「侯爺既要掌刑部，也要管京軍，還要和皇上議事，此刻不知在哪裡呢。」

「也是。」李慕歌決定回體元殿等，顧南野想找她的話也比較方便。

體元殿的宮女知道，每月初一、十五，李慕歌會回宮，早已備好午膳。瞧見她進來，便準備開宴。

李慕歌道：「我在皇祖母那裡用了些糕點，還不餓，再等等吧。」

宮女們依言退下，李慕歌便找了本書，心不在焉地看起來，等著顧南野。

第三十九章

直到過了午膳時辰，顧南野才姍姍來遲。

李慕歌開心地傳飯，親自幫他布碗筷。

顧南野見狀，驚訝地問：「妳還沒用膳？」

李慕歌也是一驚，反問他。「你已經吃了？」

顧南野搖搖頭。「沒吃，剛剛才忙完。以後妳不必專程等我，我事情多，沒必要陪我餓著。」

李慕歌笑了。「偶爾晚些吃沒什麼，就想等你一起。」

顧南野聞言，認真地凝視李慕歌，心裡暖成一片。「好，以後若與妳有約，我儘量早一些趕到。」

聽了這話，李慕歌露出羞澀的笑意。

小姑娘很可愛，在表達自己心意時，直白不扭捏，一旦顧南野回應她，反而害羞得無法自處。

顧南野吃得快，李慕歌也不多講究，跟著他一起吃完了。

放下碗筷，李慕歌想到一事要和顧南野商量。

「侯爺，有件事想跟你說。」

顧南野看著李慕歌，等她開口。

「我跟謝知音交情不錯，我很欣賞她端方正直的品格和卓爾不群的才氣，想撮合她與淵回表哥，你覺得如何？」

此事不僅僅是白謝兩家聯姻的事，還涉及謝家與大皇子的關係變化，所以李慕歌覺得應該跟顧南野說一聲。

顧南野難得露出意外的表情。「妳可知道，前世謝姑娘是大皇子側妃？」

李慕歌點頭。「正因為知道，所以想問問侯爺，會不會因此影響甚大？就我所知，大皇兄好像不太喜歡知音姊姊，換個側妃，應該沒關係吧？」

顧南野卻搖頭。「他們感情如何，我不清楚，但謝知音誕下皇長孫，而且皇長孫天資絕佳，十分得皇上喜愛。」

這下輪到李慕歌意外了，她是真的沒夢到這些，大概是因為葉桃花所見識、所參與的事很有限吧。

李慕歌回想，顧南野不支持李佑顯，但不阻礙她和謝知音交好，遂大膽猜測。「前世，侯爺是想輔佐皇長孫嗎？」

顧南野點頭，覺得小姑娘的心思很通透，稍一點撥，便想到很多深遠的事。

李慕歌沒料到謝知音的婚事與未來的江山社稷有這麼大的牽扯，這下可難辦了啊，頓覺頭疼。

「那你的意思是，知音姊姊和淵回表哥的事不成了？但知音姊姊好像對淵回表哥動了心。怎麼辦，我搞砸了啊……」

顧南野端著茶盅，思索了一會兒，道：「這幾年間，很多事都變了，這事倒也不一定。」

前世的雍帝年邁孱弱，皇子不受器重卻互相傾軋，皇孫聰慧但年幼，導致雍朝君弱臣強，權貴奸佞橫行，才使山河傾覆。

皇長孫是個好苗子，但不能當成唯一寄託，畢竟遠水救不了近火。等他長大成人，雍朝已危在旦夕了。

除了肅清朝政，關於皇位繼承，顧南野也在想別的辦法。

不過，見李慕歌愁得小臉皺在一起，顧南野打趣道：「妳才多大，竟想著當媒人了？」

李慕歌有些後悔，不該擅自干涉別人的人生，鬱悶得沒有說話。

見小姑娘真的不開心了，顧南野出言勸解。

「其實妳身為謝姑娘的朋友，並沒有做錯。前世謝姑娘雖然誕下皇長孫，但日子並不好過，生產後沒兩年，便鬱鬱而終。當然，也可能是在後宮受人陷害，畢竟皇長孫的存在，太過惹人嫉恨。真相到底如何，已不可查。」

李慕歌聽了，心又揪起來。

這些事的癥結，在於雍朝沒有能當大任的繼承人。

李慕歌低聲問道：「現在的幾位皇子，真的一個也不中用呀？」

顧南野搖搖頭。

李慕歌掙扎著說：「三皇弟、四皇弟年紀還小，不能栽培一下？」

顧南野依然搖頭，他知道這些皇子成年後的品性。

李慕歌沒辦法了。青黃不接，是天要亡雍朝啊！

她心裡嘀咕著，君主制就有這種風險。隨著歷史發展，君主制必然會被推翻。

要不，改革換制，誰行誰上吧！

不過這種大逆不道的話，哪怕是在顧南野面前，她也沒敢說，但她真心覺得，效仿未來的英國君主立憲，可以解決皇室繼承人難當大任的難題。

「白家和謝家聯姻的事，我會認真考慮，眼下還有時間，妳不必太心急。」

今日顧南野過來，還有別的事要跟她說，遂引開話題。「今日聽皇上說，要由妳來接待蚪穹來使，太后已經告訴妳了吧？」

李慕歌點頭。「上午我去禮部跟宋大哥談過這件事了。」

顧南野說：「現在蚪穹是強弩之末，接待的事沒什麼要緊，不用花太多心思。但太后肯讓妳出面，我頗為意外，妳可是做了安排，有何打算？」

對於李慕歌主動接近喻太后的目的，顧南野一直有些疑惑。
李慕歌道：「這事我也是剛剛才知道，背後並沒做安排。」
顧南野索性直接問她。「那妳為什麼主動接近太后？」
李慕歌直白地說：「我記得，前世太后總是刁難你，就想著討好討好她，以後或許能幫上忙呢。」
顧南野心中一嘆。「妳覺得，太后為什麼不喜歡我？」
「似乎是因為你不支持大皇兄當儲君？」
原本顧南野沒打算跟李慕歌說些見不得光的事，但兩人既然表明心意要在一起，有些事還是得慢慢告訴她。
「不僅僅是這個原因，主要是有傳言說我是皇上的私生子，太后信了。她認為我不支持大皇子，是因為有謀逆之心，所以處處提防打壓。這種事，可不是妳三言兩語便能哄得她不計較的。」
李慕歌聽得呆住了，不由放低了聲音問：「還有這種事？太后竟然相信？」
顧南野神情冷淡。「這牽涉到我外祖父、母親和皇上的舊事，以後再慢慢告訴妳。至於這流言，前世有很多人信了，甚至連我也不敢確定真假，因為流言的源頭是我父親。」
李慕歌一驚，緊張地站到顧南野身邊。「我們不會真是兄妹吧?!」
顧南野笑了下。「我豈會做這種荒唐事？」

李慕歌拍拍胸脯。顧南野本就知道這些往事，既然已經在感情上做了回應，想必十分確定自己的身世。

「對於這些攻訐，我心裡有數，妳別為我委屈自己，去討好太后。」顧南野心疼地說。

李慕歌笑著勸慰。「與太后相處，說不上委屈。以前，太后之所以責罰葉桃花，是因為她重視皇家顏面、看重規矩，並不是真討厭葉桃花，如果有人藉著葉桃花傷害皇家顏面，她也出面主持了公道。現在既然續上這份祖孫情，做些分內事也無妨。她肯關照我，我也能過得舒坦些。」

顧南野點點頭。「不委屈就好。」

飯後商量這些事，已花了很多工夫，顧南野還有差事要辦，便離開了體元殿。

這幾天，李慕歌忙碌起來，內務府和禮部的人陸續向她稟報禮服、車駕、儀仗、巡防、飲食、住宿、話術等諸多事宜。

雍帝擔心她首次接待來使，禮儀生疏，特地派莫心姑姑隨侍左右。

五月初三，虯穹公主帶使節進京，由禮部安置，在官驛住下，晚上在會同館設宴，由太玄公主接待。

莫心姑姑陪李慕歌過去，路上叮囑道：「皇上的意思是，雖是接待來使，但不必對降國太和顏悅色，需有天朝的威嚴。」

李慕歌點頭。

蚶穹侵犯雍朝邊境長達五年，受戰火波及的百姓有數百萬，戰死的將士更是不計其數。現在，兩國是要做君臣，而不是朋友，她心裡是有數的。

抵達會同館，李慕歌收起平時慣有的親切，模仿顧南野的神情，擺出端莊但有些冷漠的樣子。

儀仗簇擁她進入宴廳，蚶穹公主朵丹已在內等待，按禮節拜見她。

朵丹年約二十出頭，穿著蚶穹傳統的皮革襖裙和半靴，頭髮整齊地盤在頭頂，方臉、長眼，模樣算不得好看，說話聲音也不大，完全看不出是能輔佐蚶穹朝政的女子。

兩人見面、開席，一切都按事先安排的進行。

待到席間開始表演歌舞時，朵丹問陪同接待的宋夕元。「顧將軍為什麼沒來？他與我們當了多年敵人，現在還是不肯化敵為友嗎？」

宋夕元打官腔說：「如今顧侯已不是領兵打仗的將軍，也不負責接待來使。」

朵丹道：「真是可惜，他是打仗的一把好手，為何不帶兵了？」

宋夕元說：「如今天下太平，不需要顧侯帶兵打仗，而且顧侯文武雙全，皇上有更重要的差事要交由他做。」

朵丹看起來十分真摯地接話。「那就好。自去年的光明關之役，他便沒再上陣，我還擔心他受你們皇帝忌憚，鳥盡弓藏。」

這些話聽得李慕歌莫名其妙。

顧南野直搗蚓穹王庭，殺了她那麼多親人，縱然兩國戰事停歇，她跟顧南野也應該是相見眼紅的仇敵，她居然還擔心他？

朵丹說完，又問宋夕元。「你能幫我找顧侯嗎？我想見見他。」語氣情意綿綿，十分容易讓人誤會。

宋夕元禮貌地回絕。「顧侯貴為一品侯，不是我等小吏隨意能見的。公主想見他，可派使臣直接造訪毅勇侯府。」說起謊話也是面不改色。

朵丹失望地說：「他拒絕見我的使臣。我也不清楚他為什麼改變態度，要這麼對我。」

這話是說以前顧南野跟她很親近？鬼才信呢。

李慕歌裝作觀看表演的樣子，實則豎起耳朵，偷聽朵丹和宋夕元的交談。

她越聽越覺得有意思，今天朵丹剛進京，就派使臣去找顧南野了？是有多想見他？

宋夕元打著太極。「這……我恐怕無能為力。」

朵丹說：「好吧，改天我親自登門去找他。相信他念著以往的情分，一定會見我的。」

宋夕元聽了，若有所思地打量朵丹兩眼，也搞不清楚她所說的「情分」，到底是什麼意思？

等筵席散後，李慕歌單獨見宋夕元，問道：「侯爺在西北打仗的時候，是不是跟朵丹公主發生過什麼事呀？」

宋夕元聽徐保如說過李慕歌和顧南野已互相表明心跡的事，還未來得及向顧南野道喜，如今聽李慕歌這樣說，連忙幫著解釋。

「哪能啊？生死仇敵，除了打打殺殺，還能發生什麼事？」

李慕歌說：「我不是懷疑他們有男女之情。朵丹公然傳她和侯爺的流言，必然是有所依仗。不然侯爺殺了那麼多蚩穹人，大家不會信他們之間有勾結。你快想想，是不是侯爺有什麼把柄或軟肋落到朵丹手上？」

幸好今日與朵丹交涉的是宋夕元，若換成其他跟顧南野沒關係的臣子，這流言大概很快就會傳開了。

比起喜歡，李慕歌更相信，朵丹公主是想設計、報復顧南野。

宋夕元鬆了口氣，他還怕小姑娘吃醋，沒想到她看得很通透。

「說把柄也算不上，但之前蚩穹抓了顧益盛，在朵丹公主出使之際，顧益盛被他們放了，蚩穹會不會利用顧益盛做什麼事，我們正在調查，目前還沒有眉目。」

李慕歌想起來了，顧益盛正是因虐殺柳敬胞妹，被顧夫人趕去關外做生意的那位。

李慕歌擔憂道：「顧家內情，我們是知道的，但外人把顧家人與侯爺看成一體。若顧益盛真在蚩穹做了不好的事，肯定會連累到侯爺，不能大意呀。」

當晚，雍帝經由莫心姑姑轉述，聽說了筵席上的事。

他面色不快，放下手中的奏章。「蠻夷女子賊心不死，妳去告訴大皇子，明日的談判，新增一條，虯穹需送質子進京！」

莫心姑姑意外極了，原以為雍帝多少會疑心顧南野，查探一些細節，沒想到竟直接認定是虯穹在耍計謀。

至於虯穹是否要送質子，朝臣們商議過，因虯穹現在並無王子，繼承王位的是親王世子，如果再送質子，只能送來無關緊要的人，便作罷了。

現在雍帝又提起，更重要的是一種態度。

顧南野很快便聽說筵席上的風波，並沒有對虯穹公主的言論做任何解釋，只讓刑部發了通緝令，追捕顧益盛，要重審柳家小妹被虐死一案。

顧侯通緝自家二叔，在京城掀起不小的動靜。

原先顧侯查抄逆黨時，毫不手軟，但凡有關聯的，一個也不放過。

大家都覺得他太不近人情，如今瞧見他連自家叔叔也抓，這才見識到，什麼叫做真正的不近人情。

但這樣反而沒人敢說他不好，倒是士林有些人還讚譽他鐵面無私、剛正不阿。

這個消息傳出來時，李慕歌正在出宮的路上。

今日李佑顯帶朝臣跟蚪穹談歸降條件，不用她作陪，便早點去白家，看看明天端午的慶典準備得如何。

馮虎送她出宮時，說了通緝令的事。

李慕歌嘆道：「侯爺是心中有公義的人，雖然柳敬背叛他，被他親手殺了，但顧家虧欠柳家小妹的，他一直都記得。」

馮虎點頭。「是，侯爺不苟言笑，又從嚴治下，但我們跟著他賣命，都十分安心。今日是柳敬，明日若我馮虎受屈死了，侯爺也會為我報仇。」

李慕歌一本正經道：「別亂說話，你可要好好的，最好別讓侯爺有為你報仇的時候。」

馮虎憨憨地笑了。這兩個主子，可真是一個比一個好哇！

李慕歌到白家後，陶氏連忙過來回話。

「公主放心，都準備妥當了，禮部派人來檢查過幾回。明天在裡面服侍的，都是府裡最得體的丫鬟，不會出岔子。」

「有勞大舅母了，因為國事，給家裡添了這麼多麻煩，我自然是相信您的持家本事。另外，還要請您跟幫忙接待的幾位姊妹多交代兩句，說話行事要三思，切莫讓蚪穹人看我們的笑話。」

陶氏臉上一紅，知道李慕歌雖未點名，但暗指白靈婷。

「公主放心，我已經跟家裡的姑娘們千叮嚀萬囑咐了。」

其實李慕歌有些後悔，因一時開心，不僅約了白家姊妹、京中好友觀龍舟，還答應帶上幾位公主妹妹，居然組了個十幾人的聚會，不知道該多熱鬧。

這些人中，還有愛鬧事的，希望觀賽順利，不要出意外才好。

白家的觀賽棚搭在京城洛水河邊，是比賽起點，也是終點。

棚子非常大，有兩個闊間，布置也異常豪華，看來白家是下了血本了。

第四十章

李慕歌和白家三姊妹一早就過去，李慕妍、李慕錦也來了。

李慕錦擅自帶人來，有些不好意思地跟李慕歌說：「我們求了向姊姊，皇祖母才肯讓我們跟她一起出來，總不能撇下她……」

李慕歌笑著說：「沒關係，以後大概就是一家人了。」

李慕錦見李慕歌不見怪，鬆了口氣。

李慕歌問道：「四妹妹呢？她不來嗎？」

既然她約了李慕妍和李慕錦，也不好明面上孤立李慕貞，所以帖子還是送去了鍾粹宮。

李慕錦說：「從上元節之後，我就沒見過她了，現在她連鍾粹宮都不出。」

提到上元節，李慕歌便想到琉慶宮失火時，李慕貞暈倒在琉慶宮外，心裡隱隱覺得當時她應該是遇到了什麼事。

不過，李慕歌沒在她身上多花心思，因為朵丹公主已經到了。

身為東道主，她介紹外賓、公主及白家姑娘們相識。

朵丹公主的神情冷淡，看來昨日的談判並不是很順利。

在場的公主跟姑娘們也不願陪笑奉承這個敗降之賓，便由她冷著臉。

陸續坐下後，李慕歌轉頭問環環。「去看看知音姊姊和有儀怎麼還沒來？」說曹操，曹操就到。

林有儀滿臉喜氣地小跑進來，急匆匆地準備說話。

謝知音跟在後面，見到有客，飛快拉了林有儀一把，林有儀這才收起跳脫的神情，規矩行禮，向眾人問好。

李慕歌問道：「妳們來遲了。路上發生了什麼事，這麼開心？」

林有儀上前。「其實我們一早就來了，但曙光弟弟跟我哥說，今天侯爺要上船比賽，又正好遇到親軍衛試船，便圍著看了一會兒。」

梁道定調任兵部尚書後，也把孫子梁曙光接進京，李慕歌已聽林家兄妹說了。不過，今天邀的都是女客，李慕歌便沒邀請林有典和梁曙光來帳篷。

李慕歌很是驚訝，問道：「侯爺要賽龍舟？」先前問顧南野，明明說沒空不參加的。

林有儀點頭。「是呀，我和知音姊姊瞧見侯爺上船試槳。親軍衛穿著黃馬甲，他就坐在前排，等會兒您一看就知道。」

李慕歌聽了，有些迫不及待地想去棚外坐席看看，但見滿屋賓客，又走不開。

原本冷著臉的朵丹，這時卻驚喜地問：「你們說的侯爺是顧南野嗎？」

李慕歌點頭。「是。」

朵丹公主也笑了。「昨日我約他今天一起來看賽龍舟，他說沒空，我還以為他騙我，沒想到他要參加今日的比賽，看來不是騙我的，我就知道他不會這麼無情。能看到他比賽真是太好了，我太想見他了。」

一席話說下來，棚子裡都安靜了。

一眾姑娘尷尬地看看彼此，又默默低頭喝茶、吃點心。

這倒不是因為她們知曉顧南野和李慕歌的關係，而是覺得朵丹公主這般直白地對仇敵表達愛慕，太過匪夷所思。

白靈婷最先忍不住，小聲跟白靈秀說：「這個蠻夷女子怕是有病吧？顧南野都快把她家人殺絕了……」

白靈秀也這麼覺得，但小聲叮囑道：「咱們不知道情況，還是別說話了。」

李慕錦也很疑惑，轉頭去問李慕妍。「父皇給蚪穹公主和顧侯賜婚了嗎？」

李慕妍小聲說：「沒有呀，怎麼可能？」

向思敏也低聲說：「蚪穹是降國，咱們斷然不會跟他們聯姻。」

李慕錦便問：「那這是怎麼回事？」

眾姊妹暗自搖頭，偷偷打量朵丹公主。

場面這麼尷尬，李慕歌覺得不能這麼放任下去，否則真會讓大家誤會顧南野，便出聲吩咐環環。

「這幾日我聽公主三番兩次提到想見顧侯，都被顧侯拒絕，此非待客之道。這樣吧，我看還有些時間，環環去請顧侯來見見遠方的客人，我也想乘機鼓勵親軍衛，希望他們不墜皇家之名，奪得頭籌。」

環環立刻去了。

白靈嘉見狀，轉開話題道：「公主不能這麼偏心，妳怎麼不鼓勵哥哥？咱們白家的龍舟隊也要比賽呢。」

李慕歌笑著說：「聽妳的，都鼓勵。」

於是，她又派了個丫鬟去請白淵回，並意有所指地看著謝知音。「不知道各位姊妹支持哪支龍舟隊呢？」

白家姊妹自然支持白家，李慕真和李慕妍給向思敏面子，支持向家的龍舟隊。

林有儀說：「顧侯是咱們金陵人，我自然支持他。」

李慕歌笑著問謝知音。「知音姊姊呢？」

謝知音臉色微紅。「一早在外面聽眾人議論今日的比賽，親軍衛多得軍士支持，向家多得官吏支持，白家多得文士學子支持，那我就支持白家吧。」

李慕歌樂得不得了，謝知音這可是一本正經的胡說八道呢。

白靈嘉也沒聽出來，只是開心地說：「原來謝姊姊跟我們是一路人，快過來跟我們坐在一起。」

謝知音一笑，順勢坐過去。

顧南野很快就來了。

他已經換上龍舟隊的比賽服，與平日的莊重寡淡不同，頭髮高高紮成一束，額上束著紅色抹額，黃馬甲和寬鬆的藏藍衫褲，穿出了幾分少年風華。

李慕歌看得眼睛一亮，忍著笑意說：「賽前煩勞顧侯跑一趟，一是遠客念念不忘，一直想見您；二是此間有些姊妹想替親軍衛打氣，祝您比賽獲勝。」

環環已在來的路上跟顧南野說了朵丹公主的事，他有些不開心，看都沒看朵丹，只跟李慕歌說話。

「本侯與虯穹公主不相識，沒什麼好見的。不過殿下要幫我打氣，正是應該，若不是您希望我去比賽，我斷不會來陪那些小子玩船。」

李慕歌聽完後，忍不住笑開了，眾人又是驚愕地安靜下來。

顧南野不喜歡朵丹公主，沒在棚裡多留，轉身走了。

林有儀羨慕道：「以前在金陵時，我以為只是顧夫人對您好，沒想到侯爺也待您這麼好，特地划船給您看。」

李慕歌笑著說：「之前就說顧侯人很好，你們都不信。」

林有儀小聲嘀咕。「他是只對您好吧，我可沒聽說他對哪個旁人好過……」

白靈婷略微皺起眉頭。「林姑娘，咱們都知道顧侯救過太玄公主，他們交情好是自然的，但妳也不能亂說話。旁人聽了，會誤會公主和顧侯的。」

這次，白靈婷倒不是故意挑事，而是她的想法跟普通人一樣，覺得顧南野太凶殘暴虐，仇家滿朝野，顧家又無深厚底蘊，並不是一個佳婿，真心替李慕歌擔心。

「好吧，是我說錯話，我不是那個意思。」林有儀認錯，沒把李慕歌和顧南野之間的交情往男女之情去想。

朵丹公主聽了，問道：「原來太玄公主跟侯爺還有這樣的關係？先前怎麼沒說？」

「我三皇姊的事，為什麼要跟妳說？」李慕錦雖跟蚖穹沒有半點瓜葛，但她身為公主，骨子裡對侵犯過雍朝的人有敵意。

方才她就一直在看熱鬧，聽到顧南野說不認識朵丹公主時，覺得特別痛快，此時更是想取笑人。

「三皇姊與顧侯可是過命的交情，這有必要逢人便說嗎？不過也對，我聽大皇兄說，蚖穹人十分懼怕顧侯，說他是不可能戰勝的天降戰神，對於只聽過他的人來說，認識他便值得四處去炫耀吧？」

見火藥味越來越濃，李慕歌趕緊打圓場。「雍朝和蚖穹的戰事已是過去的事，今日咱們是來看龍舟的，就不提旁的事了吧。」

正好，白淵回在此時奉詔進來。

他向李慕歌和各位姑娘打招呼，問道：「不知公主傳召我有何事？」

李慕歌笑著說：「今日比賽的龍舟隊很多，咱們各有支持的舟隊，知音姊姊說她支持你，要鼓勵你。」

謝知音臉紅了，慌張地站起來，對白淵回說：「不只是我，還有白家的姊妹們，我們都支持你。」

白淵回有些意外，深深看了謝知音一眼。「我妹妹是白家人，自然該支持我，但謝姑娘也支持我，淵回十分感激，一定會竭盡全力。只是……今日有顧侯這員猛將，恐怕要讓謝姑娘失望了。」

謝知音低下頭。「勝負不要緊，賽龍舟意在斯沼屈之義，白大人不必介懷。」

白淵回溫和地笑。「是，謝姑娘賜教，但有妳這份祝福，我還是會盡力的。」

白家三姊妹聽著，不由靠近了他們，互望一眼，察覺出旁的意思來。

比賽時辰將近，白淵回趕回去做準備，李慕歌便帶著眾人走出內棚，到席位坐下觀賽。

白靈婷、白靈秀、白靈嘉不著痕跡地跟謝知音坐在一起，開始低聲交談起來。

林有儀不知她們在聊些什麼，想湊過去聽，李慕歌便喊她過來坐。「有儀，可瞧見妳哥哥和曙光弟弟在哪？」

林有儀立刻坐過去，睜大眼睛尋找起來。

不久，一聲鑼鼓鳴金響起，數十條龍舟爭相划出來。

洛水之上，迅楫齊馳，棹歌亂響，喧振水陸，觀者如雲。

比到一半，周圍觀眾的吶喊聲響徹雲霄。

白家龍舟隊訓練有素，一路領先。

親軍衛的龍舟隊人員健碩，但顧南野與他們練習得較少，成績稍差，排在第三。

各龍舟需要在洛水中央調頭，只一個轉身的空檔，親軍衛的龍舟便僅差白家半隻船身。

白靈嘉年紀小，緊張地站起來，揮舞著拳頭大喊道：「哥哥，衝呀！」

林有儀支持顧南野，也不甘示弱，喊道：「顧侯快呀，追上他們！」

兩艘龍舟齊頭並進衝過紅線，最後還是白家小勝一個龍頭，拔得頭籌！

白靈嘉開心地蹦蹦跳跳，抱住幾位姊姊，又去拉謝知音。

林有儀略微失望。「好可惜啊，就快追上了。」

李慕歌看著平日矜持的姑娘們這般賣力吶喊和歡呼，不由哈哈笑出來。

朵丹的興致並不是很高，一是被顧南野掃了興，二是她看不太懂。

「顧侯輸了，妳為什麼還笑？這個很好看嗎？不就是跟賽馬一樣，看誰跑得快？」

李慕歌解釋道：「與賽馬相似，但又很不同。賽馬是為技高一籌的英雄歡呼，賽龍舟則為齊心協力的隊伍吶喊。龍舟隊中，有舵手、鼓手等四、五十人，共乘一舟，需要齊心協力才能保持舟身平穩，飛快前行。

「雖然顧侯很厲害，但他忙於差事，無法跟隊員們好好配合，所以輸給了白家。治國亦如行舟，從士兵到統帥，百姓到群臣，唯有團結一心，才能穩步前行。」

朵丹若有所思地說：「所以，你們才這麼喜歡划龍舟？」

李慕歌笑著說：「若與我們同心的新水手願意加入，相信船會划得更快。」

龍舟競渡結束後，拔得頭籌的白淵回要送龍頭去龍王廟祭祀，李慕歌便請眾人用膳。

陶氏單獨在內院替貴客們設兩桌筵席，李慕歌坐下之後，不見白靈婷，有些擔心，怕她又跑去鬧事。

她向白靈秀打聽，白靈秀小聲在她耳邊說：「長姊去找伯母說謝姑娘的事了。」

李慕歌不太放心，問道：「她怎麼看呢？」

白靈秀笑著說：「放心吧，長姊很喜歡謝姑娘。」

李慕歌十分驚訝，白靈婷會喜歡謝知音？

她們的性子對陌生人來說，都不是太好相處。白靈婷太凶悍，謝知音略冷淡，這兩人能投契，也是稀奇事。

白靈秀解釋道：「自上巳節在金溪臺和王姑娘鬧翻之後，王姑娘四處替自己辯解，一直說長姊的不是，謝姑娘多次替長姊說公道話，替白家挽回不少面子。這件事，我們在書院裡有聽說，但因跟謝姑娘不熟，一直未能答謝。長姊的脾氣雖不好，行事也少了些分寸，但她還是知道誰對她好，心中自然感激不盡了。」

原來如此。李慕歌這才放心。

「白靈婷在金溪臺那樣揭王妙雲的底，她還能辯白？」當時白靈婷可是抖出不少王妙雲背後說人壞話的醜事。

白靈秀嘆氣。「王姑娘是個八面玲瓏的人，在京中名聲頗佳，但長姊向來嘴上不饒人，對比之下就吃了虧。後來王姑娘四處哭訴道歉，暗中把所有罪責推到長姊身上。加之那天在金溪臺，眾人又看到她被長姊按在水中欺負，便頗為同情。」

「那她可有說我什麼？」李慕歌問。

那天李慕歌率先挑開她編排白靈婷的事，不知道王妙雲是怎麼解釋的？

白靈秀道：「王姑娘沒有明說公主的不是，但道您與長姊是表親，又年幼，在京城要仰仗白家支持，肯定是被長姊慫恿威逼，說了假話。眾人不了解您，便信了她的胡話。」

李慕歌不由佩服這種女子，憑著一把眼淚，居然能把黑白顛倒過來。這麼厲害的「才能」，可不能浪費了。

此時，陶氏在後廚忙著指揮僕婦準備上菜，卻被女兒強行拉到管事房中說話。

一聽跟長子的婚事有關，陶氏便撇開雜務，專心聽白靈婷說起來。

待陶氏知道對方是太守的女兒後，搖搖頭。「不成，妳哥哥是長子，妳祖母要替他相看公侯家的姑娘的。」

白靈婷冷下臉來，對母親說：「太守怎麼了？那也是四品要員，比爹的五品侍講要高。祖父致仕前，不過是個從四品翰林院學士，咱們憑什麼挑啊？」

陶氏訓道：「能這麼比嗎？咱們家又不靠當官撐門楣！」

白靈婷冷嘲熱諷。「是，咱們家不靠男人當官，靠女人聯姻。」

「妳這個死丫頭，說話有沒有分寸？」陶氏被她氣到。「咱們家靠的是讀書做學問！沒有族中世世代代這麼多文士泰斗，想聯姻也沒有好人家肯。」

「既然是靠讀書，謝知音怎麼就不行了？謝家是書香世家，謝知音從小有才女之名，您也是知道的吧？以前不還拿她教訓過我嗎？太后都看上的人，咱們家還看不上，傳出去怕是要笑死人了。」

陶氏知道自家女兒說話從來沒個正形，不再生氣，只道：「是了，太后還在替大皇子選妃，咱們可不能跟大皇子搶人。」

白靈婷急得不得了。「就是要趁著還沒定，趕緊把人搶下來啊！公侯家的姑娘有什麼好？身分高了，哥哥挺不直腰背做人，我們還得看她臉色過日子。謝知音與哥哥門當戶對，兩人情投意合，過了這個村，就沒那個店！」

「情投意合？妳這話什麼意思？」陶氏嚇一跳，若兩人私相授受，這事可賴不了了。

白靈婷沒了耐心。「等哥哥回來，您自個兒問他吧。娘，您可想清楚了，反正這件事，我是支持哥哥的。」

筵席開始後，白靈婷才氣呼呼地回到席上。

李慕歌和白靈秀看她臉色不善，也就懂了，不再多問。

倒是陶氏藉著待客的名義來了幾趟，一直在偷看謝知音，心裡有了計較。

第四十一章

筵席結束後，李慕歌還要帶朵丹公主去撫恤司的善館探望將士遺孤，便把家中的客人交給白靈秀招呼。

撫恤司的善館建在京城南郊，裡面養著數百名孤兒。

他們在這裡讀書、生活，長大後在撫恤司的幫助下，出去討生活。

雖然倚賴朝廷照顧，但畢竟有限，這些孤兒的日子談不上多好過，只能擁有最基本的食衣住行，再讀一點書。

李慕歌代表朝廷帶來端午節禮分給大家，孩子們爭相吃著粽子，別提多開心了。

李慕歌對朵丹公主說：「他們的父親都在戰爭中犧牲了，母親或病亡，或改嫁，又沒有親族照顧，朝廷找到他們，把他們帶回來撫養。這樣的孤兒，相信蚼穹也有很多。受戰火波及的，永遠是無辜的百姓。」

朵丹公主淡漠地看著排隊領食物的孩子們。「太玄公主說得對，戰爭會讓無辜百姓受苦，但沒有戰爭，百姓就能過上豐衣足食的好日子嗎？蚼穹不比雍朝，地大物博，每年冬天，餓死、凍死的人不計其數，我們生來就活在困苦裡，不爭不搶，難道等死？」

昨天她跟李佑顯討論了投降稱臣的條件，雍朝要求蚼穹割地賠款，這對本就戰敗的蚼穹無疑是雪上加霜。

想起此事，朵丹公主的心情就非常不好。

李慕歌說：「每個人都有求生的本能和權利，但求生方式有很多，戰爭、掠奪不是唯一途徑。有的地方寸草不生，但擁有豐富礦產；有的地方冰天雪地，但景色宜人，只要勤勞肯學，總能找出一條生路。怨天尤人或挑起戰爭，是無法從根本上解決問題的。」

前世，李慕歌寫過很多脫貧致富的新聞稿，所以說說自己的看法。

朵丹公主第一次正視這個看起來年紀不大的雍朝公主，想起她早上說的「治國如行舟」，便問：「雍朝的皇族，都會學習如何管理朝政嗎？」

李慕歌順著說：「是呀，書中自有黃金屋。百年大計，教育為本。」又乘機補充。「戰爭不會讓虯穹擺脫困境，報復更不能。看看這些孩子，如果他們心懷仇恨長大，我們兩國的紛爭便永無止境，悲劇只會不斷上演。以目前的情況來看，雍朝或許還能經受挫折，但虯穹卻會步入絕境，無翻身之地了。」

朵丹公主也因戰爭成了孤兒，李慕歌旁敲側擊，希望朵丹公主不要找顧南野的麻煩。

朵丹公主若有所思，不再說話。

李慕歌招待完朵丹公主回到白家時，玩鬧一天的賓客已經散了。

李慕歌拆掉髮飾，躺上床休息，與環環閒聊。

「上午侯爺划龍舟輸給淵回表哥，會很生氣吧？」

打仗沒輸過的人，卻在競渡上輸了。

環環說：「應該是，侯爺面上不顯，但還是非常爭強好勝。下次見面，公主寬慰侯爺一下吧。」

李慕歌搖頭。「不行，越說他越覺得丟臉。以後不提就是了。」

環環看看李慕歌的臉色，小心問道：「那……盼兒姑娘的事，您要跟侯爺提嗎？」

李慕歌聽了，立時沈默下來。

今日下午，她帶朵丹去撫恤司看望孤兒，分粽子時，引起一陣搶奪，有幾個鬧事的小孩子，被撫恤司的主事抓下去。

李慕歌擔心主事為難孩子們，便單獨叫主事過來說話，吩咐他不要計較。

沒想到這一說，就聽聞了一件不大不小的事。

主事向李慕歌抱怨。「……自從去年被送來，那個孩子一直不老實，不是要跑，就是打架，比男孩子還皮。每次罰她，她都說自己是顧侯的妹妹，要顧侯砍我的腦袋。」

李慕歌問道：「哦？為何她說自己是顧侯的妹妹？」

主事道：「那女孩也姓顧，是被西嶺軍的人送來的，想來是知道顧侯當過西嶺軍的指揮使，想攀點關係。可天下姓顧的人這麼多，哪能都跟顧侯有關係？眾所周知，顧家只有一位主母，顧侯是獨子，並無兄弟姊妹。」

「孩子叫什麼名字？」

「顧盼兒。」

這孩子並沒有說謊，她真是顧老爺外室蘭娘所生的私生女顧盼兒。

李慕歌心裡很驚訝，但面上不顯，只對主事說：「孩子還小，愛攀比、說些大話，都是尋常，你用心引導，不要責罰太過。他們沒了家人，本是可憐的。」

「是，公主。」

回想起這件事，李慕歌對環環說：「當初盼兒被侯爺從豪紳手中救出來，現在出現在撫恤司，想必也是侯爺的意思。他既不願承認這些私生子女的身分，我們便當作不知道吧。」

環環點頭。「我記住了。」

說來奇怪，這本是一件無關緊要的事，但李慕歌當晚便陷入了綿長而黑暗的夢境中。

夢裡的葉桃花打扮成宮女的樣子，和幾十名宮女一起關在牢裡。

有一隊穿著紅色甲冑的士兵走過來，從牢中找出一名小宮女，要將她提走。

另一個年紀稍長的宮女撲向被帶走的小宮女，大喊：「放開她，你們要帶她去哪裡？」

小宮女卻甩開大宮女，回頭冷冷地說：「含欣姊姊多慮了，這破牢獄我待夠了，妹妹我可是大功臣，這是要去找世子領賞呢。」

含欣難以置信地望著她，痛心疾首地說：「盼兒，妳……妳竟然是奸細！」

小宮女正是顧盼兒，笑著說：「這話是怎麼說的？什麼奸細不奸細，咱們這些做下人的，不都是為了混一口飯吃？何況皇上昏庸、皇子無能，唯有世子能救民於水火，姊姊何必執迷不悟？」

顧盼兒跟著穿紅色甲冑的士兵走了，餘下一群宮女埋怨含欣。

「她入宮時，我就看她不是個安分守己的，妳偏偏要護著她，這下好了，護出這麼個白眼狼。皇上的求援密旨，肯定是她偷走的，妳害了我們所有人！」

宮女含欣低著頭，任由她們打罵，一言不發。

當晚，眾人聽見一聲悶響，含欣撞死在牢獄的石牆上……

李慕歌從夢境中醒來，揉著太陽穴想事情。

環環服侍她起床。「昨夜公主沒睡好嗎？」

李慕歌問她。「什麼軍隊的甲冑是紅色的？」

環環搖頭。「親軍衛是銀甲，五營軍是黃銅甲，三千營是青銅甲，神機營是黑甲，西嶺軍是銀藍甲，沒聽說有紅甲的。」

環環不知道，並不代表沒有，李慕歌覺得夢裡的事很關鍵，需要跟顧南野單獨商量。

「妳去找侯爺，說我有要事找他，請他務必抽空來一下。」

環環見她神色不好，便速速去了。

李慕歌很久沒有為「要事」找顧南野，顧南野聽說後，中午就來了白玉堂。

李慕歌讓環環出去守門，把夢境的事告訴顧南野。

「……應該是有人造反，密旨被顧盼兒偷走了。」

顧南野聽說後，被氣笑了。「竟然是她偷的。」

李慕歌追問。「當初發生了什麼事？最近我的夢境一直很零碎，不比以前完整，總也看不懂來龍去脈。」

顧南野鎮定心情，道：「皇上病重時，燕北王舉兵造反。當時我在南海打海寇，皇上下密旨命我回京支援，但密旨卻被人換成假的。我帶兵回京時，皇上被他們控制，誣陷我偽造密旨，意圖造反。」

李慕歌想起之前夢境中在城牆上看到的顧字軍旗，這才把事情對上了。

「後來呢？」

「雍朝內亂，蚪穹和扶桑乘機舉兵入侵，燕北王挾持皇上把持朝政，為平定外患，將燕北之地割給蚪穹，把南海諸島賠給扶桑，換得兩國退兵。他又以李氏皇族為質，逼我退兵，一日不退兵，就從城樓上推下一人，我最後忍無可忍，也反了，占了江南十二道，定都金陵，與燕北王隔江而治。漸漸地，各地藩王亦擁兵自重，紛紛獨立稱王。」

李慕歌愁上心頭，那時的雍朝內憂外患、四分五裂，難以想像是個怎樣的亂世。

如此一想，她越發覺得顧南野肩上的擔子很重。

他日復一日嘔心瀝血地整頓軍務和朝政，正是因為知道，如果不能驅逐外敵、肅清外戚、削除藩軍，未來雍朝只能走向滅亡。

此時，顧南野心裡亦是五味雜陳。前世，他父親偷了海軍布防圖賣給扶桑人；他叔叔勾結蚍穹；他妹妹投靠燕北王，舉目四望，眾叛親離。

生在這樣的家庭，真是可悲又可笑。

一隻溫暖的小手覆上他緊握在膝頭的大手。

「侯爺，我知道你以天下民生為己任，但是這重擔怎能由你一人扛起？既然我替桃花重生而來，便有責任與你一起改變過往的悲劇。只是……我不如侯爺這麼強大，可若有什麼能幫得上的，一定要告訴我。我想跟你站在一起，而不是躲在你的身後。」

輕輕的話語，卻彷彿有一股巨大的力量，溫暖了顧南野冰冷的心。

他反手抓住李慕歌的手，將她拉入懷中，輕輕擁著。

「好姑娘。」千般思緒在心頭，顧南野卻不知該怎麼說。

若不是她，他怎能知道柳敬的背叛，怎麼能護住母親，不被蚍穹人所害？

若不是她，他怎能順利除掉段左外戚，提前止住雍朝的腐爛傾塌？

若不是她，他怎能得到文士的理解和支持，少去外界的諸般阻力？

小姑娘從細微之處幫他的，何止一、兩樁？

李慕歌靠在顧南野懷中，心裡小鹿亂撞，都快撞暈過去了。

一會兒後，顧南野鬆開她，看著她的眼睛說：「妳也有強大的能力，妳從來沒有躲在我的背後，我很慶幸能在新的生命中遇到妳。」

李慕歌聽了，歡喜溢於言表。

顧南野冷靜下來，道：「妳說的事，我知道了，我會注意顧盼兒，防患於未然。」

李慕歌點點頭，準備送他走。

但顧南野沒有立刻起身，而是說：「我也要告訴妳一件事。」

「什麼？」李慕歌還沈浸在前世雍朝四分五裂的愁緒中。

顧南野冷不丁地說：「我母親進京了，現在在路上，這兩日就到。」

李慕歌驚喜。「真的？夫人怎麼突然進京了？」

因顧夫人和雍帝之間有些易惹人誤會的往事，顧夫人為了避嫌，之前根本不提進京的事。

顧南野笑著說：「自然有重要的事。等母親來了，妳自己問她。」

李慕歌開心極了，快一年沒見到顧夫人，她十分思念這個給了她關愛和依靠的長輩。

「夫人住在哪裡？毅勇侯府嗎？」

顧南野點頭。

李慕歌說：「你那裡連個服侍的人都沒有，我這兩天帶人過去幫你收拾。」

顧南野知道李慕歌是真心實意的，便沒有推辭。「妳只管吩咐，讓下人去辦事，不要累到了。」

李慕歌笑著應了。

李慕歌說做就做，兩人一起出門，一個回衙門做事，一個去侯府安排顧夫人的起居。

雖說侯府沒有丫鬟，但顧南野手下的兵士都很能幹，在徐保如的指揮下，侯府的東院已經收拾出來，只是看起來簡單了些。

李慕歌便從白府調幾個丫鬟過來，列了長長的清單，替東院添了許多擺設、盆栽，又請徐保如打開顧南野的庫房，找出許多古董花瓶和字畫。

忙碌兩天，東院改頭換面，變得十分精緻講究。

顧南野下衙回來，去東院看了一圈，誇讚道：「不錯，真能幹。有這麼能幹的兒媳婦主持中饋，看來不用母親操心了。」

李慕歌臉色一紅，別過頭。「什麼兒媳婦，還早得很呢，不許亂說。」

顧南野悶悶地笑了，摸摸李慕歌的頭。「回去休息吧，母親明天一早進城，早些過來。」

李慕歌期待不已，趕緊回白府，打算早早睡下，養足精神。

孰料，她的馬車剛到白府，便收到消息，顧夫人的馬車連夜趕進京了。

李慕歌一刻也等不了，急忙命馬車調頭，又趕往毅勇侯府。

李慕歌抵達時，顧夫人剛走進東院。
李慕歌遠遠看到顧夫人和辛嬤嬤熟悉的身影，忍不住喊道：「夫人、辛嬤嬤！」
兩人回頭，就看到小姑娘如飛燕般向她們奔過來。
顧夫人笑著擁住李慕歌，看著越發漂亮矜貴的小姑娘，歡喜不已，喊道：「我的兒，總算見到妳了！」
李慕歌扶夫人在軟榻上坐下，急切地問：「夫人累不累、餓不餓？環環，快端茶給夫人和辛嬤嬤。夫人肯定還沒用晚膳吧，我這就讓人去準備。」
顧夫人望著儼如女主人般的小姑娘一直笑，打心底裡歡喜，把李慕歌拉到身邊。
「不慌，讓我好好看看小玄兒。眨眼不見，已經是大姑娘了。」
李慕歌望著顧夫人溫柔含笑的臉，想起她收留、教導自己的那些日子，感動之情溢出心頭。
「夫人，您突然進京，怎麼不提前告訴我？匆忙之間，好多東西都來不及準備。」
顧夫人笑著說：「我收到小野的信，一刻也等不了，第二天就出發了。」
李慕歌看向一直靜守在旁的顧南野，問道：「什麼信？」
顧夫人小聲說：「你們的事，我都知道啦。」
李慕歌慌張地站起來，又害羞又侷促。怎麼突然就變成了婆媳相見啊？

她紅著臉，嗔怪顧南野。「不是說好，先不議婚的……」

顧夫人拉她坐下。「這我可要說妳了，可以把婚期訂得晚些，但怎麼能不議婚呢？」

這個時代對私相授受還是有些看法的，縱然想談戀愛，也得過了兩家下定禮的明路。

李慕歌紅著臉，不好意思地說：「也不是想瞞著，只是覺得太突然了，怕大家一時接受不了。」

「不突然，不突然。」辛嬤嬤在旁說道：「夫人老早有這個心思，只是知道您金枝玉葉的身分後，怕不合適，便按下沒提。如今您和侯爺兩情相悅，沒有比這更好的事了！」

李慕歌聽了，心中暗喜，更羞澀了。

顧南野怕把小姑娘弄得面上下不來，出了聲。「母親連日趕路，想必十分辛苦。太玄也忙碌準備一天，不如今日先各自休息，明天侯府設接風宴，再好好敘話。」

顧夫人自然明白他的意思，笑著道好。

夜色太晚，顧南野親自送李慕歌回白府。

路上，李慕歌埋怨道：「你把我們的事告訴夫人，怎麼也不提前知會我一聲，好叫我有個準備。」

顧南野牽起小姑娘的手，放進自己的掌心。「那日定下終身後，我就寫信給母親了。」

顧南野的話還沒說完，就被李慕歌紅著臉打斷。「哎呀，什麼定下終身，你不要亂說話！」

顧南野瞧著她的眼睛，問道：「兩情相許，說好生生世世在一起，這若不叫定下終身，那怎樣才是？」

他的目光在夜色中格外明亮，看得李慕歌心慌不已。

「你、你活了兩輩子，都一把年紀了，難道不知道嗎？」李慕歌扭過頭去，小聲嗔道。

顧南野聽得好笑。

現在的他雖然只有二十一歲，但兩輩子加在一起，的確是一把年紀了。

「嗯，是我老牛吃嫩草，占小姑娘便宜了。」他打趣道。

李慕歌不好意思。「其實也不能這麼說，咱倆情況差不多。要不要把兩世年齡加一下，比比誰大誰小？」

顧南野在馬車裡笑著把小姑娘抱入懷裡，抵著她的額頭說：「妳怎麼這麼有趣？不管妳幾歲，妳都是我的小姑娘。」

彷彿聽到最動心的情話，李慕歌開心極了，伸手反摟住他的脖子。

兩人在車廂裡靜靜擁抱一會兒，顧南野抬起李慕歌的臉，凝望著她。

兩人隔得極近，近到微微上前就能親到。

李慕歌緊張得呼吸都要停了，在她以為顧南野要吻她時，聽到顧南野說：「我迫不及待地告訴母親，就是想能名正言順地抱著妳。」

他想親近她，又不願她落得私相授受的壞名聲。

顧南野終是忍住了，重新把小姑娘摟進懷裡，搖了搖。

李慕歌兩隻小手揪住他的衣領，臉貼著他的下巴。

顧南野克制得住，她卻不能了。

李慕歌微微挺起腰背，臉一抬，在顧南野唇上親了一下。

顧南野一愣，熱切地低下頭，低聲問道：「妳在做什麼？」

李慕歌垂下臉，像是偷吃得逞的孩子，低笑著沒有說話。

顧南野伸手捏住她的下巴，抬起她的臉，這回不再猶豫，認真而深入地吻了下去……

第四十二章

顧夫人進京，李慕歌想多騰出些時間陪她，四處走走看看，於是把手中的事安排出去。

接待蚩穹公主的差事已結束，接下來便是李佑顯要負責的，他要一輪一輪與蚩穹談判邊界、納貢和人質等事。

至於白家的無涯書院，自開年來，她就是三日打魚，兩日曬網，請假請得簡先生都不管她了。

但顧夫人卻沒工夫出去玩，休息一日後，便開始準備禮物，忙著與舊友聯絡。

李慕歌問道：「這些年夫人與京中的故人還有聯繫嗎？」

顧夫人悵然地搖頭。「我出閣前，隨父親在京城住過幾年，雖有些故人，但多年不見，也不知情分還在不在。」

宋勿故去多年，京城又經歷諸多變動，人情最是禁不起考驗，且顧南野得罪了大半的京城世家，現在的情況，顧夫人出門，怕是會受氣。

李慕歌擔憂地說：「我近來無事，要不我陪您一起去吧，您也帶我多見見世面。」

顧夫人知道李慕歌的好意，笑著說：「以後妳成了我媳婦，到哪兒我都帶著妳，但現在可不成。」

顧家母子倆怎麼都把媳婦掛在嘴邊？說得她都害臊了。
李慕歌不由紅著臉，轉開頭。
辛嬤嬤跟上前，偷偷跟她說：「夫人是去找人說媒，您就回家等好消息吧。」
如此，李慕歌更不好意思待在毅勇侯府，匆匆回了白家。

今日顧夫人要去拜訪的是柱國公的夫人，連家的老太太黃氏。
柱國公生前是宋勿的學生，因宋夫人早逝，連老太太待顧夫人如女兒般，收為義女，十分親密。
如今柱國公雖然辭世，連家地位不比二十年前那麼高，但連老太太的長孫媳婦是喻太后極疼愛的大公主李慕縵，連老太太也在喻太后面前說得上話，由她當媒人，再合適不過。
連老太太聽說顧夫人登門拜訪，立刻命人請進來，自己更是不顧年邁的身子，站在院子門口，親自相迎。
兩人相見，連老太太淚如雨下，拉著顧夫人的手便輕拍起來。「妳這個沒良心的，一走就是二十年，老爺子出殯都不來，要氣死我老太婆啊！我以為自己閉眼也見不到妳了，妳還知道回來！」
顧夫人聞言，也哭了出來，慚愧地要跪下賠罪。
連老太太心疼地扶住她，一旁的僕婦更是上前勸解。「老太太，能和宋姑娘重逢是喜事，有什麼話，咱們進屋坐下慢慢說吧。」

兩人被迎進屋裡，坐下之後，好不容易止住眼淚，顧夫人才道：「老太太，千般萬般，都是長樂的錯，您別動氣，氣壞了身子，我真是死了也不足惜。」

連老太太若是真生氣，又怎會這麼急切地要見她？

連老太太上下打量顧夫人，見她雖然長了年紀，但看模樣，應該過得還不錯，這才鬆了口氣。

「我何止是氣妳，更氣妳那個倔驢脾氣的爹！這麼好的姑娘，什麼人嫁不得，居然狠心把妳嫁進顧家那樣的人家。妳出嫁前，我千叮嚀萬囑咐，若有難處，定要同我說，柱國公府就是妳的娘家。妳倒好，自妳父親出事，便徹底與京城的人斷了聯繫。我日日夜夜擔心，不知道妳一個人在金陵過得好不好，派人去打聽，還被妳拒之門外，妳怎麼就這麼狠心呢？」

顧夫人一聽，又哭了。「長樂實在是無顏再給國公府添麻煩……父親因變法身陷囹圄，國公爺為了救他，飽受非議。後來父親就義，國公爺因傷心病重而辭世，長樂愧疚，更無顏見您……」

連老太太嘆氣。「罷了罷了，老頭子和妳爹都是為國取義，連家從來沒有怪過宋家，妳更不必為此自責。」

把往事說開後，兩人的眼淚這才徹底止住。

僕婦打來熱水，服侍兩個主子淨面。

待喝茶潤了嗓子，連老太太才問：「妳什麼時候進京的？之前怎麼一點消息也沒有？」

顧夫人說：「前天晚上到的。臨時決定上京，所以沒來得及提前告訴您。」

「臨時？」連老太太知道顧南野在京城的名聲，便問：「可是妳兒子出了事？」

顧夫人這才露出笑容，道：「是有事，不過是喜事。今日我厚著顏面來見您，正是有事相求。」

「喜事？」連老太太是見過大世面，又經歷過許多起伏的人，一琢磨顧南野的近況，便問：「妳兒子小小年紀封侯拜將，也沒見妳宴客慶祝。這喜事，是要娶媳婦了吧？」

顧夫人點頭。「您真聰明。跟以前一樣，什麼都瞞不過您。」

連老太太又問：「看中哪家姑娘了？」

顧夫人說：「想必您也聽說了，去年宮裡尋回懿文貴妃的遺孤太玄公主，這兩個孩子在金陵便有些緣分，我想請您出面，進宮向太后娘娘幫小野說媒。」

連老太太聽了，卻沒有立刻答應。

顧夫人看她面色不善，道：「我知道小野這些年在邊疆和京城做事有些猖狂，不曉得分寸，朝中對他多有非議。他原是配不上公主的，但小野難得動心，也是真心愛護公主，還請您幫幫忙。」

連老太太搖頭。「孩子的問題先放一旁。長樂，單是妳啊，怕是過不了太后這一關。」

顧夫人尷尬。「已經過去這麼多年，太后還在記仇嗎？」

連老太太氣悶地瞪她一眼。「如何不記仇？除了妳，誰敢在她面前那樣放肆？」

顧夫人還未出閣之前，得了雍帝青睞，有意納她為妃，但因喻太后十分反對宋刎的變法，認為他教唆雍帝顛覆朝政和宗室，怎麼都不肯答應讓她入宮。

顧夫人本也不願入宮為妃，在一次宮宴上，更是發下「誓不為妃」的狂言。

後來，太后的親姪女、只入宮一年的喻皇后病逝，便有人傳出流言，說是雍帝想許顧夫人后位，害死了喻皇后。

為了喻皇后之死，喻太后與雍帝暗中鬥得十分厲害，喻太后甚至起了別的心思，想另立新帝。

當時，顧夫人為顧家的婚約與父親嘔氣，本是不願嫁的，但為了平息奪后位的流言，答應嫁入顧家，解了雍帝的困境。

舊事歷歷在目，顧夫人都記得，喻太后想必也記得很清楚。

進京的路上，顧夫人想了很多，也清楚這門婚事恐怕會遭到喻太后的阻攔，但她總不能因為自己，壞了兒子的好姻緣。

低頭認錯就低頭認錯吧。

「義母，我年輕氣盛時說的話，自然該由我去向太后賠禮道歉。但太后一直不喜歡我，只怕不肯給我賠罪的機會，還請您幫忙說和。」

連老太太聽了，心疼不已。

「以前妳的處境再難，都沒在太后面前低過頭，現在卻為了兒子，要向她認錯，真是作孽啊……」

李慕歌回到白家之後，心中也一直想著「託媒」的事，但等了幾日，也沒有等到任何新消息。

她忐忑不安地問環環。「妳說夫人會找誰說媒？父皇和皇祖母要是不答應我們的婚事，怎麼辦？」

環環道：「皇上如此器重侯爺，應該不會反對；皇太后那裡，就不清楚了。不過縱使有問題，侯爺應該也會想辦法解決，您就別操心了。」

李慕歌不能不操心，這是他們兩個人的事。顧南野已經很累了，不能什麼事都丟給他。

她想了想，道：「明日咱們進宮一趟吧。」

隔日，李慕歌進宮，沒有去找雍帝，也沒有見喻太后，而是去找李慕錦的生母安美人。

李慕歌帶了些夏衣的布料和繡花花樣，先請教她怎麼裁製衣服，等漸漸聊開了，才斟酌著說起別的。

「這些東西，本該由我母妃來教我。但我母妃走得早，麻煩安美人了。」

安美人笑著說：「三公主太客氣了，這算什麼麻煩？您待錦兒好，我待妳們自然也是一樣的。」

李慕歌說：「既然您這麼說，那我便厚著臉皮，向您請教幾件事了。」

安美人是後宮宮妃中唯一對她有明顯善意的人，現在李慕歌跟李慕錦處得也不錯，有些事向安美人打聽，比較合適。

安美人聽了，停下手中針線，示意宮女退下。

「公主若有需要我幫忙的地方儘管說。只是，我是個沒用的人，枉在宮裡十幾年，不知道能為您做什麼。」

李慕歌說：「不是什麼為難的事，我只是想問問……問問公主出嫁，有什麼規矩？是宮裡婚配，還是可以由他人求娶？是誰做主？」

安美人有些驚訝，但很快便釋然。

李慕歌已經十四歲，是該操心婚嫁的事了。

今年，她便常常想著李慕錦未來嫁人的事。如今沒人替李慕歌操心，她自己打聽這些，並不奇怪。

安美人笑著解釋。「公主嫁人與尋常人家嫁女兒相同，也不同……」

公主出嫁有三種情況，一是皇家主動相看，選好駙馬後，派禮部和內務府去談，而後由皇帝賜婚。

二是王公大臣主動求娶，便如尋常人家一樣，要請媒人到宮裡提親，若後宮之主答應了，便命禮部和內務府去籌備婚事。

三是和親遠嫁。

前兩種情況，多半是由後宮的女主人決定，皇帝出面宣旨。第三種情況與朝政相關，後宮的人說不上話，只能接受旨意安排。

安美人介紹完，道：「先皇后去得早，後宮的鳳印一直在太后手上。大公主和二公主的婚事，都是太后親自挑駙馬的。」

李慕歌懂了，這就是為什麼宮妃們都想把公主送去給喻太后撫養的原因。

這下她犯了難，如果婚事是由喻太后說了算，那不確定的因素還真是挺多，至少，前世的喻太后可是非常不喜歡顧南野。

從安美人那裡出來後，李慕歌便苦惱著，該怎麼哄哄喻太后才好？

環環小聲提醒她。「既然公主進宮了，想不想去看看四公主？」

李慕歌詫異地看向環環，她和李慕貞處得並不好，看她做什麼？

但她隨即想到李慕錦曾跟她說過李慕貞閉門不出的怪事，便問：「應公公找妳了？」

應公公是熙嬪和李慕貞身邊的人，李慕歌曾向他示過好。

環環點頭。「應公公想約您在梅亭相見。」

李慕歌點頭，帶環環過去，年邁的應公公已在御花園中候著。

「上次一別，已有半年，公公一直沒來找我，我還當公公不願幫我呢。」李慕歌笑著對應公公說。

應公公客氣道：「老奴不敢，因老奴沒用，找您也幫不上您，便沒去叨擾您了。」

「那這次公公為什麼要見我？」

應公公看向環環，環環只得站遠一些。

待沒有旁人，應公公才說：「自上元節跌倒後，四公主就變得戰戰兢兢、膽小怕事，整日把自己關在屋裡。前些日子，四公主過十四歲生辰，按理要去向皇上、太后磕頭，但四公主還是不肯去，在四公主與熙嬪娘娘的爭執中，老奴這才聽出了些端倪……」

李慕歌點點頭，示意他繼續說。

應公公聲音越發低了，緩緩道：「上元節那晚，琉慶宮的大火燒起來時，四公主恰好在附近，聽到左婕妤臨死前的淒厲咒罵，說皇上弒殺先帝，為了滅口，又殺掉帝師和先皇后，現在還要殺她和二皇子，說他這般殘酷無情的人，定會斷子絕孫。

「四公主聽到這些，被嚇得不輕，正要跑開，卻連同宮女一起被人敲暈。她們擔心是皇上的人，害怕被滅口，醒來後便說自己是在著火前就摔倒了。」

李慕歌聽了，臉色變得很差，過了良久才說：「四公主和宮女青禾摔到腦袋，又受大火驚嚇，得了譫妄症。這些病語，不聽也罷。」

應公公明白她的意思，立刻說：「老奴錯了，不該拿這些胡言亂語來擾公主清靜。」

一會兒後，李慕歌一言不發地出了宮，路上一直在想應公公的話。

雍帝在她眼中，雖算不得什麼賢帝，但也不至於是弒父、弒師、弒妻、弒子的狠毒之人。

更重要的是，宋刎真是被雍帝殺死的嗎？顧南野和顧夫人知道嗎？

如果真是雍帝殺死宋刎的，顧南野和顧夫人跟雍帝的關係會發生什麼變化？他們又會怎麼看待她？

應公公帶來的意外消息，讓李慕歌的心情很複雜。

環環也感受到她的不安，問道：「公主，應公公跟您說了什麼？方才見了他，您就一直眉頭不展。」

李慕歌搖頭。這還是她第一回沒跟環環說心事。

她思來想去，還是約了顧南野來白玉堂見面。

顧南野收到消息後，問徐保如。「提親被拒的事，她知道了？」

顧夫人和連老太太進宮求見喻太后，有連老太太說和，還有顧家找回太玄的情分，喻太后表面上沒有為難顧夫人，但以李慕歌年紀小，剛回宮，想再留幾年等理由，婉拒了顧家的提親。

徐保如不太確定。「我還沒同公主和環環說，但她們今天進宮，許是聽別人說了。」

顧南野算算日子，今日並非進宮請安的日子，疑惑地問：「她們進宮做什麼？」

徐保如說：「去了安美人那裡學裁衣。」

顧南野覺得有古怪，李慕歌跟葉桃花不同，她明明不喜歡做女紅。

還是當面問她吧！

顧南野處理完手頭的差事後，提早去了白玉堂。

見他來了，李慕歌謹慎地支開了環環，單獨與顧南野在房裡說話。

「怎麼這樣不高興？」

李慕歌都快把「不開心」三個字寫在臉上了，顧南野一眼就能看出來。

李慕歌找了個理由，拐彎抹角地說：「昨夜我又作夢了，頭一次在夢裡見到父皇，他在懺悔，說國破山河碎都怪他，說一生做了很多錯事，其中還提到你外祖父，說他對不起帝師，但我沒聽清楚是怎麼回事，你知道這件事嗎？」

顧南野不疑有他，點點頭。「我外祖父是為了皇上而就義的。」

「就義？」李慕歌回想。「辛嬤嬤曾說，宋老先生是病死的。」

顧南野說：「當時外祖父已經病重，皇上被宗室逼著禪位，外祖父為了保住皇上的皇位，甘心赴死。」

李慕歌不是很懂，追問道：「當時發生了什麼事？為什麼宋老先生死了，就能保住父皇的皇位？」

顧南野猶豫一下，說：「這中間牽扯到朝政變法，頗為複雜。如果妳對朝政感興趣，我有機會從頭慢慢告訴妳。」

李慕歌一下子想到前世中國歷史的商鞅變法、王安石變法和戊戌變法，這些重要的歷史事件，她在書上學過，只有商鞅變法成功，其他變法都以失敗告終。

變法是一件很難、很危險的事，而從結果來看，宋勿主張的變法顯然是失敗了。

聽到這裡，李慕歌的心事已消解一大半。

變革中的流血犧牲在所難免，事關國家命運，不是哪個人能遮掩藏私的。

宋勿的就義，宋家理解，顧南野也能理解，應該不是左婕妤造謠說的，是被雍帝滅口。

「好呀，那等侯爺有空，再跟我講講宋老先生的變法主張吧。我身為公主，總不能對國家大事一無所知。」

顧南野點頭，又問：「妳急匆匆喊我來，就是為了問這個？」他還以為是提親的事。

李慕歌心中有了底，索性把應公公的話告訴顧南野。

顧南野聞言，這才明白李慕歌剛剛是拿夢境套他的話，她真正想知道的，是左婕妤遺言的真假。

顧南野伸出兩指，敲敲她的額頭。「有話就直說，拐彎抹角做什麼？難道怕我因為皇上與妳生分了？」

李慕歌有點委屈。「我當然怕啊，萬一我父親成了你的弒親仇人，你還會娶我嗎？」

他們原是一左一右坐在圓形茶桌旁，聽聞這話，顧南野起身走到李慕歌身前，握著她的手，蹲下身子。

「太玄，我要娶妳，與其他人無關，沒有人能影響我的決定。記住我說的話，什麼都不用怕。」

李慕歌用力點頭，有種想哭的衝動。

這個男人，一直都知道怎麼讓她安心。

第四十三章

顧南野見她眼眶紅紅的，不由失笑。

「怎麼這麼愛哭？我要跟妳說的事還沒講，講完了，妳豈不是要嚎啕大哭？」

李慕歌緊張地問：「出了什麼事？」

顧南野把李慕歌圈在懷裡。「太后不答應我們的婚事。」

她就知道會這樣。

「那我進宮去求父皇，他會支持我們吧？就算他們都不同意，我也要嫁你。我很早就說了，我的婚事要自己做主。」

顧南野沒有沮喪，聽了小姑娘的話，反而很開心。

「別急，會有人幫我們說服太后的。」

李慕歌仰頭看他。「誰？」

「大皇子。」

現在放眼整個前朝後宮，喻太后最關心的人，便是大皇子李佑顯。若李佑顯肯出面幫顧南野說話，說不定喻太后真的會改變想法。

李慕歌問道：「為什麼大皇兄要幫我們說話？他在拉攏你嗎？」

顧南野點頭。「太后指使朝臣提出立儲之事。皇上一直不鬆口，大皇子很著急。」
李慕歌有點好奇。「說來奇怪，為何父皇一直不喜歡大皇兄？」
在她的印象裡，李佑顯好像也沒做過什麼錯事。
「皇上剛登基時，因支持外祖父變法，差點被太后逼得禪位。這個結一直卡在皇上心裡，太后一心要輔佐大皇子繼承皇位，皇上就越不會立他為太子。再者，過年時大皇子做了一件大錯事，讓皇上十分失望。」
接著，顧南野低頭，附到她耳邊，低聲說：「琉慶宮的火，是大皇子放的，他會錯皇上的心意了。」
李佑顯知道，他想繼承皇位，還是要得到雍帝的認同，光靠喻太后是不行的。
原以為除掉左婕妤是替雍帝分憂，想藉此向雍帝示好，沒想到這個馬屁拍到了馬腿上。
「其實，皇上沒打算殺左婕妤，只想軟禁她和二皇子。大皇子如此狠絕地除掉左婕妤，可見他心狠手辣。更重要的是，在段左兩黨造反、圍困皇宮時，大皇子全然不顧宮中三皇子和四皇子的安危，讓皇上非常生氣。皇上曾斷言，若由大皇子登基，餘下的幾個皇子，都活不成了。」
李慕歌驚訝不已，要不是顧南野這樣說，她也以為左婕妤的死是雍帝派人下的手。
「若非父皇的意思，大皇兄擅自這樣做，也太大膽了吧？」
「太后一直認為是皇上毒害喻皇后，而大皇子自幼受太后教導，也以為皇上是個狠絕之人，所以揣測聖意，以為這樣可以得到皇上的認同，可他們實在不懂皇上。」

李慕歌也不懂雍帝到底是個怎樣的人，但她懂顧南野。

顧南野不遺餘力地幫雍帝奪回權力，至少說明，在大是大非上，雍帝應該還算明理。

如顧南野所說，這三天李佑顯跑了慈寧宮三趟，旁敲側擊地替顧南野說好話，但喻太后始終不鬆口，認為不能再助長顧南野的氣焰。

李佑顯滿心憂愁地回到文華殿，遇到太監在收拾《定坤實錄》，便問：「是誰把這些翻了出來？」

《定坤實錄》是定坤年間雍帝起居言行的實錄，那時雍帝剛剛登基，距今已二十餘年，算是塵封的舊物了。

太監回答：「回大殿下，前幾日毅勇侯借了《定坤實錄》去查閱，今日剛還回來。」

「毅勇侯？」李佑顯多了個心思，道：「你先放下，晚些再來收走。」

於是，李佑顯跟著翻閱起《定坤實錄》，琢磨著顧南野在查什麼東西，看著看著，忽然臉色大變，急匆匆又去了慈寧宮。

喻太后見李佑顯去而復返，有些不悅。

「你什麼時候成了顧南野的說客？」

李佑顯勸道：「皇祖母，兒臣左思右想，實在想不出還有誰能改變父皇的心意。與其跟顧侯為敵，不如拉攏他，未來孫兒還要靠他輔佐。」

喻太后卻不以為意。「你父皇的心意？你那三個弟弟都是不成器的，皇帝除了立你為太子，哪裡還有別的選擇？你不必心急，不過是拖些時日罷了。」

李佑顯卻不這麼想，只得下一劑猛藥。

「皇祖母，也許是孫兒多心了，但您不能忘記，顧侯到底是宋太傅的外孫，若把顧侯逼急了，又慫恿父皇繼續當年的變法，那可怎麼辦？」

這句話成功激怒了喻太后。「他敢?!」

李佑顯趁火澆油。「近日顧侯在查閱《定坤實錄》，您覺得他是在查什麼？當年父皇剛剛登基，手中並無實權，就險些變法成功。如今顧侯幫父皇奪回兵權與政權，若真有心再推行變法，奪了宗室皇權，立誰為太子，又有什麼區別呢？」

一直沒被挑明的事，被李佑顯說出口，喻太后也不由慌張起來。

雍帝遲遲不立太子，真是還存著變法的心思？

當年先帝子嗣困難，喻太后所生的先太子墜馬死後，只剩下雍帝一個皇子。

雍帝自言能力不足，不足以擔當大任，國事多囑託給內閣大臣處理，並允許各地士林議政，並收集他們的上書。

太傅宋勿見如此議政效果頗佳，極能刺激士林獻策，彌補帝王能力的不足，便向雍帝提議變法，君王統而不治，宗室不再享有特權，由內閣治理朝政。

雖然變法得到文臣和士林的支援，但得罪了所有皇族宗親和各地藩王，受到巨大阻礙，最終以宋勿自裁就義而告終。

雍帝就此消沈，任由王權被權臣瓜分。

時隔多年，喻太后以為這事早已消弭，如今被李佑顯一提醒，不由擔心起來。

她沈默半晌，道：「如今的顧侯，並不是當年的宋太傅，他得罪了天下的讀書人，若要變法，誰會支持？如今的皇帝，也不是當年的皇帝，他嘗了二十年的皇權滋味，怎麼肯再拱手送出去？」

話雖如此，但喻太后到底是動搖了，想著若把顧南野也變成皇親國戚，便能大大降低變法的可能，倒也不失為一種辦法。

她把話說回來。「我不答應顧侯的提親，也是為太玄著想。她沒了母親，若是嫁得不好，豈不是讓天下人罵我苛待她？若是她願意，這門婚事倒也不是不行。」

聽喻太后的口風已鬆，李佑顯這才歡喜地離開。

他做了這番苦工，自然要去顧南野面前說道一番。

顧南野難得逢場作戲，很給情面地在雍帝面前稱讚了李佑顯幾回。

一時之間，李佑顯春風得意，信心滿滿。

六月初六，喻太后擇了吉日，宣布大皇子妃人選，在後宮辦納吉宴。

與前世不同的是，這一次，喻太后只選了大皇子正妃向思敏，沒有同時定下側妃。

因此，謝知音的命運發生改變，未來的皇長孫也不存在了。

另外，喻太后在筵席上透出口風，操辦完大皇子的婚事，就該操心三公主了。

眾命婦聽聞這個風聲，再明白不過。

白老夫人也聽說了，匆匆喊陶氏過去說話。

「太后這麼早就幫太玄張羅婚事，比我們預料的要早。燕北那邊到底是什麼意思，妳打聽清楚沒有？」

陶氏說：「若能替世子娶到公主，燕北王自然高興，但他們去年才幫世子相看一個姑娘，雖沒有訂下婚約，可燕北已有不少人知道消息，需要先解決這門親事，才能名正言順地求娶公主。」

白老夫人催促道：「妳再寫信過去，讓他們動作快些。如今皇上、太后都喜歡太玄，若是遇到合適的人，她的婚事很快就會定下來，等不了他們了。」

陶氏猶豫道：「要不要先跟公主商量一下？萬一她不肯，咱們豈不是白忙一場？」

白老夫人有些頭疼，她很清楚自家這位公主是個有主意的，她們這樣越俎代庖，的確可能遭到反對。

「現在還不能說，小姑娘家不懂得與燕北聯姻的好處，只會覺得燕北是苦寒之地，不想遠嫁。這樣吧，妳先寫封信，請世子到京城做客，兩個孩子相處生出感情，便好辦了。」

「是，媳婦這就去辦。」

燕北王霍朗是太長公主之孫，霍家歷代鎮守雍朝東北邊境，是雍朝四大異姓王之一。霍朗的王妃與陶氏是同祖父的族親姊妹，其子霍旭還得喊陶氏一聲姨母。

這些事，李慕歌原本是不知道的，偏偏白靈婷是個愛在家中管事的，從陶氏身邊的婆子嘴中得知陶氏想幫李慕歌和燕北世子牽線，便有些吃味，跟白淵回抱怨。

「咱們兄妹的婚事都沒個著落，母親倒好，替太玄操這個閒心。她有太后做主，什麼好人家嫁不得？」

白淵回聽說之後，嚇了一跳。

他知道李慕歌與顧南野的事，自家母親怎麼又從中自找麻煩？便匆忙去找陶氏。

「娘，雖然咱們是公主的外家，但公主畢竟是李家女兒，她的婚事，皇上心中已有人選，您可千萬別管閒事。」

陶氏驚訝地問：「皇上已經挑了人？」

「是，你們什麼都不知道便自作主張，到時候不僅讓咱們家得罪皇上和燕北王，兩面不討好，還可能讓燕北王和皇上生出嫌隙，影響社稷。」

陶氏被兒子說了一頓，有些不高興。「現在你能耐大了，張嘴就拿社稷來壓我。我操心公主的婚事是為了誰？還不是為了你。」

白淵回不解。「與我有什麼關係？」

陶氏說：「你是長房長孫，卻棄文從武，當了錦衣衛。族中長輩對你早有非議，眼下是念在你頗得皇上重用，公主又親近你，才一直隱而不提。你父親遊手好閒，平日根本不管族裡的事，整日在外遊山玩水，吟詩作對。你祖母指望你接任家主之位，但到時候必有人拿這些說嘴。若沒些外力支持，你如何坐得住白家家主之位？

「所以，你祖母想替你求娶明媚郡主，王妃沒有反對，但燕北王嫌你官職太低。如果咱們能幫世子娶到公主，燕北王必會看在這個情面上，同意把郡主嫁給你。」

白淵回氣得滿臉通紅。「我會憑自己的本事在族中立足，何用借妻子之勢？我不會娶郡主的，您也別插手公主的婚事。若您聽不進去，我找祖父和祖母說。」

「你找誰都一樣！」陶氏也生氣了。「難道婷兒說的是真的，你真看上謝家姑娘了？」

白淵回心中一驚，他的確對謝知音有好感，但兩人並未做逾矩的事，為何母親會知道？

「謝姑娘明辨是非、文采斐然、秀外慧中，我很欣賞她，但請母親不要亂說，壞了她的名聲。」

「看看你，處處誇她、維護她，還不承認。她有什麼好，值得你頂撞我？我怎麼養了你這麼個沒志向的兒子，你們都要氣死我！」

白淵回見狀，覺得跟母親多說無益，不如直接去找祖父、祖母。

此時，白以誠和白老夫人正在商議與燕北王府議親的事，見孫子氣沖沖地跑進來，對視一眼，臉色也拉了下來。

白以誠冷冷說道：「如今有能耐了，見到祖父、祖母，半點禮數也沒有。不知哪裡又不合你心意，竟然來給長輩臉色看？」

白淵回壓下心中的怒氣，盡可能恭敬地說：「問祖父、祖母安，剛剛孫兒從母親那裡得知，您們有意替孫兒求娶明媚郡主，還要替燕北世子出面求娶太玄公主。孫兒想知道，您們是怎麼想的？」

白以誠身為家主，但這一年來，屢次被孫子質疑，心中早有不滿，正要訓他，白老夫人卻出面攔了下來。

白老夫人面色淡淡，指著旁邊桌上的一本冊子。「去把這個月的帳本拿過來。既然你想當家做主，那家裡的事，祖母就該好好教教你。」

白淵回不解，但還是依言把帳本拿了過來。

白老夫人翻開帳本，問道：「淵回，你可知白家每月花用多少？不算酉陽老家的旁支，只說咱們京城兩房。」

白淵回答不出來。家中的開銷，他是不清楚的。

白老夫人也沒指望他回答，直接道：「光上個月，咱們家的開支就是三百萬兩。」

白淵回震驚地立在原地，沒料到開銷這麼大。

他每月的俸祿才三十兩……三百萬兩，夠一支十萬人的軍隊吃喝三個月了。

「怎麼會……」

白老夫人老神在在，同他算著大項的開支。

「咱們家修建的藏書館和十二座書院，每月修繕的花費為三十五萬兩；資助貢生一千五百餘人，每月善款五十萬兩；購置書畫藏品、出書立著，費用一百七十萬兩；族中上下一百多口人，日常用度、穿衣吃食、宴請送禮，共計四十五萬兩。」

唸完之後，她合上帳簿。「這真金白銀流水似的花著，你不當家不知柴米貴，以為錦衣玉食都是從天上掉下來的？以為白家的名聲真是靠讀書讀出來的？是靠寫幾副字、畫幾幅畫弄出來？若非咱們幾十年如一日的資助各書院的貢生，不計成本地著書立說，士林的人怎會唯白家馬首是瞻？如今你得了公主一點支持，就想在家裡做主，你有這個本事嗎？」

白老夫人的語氣帶著怒意。在她眼裡，白淵回和太玄公主，到底是兩個不懂事的孩子。

白淵回羞紅了臉，賠罪道：「孫兒不該對祖父、祖母不敬，也沒有想當家做主的意思，只是覺得公主的婚事，不是咱們家能插手的。」

白老夫人繼續道：「這世上的事，沒有什麼能不能、行不行，只有想不想！我再問你，咱們家的銀子，是哪裡賺來的？」

白淵回並非完全不知族中的營生，回答道：「家中經營的有書院、拍賣行，還做木料、珠寶生意。各位叔伯的字畫，也能賣些錢，還有各處田莊、商鋪的產業。」

白老夫人又追問。「出木料的林場、出珠寶的礦場這麼掙錢，為何輪得到白家經營？」

如醍醐灌頂，白淵回懂了。

白家的林場和礦場都在東北境內，白家是靠燕北王吃飯的。

白老夫人見他受打擊不小，便道：「既然想明白了，就該知道，你們的婚事由不得你們自己做主。」

白淵回手心冒汗，腦門卻發涼。

他生在白家，長在白家，卻一點也不懂白家。

自幼以來，他只看到家中男丁們兩袖清風的讀書，趕赴一場又一場的高雅集會，既不想著入仕當官，也不想著從軍報國，連家中的庶務和生意，也是丟給女眷操持，甚至還要仰仗女兒們的姻親在京中立足。

他覺得這樣沒意思透了，毅然做了另類，習武投入錦衣衛，幾乎不管家裡的事。

若非李慕歌之故，他根本不會了解這些。

如今了解了，他才發覺，自己竟是這般無力又無能……

第四十四章

六月初十是林有儀的生日。

林家兄妹包下酒樓請朋友吃飯，京城裡相熟的人都邀了。

李慕歌跟白家三姊妹同坐一輛車赴宴，在車上討論起各自準備的禮物。

大家的禮物多是買的，其中數白靈秀的禮物最用心，是親手做的萬花筒。

白靈嘉好奇地拿著萬花筒把玩，喜歡得恨不得搶過來。

李慕歌也取來看了下，這萬花筒的鏡面雖不如現代的鏡子那麼清晰，但打磨晶亮的銀鏡搭配裡面璀璨的琉璃珠寶花片，能變出許多絢爛圖樣，無論工藝還是巧思，都極為上乘。

她想到白靈秀在無涯書院是修墨學的，今日才感受到，她並不只是說說而已，手工技藝已非常出色。

萬花筒不僅在白家姊妹中得到好評，也在酒席上傳開，眾人輪番觀看把玩，都想找白靈秀訂做了。

林有典是林有儀的哥哥，今日幫忙張羅生辰宴，一直很忙碌，直到下午喝茶時，才有機會跟大家一起看稀奇。

他本就是個畫癡，見到萬花筒中各種千奇百怪的圖案全是由一個個花片和鏡像組合而成，瞬間被吸引住了，再看向白靈秀的目光，充滿了讚賞。

大家正在說笑玩樂，一整天都像有心事的白靈婷終於忍不住，把李慕歌拉到一旁，跟她說了燕北王家一雙子女想聯姻的事。

「祖母、母親和哥哥都是為妳好，但他們意見不同，哥哥說不贏他們，很是消沈，有一晚還喝醉了，說自己沒用。這到底是妳的婚事，還是要看妳自己的想法。」

李慕歌聽到燕北王妃姓陶，詫異地問：「白家跟燕北王是姻親？」

白老太太那麼勢利，能選陶氏當白家長媳，看來陶氏是有些背景的，以前是她疏忽了。

前世燕北王造反，今生若雍朝安定，他或許不敢有這個心思，但到底是個不安定的炸彈，白家跟他們綁在一起，可不是好事。

李慕歌道：「我的事倒不怕，縱然外祖母有心，還得通過父皇和皇祖母那兩關。但妳哥哥的事有些棘手，若真被逼得娶了明媚郡主，知音姊姊可怎麼辦？」

白靈婷看看不遠處的謝知音，嘆氣道：「謝姑娘的事，祖母和母親也知道了，但她們不答應，急死人了。要我說，我哥就少點魄力，若真想娶，就算私奔也要娶，生米煮成熟飯，娘和祖母還能不承認？」

這是什麼餿主意？

李慕歌連忙搖頭。「不行不行，淵回表哥和知音姊姊身為長孫、長媳，以後白家還指望他們呢，哪能面子、裡子都不要？總有別的辦法。」

對於這兩人的事，李慕歌犯了難，又不能強行命令白家接受謝知音當孫媳婦。

思來想去，李慕歌打算去請教顧夫人，長輩們應該會有好的建議。

林家生辰宴散後，李慕歌直接去了毅勇侯府，但府裡靜悄悄的，東院裡也少有人走動。

辛嬤嬤出來迎她，抱歉地說：「夫人歇下了。」

李慕歌看看天色，還沒到吃晚飯的時辰，怎麼歇得這麼早？

「夫人怎麼了，是身體不舒服嗎？」

辛嬤嬤點頭。「來京城的時候，趕路趕得急，一直沒休息好。後來為提親的事奔波，還受了點氣，這兩天好不容易聽說太后鬆口，但皇上卻堅決不答應。夫人一著急，便有些受不住了。」

雍帝不答應？

李慕歌萬萬沒想到，畢竟前世雍帝明明還想幫她和顧南野賜婚的。

李慕歌拉著辛嬤嬤細問，這才知曉顧夫人跟喻太后的陳年過節，以及顧夫人進宮受氣的來龍去脈。

李慕歌心疼不已，長輩為了他們的事，居然去賠罪道歉，看人臉色。

但她怎麼也想不通，雍帝為什麼不答應？

宋勿為了保住他的皇位而犧牲；顧夫人為了平息他毒殺皇后的謠言，甘願下嫁；顧南野為他的江山立下汗馬功勞，為什麼雍帝還不應允顧家的這點請求？

李慕歌心中又氣又急，隔天就進了宮。

一進宮，李慕歌便跪在養心殿外。

胡公公得知她跪在這裡，連忙過來勸說。「我的殿下啊，您這是做什麼？有什麼事，好好跟皇上說，這樣跪在這裡，倒惹皇上生氣啊。」

李慕歌的倔脾氣上來了。「我跪在這裡，父皇自然知道是為什麼。請公公轉告父皇，歌兒求父皇成全。」說完，匍匐長叩在地。

胡公公勸她不起，只得進去傳話，得了回音又回來稟報。

「殿下，快起來吧，皇上請您進去說話。」

李慕歌聽了，立時爬起來，疾步走進去。

父女倆有段時日沒見了，李慕歌頗為委屈地上前請安。「父皇，兒臣在宮外住久了些，一段時日沒見您，您就不疼兒臣了。」

雍帝聽了，面上並沒有浮現惱怒的神色，但顯得有些疲憊和無奈。

他揮手讓胡公公出去，單獨留李慕歌說話。

「歌兒，妳是皇家公主，須知在社稷大事和個人小事之間，該如何抉擇。」

李慕歌不解。「顧侯求娶我，與社稷有什麼衝突？為什麼要抉擇？」

雍帝沈默了一會兒，道：「朕對顧卿寄予厚望，他若做了駙馬，很多事便做不了了。」

這話說得不清不楚，李慕歌不是很懂，追問道：「兒臣不懂，有什麼事做不了？」

雍帝被她反問得有些不悅。「朝政上的事，妳不懂便不必問了。關於妳的婚事，朕自然不會虧待妳，定會給妳找個好人家。」

「女兒不是圖什麼好人家，女兒……女兒就是喜歡顧侯，只想嫁他。女兒不相信有什麼解決不了的問題，若因為我是公主而不能嫁他，我不要這個公主之位便罷，您貶我為庶民，女兒必無半點怨言。」

雍帝嚴肅起來，提高聲音訓道：「太玄，朕已經告訴過妳，妳先是雍朝的公主，其次才是朕的女兒。公主之位不是兒戲，豈能說不要就不要？家國有別，妳心裡需懂得這些道理，這般刁蠻任性，太讓朕失望了！」

李慕歌因為著急有些失了分寸，頭一次跟雍帝爭吵起來。

她看到雍帝發怒，這才覺得害怕，又因婚事覺得委屈難受，五味雜陳下，眼淚奪眶而出。

李慕歌軟下聲音哭訴道：「父皇，女兒不是故意耍脾氣，也不是有意頂撞您，可是女兒真的很想很想嫁給顧侯。

「女兒流落民間時，對生活和未來既害怕又絕望，是顧侯救我、護我、照顧我，是他給了我生的希望，不管發生什麼事，好像只要站在他身旁，一切危險和困難都不存在。

「女兒知道父皇和顧侯為了江山社稷嘔心瀝血，有許多大事要做，我從未想過要給你們添麻煩，也想為國為民盡些綿薄之力。可您現在什麼都不告訴我，只說我們的婚事會影響社稷，女兒不甘……」

雍帝聽她一番哭訴，心又軟了下來。

這時，顧南野沈靜的聲音從殿外傳來。「臣顧南野求見。」

李慕歌轉身，急切地看向門外，又看看雍帝。

見雍帝點頭，李慕歌急忙跑過去把殿門打開。

顧南野見小姑娘滿臉是淚，眉頭皺了皺，忍著心疼走進養心殿。

「皇上，太玄殿下年紀還小，很多事並不清楚，若有頂撞皇上的地方，請皇上恕罪。請容臣單獨跟殿下談一談，臣會跟她說清楚的。」

雍帝苦笑不已。他們父女吵架，還要顧南野這個外人來求情，可見他們倆的關係真的是十分親密了。

顧南野帶走李慕歌，兩人回到體元殿，顧南野親自打熱水，讓李慕歌洗了把臉。

見她平靜下來了，顧南野才問：「今日怎麼這麼衝動？也不先來找我。」

李慕歌心情低落。

「夫人為了我們的事，不惜去向太后低頭認錯，還氣病了，我總不能什麼也不做，就等著你們解決困難。父皇是我父親，有些話縱然說過頭了，也要讓他知道我的想法。而且，就算他生氣了，也不會拿我怎麼樣。」

顧南野捏了捏她的臉。「這個時候膽子倒是挺大的，不做公主的渾話都敢說。」

李慕歌不高興。「我是說真的。」

顧南野沈靜地看了她一會兒，思考該怎麼跟她談。

李慕歌被他瞧得心慌，小心翼翼地問：「你跟父皇說會跟我談清楚，是要談什麼？之前你不是說沒人會影響你的決定嗎？」

談分手嗎？他們才在一起幾天，這就撐不下去了？

顧南野感覺到小姑娘慌了，眼神都亂了。

他拉過李慕歌，把她抱到自己膝上側坐著，安撫道：「別胡思亂想，我是在想該怎麼跟妳說皇上的顧慮。」

聽說顧夫人進宮提親後，雍帝就在考慮這件婚事，直到近兩日才跟顧南野深談。

他對顧南野寄予厚望是真的，希望顧南野繼承宋勿遺志，將變法派的人重新召集起來，再進行一次變法。

若要顧南野做這個牽頭之人，他必須深得變法派的信任，必須深得天下士林的支持，可他若做了駙馬，成了宗室女婿，會讓他的信譽大受影響。

「這二十年來，民生每況愈下，金陵民變叛亂、虯穹外敵入侵、段左兩黨造反鬧事……皇上對此深感自責。加上諸皇子也沒有賢能者，他便想將治國大權下放給真正雄材偉略的人……」

顧南野怕她聽不懂國家政事，說得很慢很仔細，李慕歌卻很快聽明白了。

「我懂，這叫君主立憲，以前我生活的地方有個叫英國的國家就是這樣的。國家由君王統領，但治理國家的卻是內閣大臣。」

顧南野有些驚喜，也有些好奇，問道：「妳生活的地方是怎樣的？以前妳不是雍朝子民嗎？」

顧南野從未深究過李慕歌真正的身分，以前是覺得她不想說，他就沒必要問，只需要了解她現在想成為什麼樣的人便足矣。

李慕歌說：「我生活的地方與這裡十分不同，各個領袖治理國家的方式也不同……」

李慕歌說得不專業，但顧南野聽得很認真。

一下午，兩人聊了很多，聊到最後，李慕歌是真的很不開心，擔憂地問：「改革變法是很難的事，大多數國家需要幾代人流血犧牲才能取得成功。若父皇真的將此重任委託給你，那、那我們豈不是要等這些大事辦完後，才能考慮自己的事？」

顧南野先娶她的話，會大大影響他在變法派中的聲望和民意。

顧南野說：「不能心急。當年皇上和外祖父變法失敗，就是因為太心急，如今時機依然不成熟。」

變法不僅是治國方略的轉變，更是一種利益關係的重新調整。

若不解決眼下權臣、宗室、藩王和外敵等問題，變法時只會受到多方阻力同時反對。

顧南野又跟李慕歌說了許多其中的利害關係，李慕歌更絕望了，一頭埋進顧南野懷裡。

「這可怎麼辦啊？解決完這麼多問題再變法，等變法成功，不需要你操勞的時候，我們倆都成老頭子、老太太了。」

顧南野摟住小姑娘，哄道：「給我一點時間，我不會讓妳等很久。」

原本李慕歌就沒有著急，只因顧夫人提出來，卻被喻太后、雍帝連番拒絕，有些折騰李慕歌的心態。

「我自然願意等你，只是夫人那裡，咱們還要想辦法勸一勸，請她不要太過憂心。而且太后都傳出話，要給我選駙馬了……」

選駙馬……顧南野皺起眉頭，這雖然不是什麼大問題，但也很讓人心煩。

將雍帝的顧慮說清楚之後，李慕歌決定去向雍帝賠禮道歉，畢竟他是最大的決策者，得罪不起。

雍帝見她脾氣全無，乖順地認錯，不該不理解他的難處，不由搖頭，對顧南野說：「你們讓朕說什麼好？她全然不聽朕的，只聽你的。」

顧南野在旁解釋。「並不是殿下聽我的話，是因為臣將其中利害關係同她說清楚，殿下年紀雖小，但非常懂朝政，一點便通。」

雍帝有些意外，也有些擔心，問道：「歌兒懂朝政？你都同她說了？」

顧南野點頭。「殿下是支持皇上變法的，對於變法中的利害關係，看得十分透澈，也知道變法的好處和風險。皇上若不信，問問便知。」

早些年，雍帝常跟宋勿商談變法後治國方略該怎麼做，但自從宋勿就義後，他就絕口不提了。

哪怕最近跟顧南野重提此事，也沒有談到細節，他倒有些不信，李慕歌一個十四、五歲的女孩子，能懂這些？

「那妳說給朕聽聽。」

李慕歌有些忐忑地看向顧南野，不懂他為什麼主動讓她在雍帝面前說這些？她在顧南野面前，可以肆無忌憚地分享前世的歷史，但不代表她能在雍帝面前說得頭頭是道。

李慕歌有些犯難，她說不了太深的東西，便參考著英國的制度，將王權、內閣制、議會權力、司法權、選舉權等等細節簡略說了一下，說清楚君主立憲制是怎麼運作的。

雍帝越聽越認真，對議會中的上院和下院非常感興趣。

上院不經選舉，由宗室貴族組成；下院是經選舉的平民組成，且有任期。

「這倒是個好辦法，上院保留宗親的權力，可以大大減弱他們對變法的牴觸。」雍帝讚許道。

之前他和宋勿就是行之太猛，想把皇室的權力都拿掉，才遭到極大的反對。

雍帝問道：「歌兒，這些都是妳想到的？」

李慕歌不敢托大，生怕雍帝問她更深的東西，連忙說：「不是，是侯爺跟我說了一些問題，兩人一起聊天時想到的。」

雍帝便釋然了些，但依然覺得這個女兒不錯，對朝政很有天賦。

如此想著，又覺得可惜她是個公主。

從宮裡出來之後，李慕歌隨顧南野一起去了毅勇侯府，探望臥病的顧夫人。

顧夫人的病其實不要緊，更多的是心病。

她將雍帝、喻太后不同意婚事的原因，都怪到自己身上。

為了開解母親，顧南野簡略地跟顧夫人解釋一番，只說雍帝要解決皇家宗室問題，正是需要他效力的時候，現在和李慕歌議婚，時機不合適。

雖沒有明說變法的事，但顧夫人卻聽明白了。

當年她父親就是為了解決皇家宗室才提出變法，父親已因此而死，兒子又要走上這條路了嗎？

見顧夫人聽完解釋後沒有釋然，心情反而更沈重，顧南野有些犯難了。

李慕歌見狀，出面道：「侯爺還有諸多差事，先去忙吧，我陪夫人坐一會兒。」

以前顧夫人跟顧南野嘔氣的時候，就是李慕歌出面調解，如今顧南野也相信她能把安慰母親的工作做好。

第四十五章

待顧南野走後，李慕歌沒有直接說她和顧南野的事，而是說起白淵回、謝知音和霍明媚的事，向顧夫人請教該怎麼做才好。

顧夫人斟酌一會兒，說：「這是白家的家事，我原不該多嘴，也該讓妳不要管，但白家想聯姻的對象是燕北霍家，我就不得不多說兩句了。」

顧夫人告訴李慕歌，霍家本是燕北的將門，是世代守護東北邊境的忠良，為抵抗外族入侵，曾經一戰戰死十二位霍家直系子弟。

後來，太祖皇帝為了撫恤霍家軍，將太長公主嫁入霍家，並賜「燕北王」的頭銜。

這個頭銜原本不是世襲的，但太長公主頗有手段，在朝中亦有不小的勢力，第二代燕北王之位，就是靠她跟宗室爭取來的。

後來雍帝繼位，因中止變法、宋勿就義等事引發金陵民變，雍朝各軍部不聽雍帝調遣，唯有燕北軍肯奔襲南下，助雍帝平定民變，但代價就是第三代的燕北王。

顧夫人說：「在蚰穹作亂這五年，燕北王霍朗始終不肯出兵助西嶺軍驅逐外敵，對於他，皇上和小野早有不滿。霍朗為了避免皇上秋後算帳，必然要有所防備。如今霍家雖跟白家議親，但他們真正圖謀的恐怕是妳，小玄兒。」

李慕歌對顧夫人的見解實在佩服，她沒跟顧夫人說燕北王想替世子求娶她的事，但顧夫人已推斷出來了。

「夫人可真厲害，聽白家的姊姊說，燕北王是有意想替世子求娶公主。」

猜測被證實，顧夫人更不開心了。

自家提親已經很不順利，還有人來跟她搶。

「這個絕對不成，燕北王擁兵自重、抗旨不尊，這樣的人家，遲早會出事。」

李慕歌安慰道：「夫人不必擔心，我自然是不肯的。一方將領得了皇權庇蔭，不思報國，反倒違抗皇命，相信父皇也不會應允。」

顧夫人卻沒這麼樂觀。「當初太祖將太長公主嫁給霍家，也並不是心甘情願的。這至高皇位看似光鮮，卻是最最不得自由，大多數時候，都是形勢比人強……」

李慕歌贊同地點頭。

顧夫人輕聲嘆了句。「這些年，真是苦了他一人在那裡煎熬。」

李慕歌發現顧夫人說的是雍帝，心中驚訝極了。

這些年，雍帝被人奪了亦師亦友的知己，又不得自己所愛，坐在皇位上，身邊全是圖謀權力的人，天天看著這些人蠅營狗苟，而百姓又因為他的不作為受苦，心裡真的很煎熬吧！

李慕歌順勢道：「侯爺能夠理解皇上的苦，所以才想做些事情改變現在的困境。他們做的事都是極難、極危險的，但又不得不做，且做了能造福蒼生。若最親近的人不支持他們，豈不是更讓他們腹背受敵？」
顧夫人閉上眼，有些心痛地道：「我的兒啊……」
當初顧夫人能忍痛送顧南野上戰場搏命，李慕歌相信，顧夫人最終也會支持顧南野的朝堂革命。
但人心是肉做的，尤其顧夫人的父親已經因此事送命，她的心肯定會更痛，需要給她一些時間。
李慕歌起身，幫她煮了杯熱茶，緩了緩心情之後，重新說回白淵回的親事。
「為了避免白家和霍家聯姻，夫人就當疼疼我，幫我幾個忙吧。」
顧夫人苦笑。「不用妳說，為了留住妳這個乖兒媳，我也得做些事呀。」
從毅勇侯府回去後，李慕歌喊白靈婷到白玉堂來說話。
「今日我聽說了一件事。」李慕歌剛開口，白靈婷的眼睛就亮了，不得不說，她真是個很愛多嘴的人。
「柱國公夫人想請顧夫人出面，去謝家替連家四少爺提親。」
白靈婷一下子急了，追問道：「連家？連家怎麼打起謝知音的主意了？」
連家是公侯高門，孫長媳又是大公主，這般功勛世家，與一般的外臣是不同的。
李慕歌說：「知音姊姊原先就是被太后看上的人，連家能瞧中她，有什麼奇怪？而且顧夫人從金陵來，在金陵時跟謝家頗有來往，連老太太聽顧夫人誇讚知音姊姊知書達禮，心中喜歡。更重要的是，謝家頗得大皇子賞識，以後定然是新貴。」

最近顧南野十分抬舉李佑顯，外人都覺得李佑顯的太子之位已是板上釘釘的事。

白靈婷聽完，坐不住了，急忙去找陶氏。

陶氏聽白靈婷說了一通，不禁有些動搖，問道：「太后和柱國公府都看上的人，這個謝姑娘真的這麼好？」

其實陶氏對謝知音並無喜惡，但白老夫人想抓緊霍家這個財神爺，其他姑娘再好，她也勸不動白老夫人。

白靈婷又把謝知音吹捧了一通，道：「跟霍家親上加親有什麼好？就算不跟霍家聯姻，霍家因為姨母和您，咱們不還是親戚？要是跟謝家聯姻，我們又多了一個助力，豈不更好？再說了，霍家已得罪皇上和顧侯，萬一秋後算帳，咱們不得多找條退路嗎？謝家前景這麼好，您終究還是要為哥哥的前程著想。」

白靈婷說的最後一句，倒是說到陶氏心坎上了。

她不比白老夫人見過的事多，那麼有底氣，心裡也覺得霍家太不把雍帝放眼裡，遲早要出事。

在娘家和親兒子之間，陶氏終是更傾向自己的兒子，鬆口道：「我知道了，我會派人去打聽打聽謝家的。」

白靈婷依然不放心，催促道：「您快些，別讓連家搶先了，等到謝家來挑咱們的時候，不知道成不成呢！」

陶氏打聽謝家的事，很快就傳到白老夫人耳中。

白老夫人氣急敗壞，把她叫到跟前訓了一頓。「之前商量得好好的，是要跟霍家議親，妳怎麼不與我商量，突然反悔？」

陶氏慌張解釋。「沒有與謝家議親，我只是打聽一下。」

「打聽？現在外頭傳得有模有樣，顧夫人特地向我道賀，謝家也派人暗中來問這是怎麼回事。」

陶氏委屈道：「媳婦也不知為什麼傳了出去。」

白老夫人氣得不得了，這一年來，長房從孫子、孫女到兒媳，都跟她漸行漸遠，不再一條心，真是不能指望了。

陶氏沒察覺到白老夫人對長房徹底失望，還大著膽子勸說。「其實謝家的確不錯，像謝家這樣既得皇上器重，又得大皇子器重的人家可不多。回兒如今在京城就職，能得這樣的岳家扶持，咱們便能少操些心了。」

白老夫人氣結，語氣不佳地說：「我想替淵回娶明媚郡主，全然是為你們母子考慮，既然你們都不領這個情，便不要再來尋我商量妳兒子的婚事，自個兒看著辦吧！」

白家這麼多人，長孫指望不了，難道還找不出第二個繼承人？

「母親……」陶氏到底懼怕這個強勢的婆母，想再解釋兩句，卻被喝退。

白老夫人緩了片刻，便讓僕婦去喊二房的閔氏。

自閔家被衛家牽連失勢，閔氏就沒得過白老夫人的善待。

如今突然將她喊去，她有些慌。

見到閔氏，白老夫人開門見山地吩咐。「燕王妃聽說太后要幫太玄公主挑駙馬，想請咱們家出面替世子求親。妳大嫂是個大事上不中用的，這事交由妳來辦。妳準備些精緻禮物，向宮裡遞牌子，隨我去太后面前坐一坐。」

閔氏聽得心中直跳，忙道：「這事兒不成吧？」

白老夫人面色不善。「成與不成，是由妳我來說的？」

閔氏不安。「當初還在跟虯穹打仗的時候，燕北王退回聖旨，拒不出兵，是被皇上當朝罵過的，怎肯把太玄公主嫁給燕北世子？咱們去出這個面，怕是會惹來盛怒啊。」

當初虯穹侵犯邊境時，雍帝命燕北王率兵西行，側面支援西嶺軍，燕北王藉口自己沈痾頗重，帶兵上陣恐怕有去無回，希望雍帝能在他出兵之前，冊封他的長子霍旭為親王世子，以安軍心。

雍帝接到消息後，只封霍旭為郡王世子。這是降等襲封，若是繼承王位，也只是郡王。

燕北王不能接受，多番商議不成，一氣之下退回聖旨，拒不出兵。

當時，白家暗助燕北王，煽動士林大肆宣揚歷代霍家軍如何死傷慘重地守護山河，如今雍帝卻寒了戰士的心。

當時的言論，逼得雍帝險些要屈服於燕北王，寫下襲封親王世子的聖旨，幸虧顧南野及時打了勝仗，讓雍帝鬆了一口氣。

自顧南野得勝後，雍帝再也不用求著燕北王了，燕北王因此日益擔憂起來。

若燕北王出事，白家不知是否能全身而退。

白老夫人傾身，望著閔氏說：「妳以為我老婆子記性不好，忘了這件事？正因為皇上跟燕北王之間有隔閡，燕北王才需要咱們出面說和。若萬事皆好，何用求到我們面前？」

「可是，咱們家又何必冒這個險？」

閔氏心中十分清楚，若這件事好辦，陶氏怎會把機會讓給她？比起她，陶氏跟燕王妃是族親姊妹，更適合出面才對。

這事說成了，未必能得燕北王的感激；若是說不成，既得罪雍帝和李慕歌，也得罪了燕北王，又是何必？

明擺著吃虧的事，閔氏不知白老夫人為什麼要做，但決定不摻和進去。

「說媒到底是喜事，我娘家才出了不祥的事，媳婦還是避諱些才好，免得皇上與太后看到我，想起衛家，壞了燕北世子的好事。」

白老夫人聽了，心裡叫苦。

她就兩個嫡子，如今長房和二房都不聽她的，竟淪落到要去扶持旁支的人了？

推掉替燕北王世子說親的事，閔氏心事重重地回屋。想到白淵回、白靈婷兩個孩子的婚事被白老夫人捏在手中，遲遲定不下來；又想到被利用的李慕歌，深覺這位婆母根本不會考慮孩子的幸福，處處都是為了家族興榮而算計。

於是，她跟丈夫商量道：「秀兒的婚事，咱們要早做打算才好。」

白家二爺是癡迷著書立說的讀書人，不管家務，點頭說：「兒女的事，妳做主就行。」

閔氏也沒指望他做什麼實事，只要婆母責問起來，他能出面擋著便好。

而她竟有如神助，剛起了這個心思，立刻有人上門說親。

媒人不是別人，正是顧夫人，而她要保的媒是金陵林家長子，林有典。

白靈嘉得知這個消息時，似小馬般衝到白玉堂，吃驚地告訴李慕歌。「林哥哥來提親了，他想娶我姊姊！」

李慕歌在前幾天就知道了，因為顧夫人私下問過她的意思。

剛聽顧夫人說起時，她十分意外，但細想後，倒覺得挺好的。

林有典和白靈秀都是性子好、心眼實的人，門當戶對，什麼都很般配，只是不知林有典是什麼時候起了心思？

這樁婚事議得十分順利，雙方長輩和孩子都沒人提出異議，讓屢次婚事受挫的白家，感到了一絲喜氣。

七月末，林有典的母親親自進京，請了林家在京城德高望重的長輩和顧夫人，一起到白家納采、問名，將白靈秀的生辰八字帶回去合，擇定婚期。

林家帶來的彩禮足足堆了一院子，李慕歌與眾姊妹擠著圍觀，白靈秀羞得不敢出門。最鬧騰的要數林有儀，今日她雖是做為男方客人陪母親過來，卻跑到內院來逗白靈秀。

「早知道秀姊姊要當我嫂嫂，我生辰時就該多向她要點禮物，妳們整天霸著她送我的萬花筒，我自己都沒玩兩天呢。以後成了我們林家的人，我要請嫂嫂給我做一堆，妳們想要，都得求著我。」

白靈嘉搶白道：「就算嫁給了妳哥哥，姊姊還是我姊姊，我才用不著求妳。妳可別累壞了我姊姊，到時候我可不依。」

小姑娘們都喜歡白靈秀做的小玩意兒，好看好玩，拿出去尤其引人注目。且白靈秀又會照顧人，十分得妹妹們的愛戴。

李慕歌在旁看得直笑，心情格外好。

晚上，白家設了筵席，接待男方賓客，因顧夫人是媒人，顧南野也在宴請名單中。

李慕歌坐在內院筵席中，聽到外面有人來報說顧侯到了。

雖然不可能瞧見，但她還是不由伸直脖子去看。

見她這般模樣，席間熟悉的朋友們都心領神會地笑了。

之前顧南野求娶李慕歌的事，雖然被雍帝和喻太后壓下來，但因鬧出不小動靜，熟悉他們的人都聽說了。

林有儀跟白靈婷說：「上回端午節，妳說我不該亂說話，會讓人誤會侯爺和公主，明明是我嘴巴靈驗，讓我說中了。」

因以往過節，白靈婷並不看好這樁婚事，回嘴道：「誰說說中了？皇上不是沒應允？」

林有儀說：「皇上只是說公主還小，肯定是早晚的事。」

白靈婷皺了皺眉頭，剛要反駁，但看李慕歌好似很關心顧南野的樣子，便把話吞回去。

謝知音挨著李慕歌坐，低聲問李慕歌。「宮裡不同意，侯爺沒想想辦法嗎？」

李慕歌說：「我們打算過兩年再議親。」

謝知音提醒她。「自太后放出口風要幫妳挑駙馬，京城裡打聽妳的人不少，還有人問到我母親那裡去。拖久了，小心生變數。」

謝夫人曾陪謝老爺在金陵任職，打聽到她那裡，肯定是想了解李慕歌回宮前的為人。

「嗯，我的婚事，父皇心裡有數。」

眼下她和顧南野不能議親，但雍帝也不會寒顧南野的心，把她許給別人。

「倒是妳，得抓緊機會呀。」李慕歌反過來打趣她。

陶氏已託媒去金陵說親，但謝夫人沒有立刻答應，讓陶氏開始心急了。

謝知音眉間浮起愁緒。「家裡有些猶豫，說白家近年行事頗不著調，覺得不安，但我已經寫信回去解釋了。」

李慕歌明知故問。「妳信裡怎麼寫的？是不是一個勁兒誇我表哥？」

謝知音紅著臉。「我可沒提他半個字，全篇都說妳呢。」

「哎呀，妳說我做什麼，多說說我表哥呀。」

兩人說說笑笑，待晚宴吃到後半，環環傳話，說顧南野去了白玉堂，請她過去。

李慕歌以為有事，提前離席回去了。

李慕歌回到屋裡，見顧南野躺在她日常看書的臨窗軟榻上，隨意地跟在自己家裡一樣。

「你躺在我房裡做什麼？」她笑著走近，聞到他身上有酒氣，彎腰去看。「呀，怎麼喝了這麼多酒？」

顧南野在軍中待久了，酒量了得，今晚是飲了幾杯，但說不上醉，只是進到小姑娘的房中，放鬆下來。

他拍拍身邊的位置。「陪我說說話。」

李慕歌依言坐下，側頭望著他。「怎麼這樣高興？」

顧南野微微挑眉。「看得出我高興？」

李慕歌當然看得出來。顧南野善於自制，多數時都藏著喜怒哀樂，表現出一副冷酷嚴厲的樣子，但他眼神中的溫暖，不會說謊。

今晚的宴會，他不是主角，卻喝了這麼多酒，眼下又如此輕鬆，必然是心情好。

顧南野捏住她的手，說：「之前我收到一份變法派轉託我呈遞的《上皇帝言事書》，書中主張諸多變法措施，富國之法、強兵之法、取士之法，皆有涉及。我呈給皇上和內閣後，今日終於通過審議，決定起用上書之人，逐步推出新政。」

最難求的便是治國救世的人才，雍帝和內閣能拔擢能人，並開始推行新政，有這種手腕力度，更是難得。

李慕歌從顧南野開心的樣子便猜到，之前必定是面臨了諸多困難，今天能夠通過審議，十分不易。

看著顧南野為自己的理想一點一點努力，她也覺得開心。

「終於有人能幫你分憂解難了，真好。」

顧南野半躺著看她。「我得快一些，多找找這樣的人，不能讓我的姑娘等急了。」

李慕歌瞥他一眼。「誰急了？反正我還沒到及笄之年，也不知道是誰早就過了加冠訂親的年紀？」

顧南野笑起來。「是，是我急了。」

近來他在宮裡的時日多，後宮的事，難免傳到他耳中。

自喻太后說要替李慕歌擇駙馬，便有命婦進宮探口風。

喻太后原本是為拉攏顧南野而鬆口，雍帝卻不應允，便把那些探口風的人推到雍帝那裡，說雍帝格外心疼這位失而復得的公主，成不成還得他點頭。

所以，每天議事結束後，總有些位高權重的大臣、閣老，若無其事地說起自己族中的兒子，或姪子，或孫子正值婚齡，又是如何一表人才，拐彎抹角的，希望雍帝能聽懂他們的意思，看那些孩子一眼。

雍帝裝糊塗多年，於此事上裝糊塗更是輕鬆自如。

但旁聽的顧南野快憋出內傷了。

不說別的，就說今天中午，新晉的田閣老和向閣老等人在文華殿說起京城的新氣象，學子們踴躍論道激辯、上書言事，其中以每月一期的無涯大講堂最盛。

田閣老直接誇讚道：「講堂雖是白家辦的，卻是三公主的建議。她自民間來，最懂民間疾苦，也知民間人才眾多，藉此幫皇上廣開言路，真是見識深遠。我孫兒曾與三公主在大講堂上論事，公主所言新穎而有理，讓他頗為折服。」

向閣老笑著附和。「你如此中意三公主，可要早些求皇上恩賜了。」

田、向兩人共事多年，對彼此家中的情況十分熟悉，田閣老故意說起自己的長孫和李慕歌，肯定是有了這個意思。

田閣老笑道：「三公主秀外慧中、見識不凡，這般的好孩子，皇上想多留幾年，我孫子也還小，再等等看吧。」

顧南野雖不是閣老，但因雍帝特旨，近來會旁聽內閣議事。此間休息時，他自然也在。

聽完眾人說的話，他心中極為不爽啊……

第四十六章

回想那些人精，顧南野不由問李慕歌。「無涯大講堂還繼續辦嗎？」

李慕歌點頭。「辦呀，辦得還挺好的，以前每月一堂，但因為上個月的人格外多，快把書院擠爆了，現在改為每半月一堂。」

顧南野略微沈下臉。「妳經常去？」

李慕歌道：「因為是我建議舉辦的，只要我有工夫，儘量都去。」

「妳是不是還經常當堂與人辯論？」

李慕歌忐忑地點點頭。「我是不是有什麼話說得不妥，傳到你耳中了？」

一般的論文或民生之道，她是不發言的，偶爾討論到跟顧南野有關的治軍和法度之言，才會有偏向地引導一下。

顧南野有些氣悶，但李慕歌沒做任何錯事，他也說不得什麼。

彷彿是為了強調主權，顧南野把她往懷裡帶了帶，擁著她問：「妳同我說說，講堂上都論了些什麼？」

李慕歌以為他感興趣，半靠在他懷裡，專挑一些有意思的論點和事情來講。

顧南野越聽越憋悶，甚至能想像出她在大講堂上被一群學子圍著討論的樣子了。

都是些十幾歲的少男少女，正是春心萌動的年紀……
他思量道：「既然這麼熱鬧，下堂課我也去聽一聽。」
李慕歌尷尬。「啊？你就不要去了吧……」他若去了，誰敢當他的面議論國事？
顧南野挑眉。不要他去？他偏要去。

無涯書院會辦大講堂，源於李慕歌和她的老師簡先生的一次閒聊。
簡先生在教書育人方面，想法十分開放，不似白家家族內的那些先生藏私，更願意讓知識普及天下人。
每日在無涯書院教導白家的啟蒙稚子，讓簡先生有些鬱鬱不得志，但他的年紀也不過二十左右，如此淺的資歷，做不了更多事。
察覺到這些想法，李慕歌便將前世的通識課、論壇、辯論會等形式，改成時下人能接受的說法，提了些建議。
簡先生一聽，果然很感興趣。
後來，李慕歌又透過白淵回，找些白家長輩支持，終於替簡先生尋到辦大講堂的機會。
家學內的長輩原本沒把大講堂當回事，權當滿足李慕歌的好奇心。
但這幾個月過去，大講堂聲勢越辦越大，連帶著白家也在京城書香世家中又長了臉，族內支持的人也多了起來。

自顧南野提出要去大講堂看一看後，李慕歌便留了個心眼，注意講堂的動靜。她深知顧南野起意想做的事，一定會做到，哪怕是些很小的事。

在八月的大講堂開始之前，李慕歌一改往日請假的狀態，非常勤快地來往無涯書院，並跟簡先生討論本月大講堂要宣講的內容。

「我從宮裡得到消息，大講堂的事已經驚動內閣，據說他們有意派人來旁聽，咱們這個月的論題，可要仔細斟酌，最好不要再論『崇文派』、『尚武派』哪個更有用，多為朝政出謀劃策、改善民生吧。」

之前，李慕歌拋出「以武救國」的論題，是為了替顧南野挽回名聲，若是他本人要來旁聽，她可不希望顧南野聽到別人在臺上爭論他個人的事。

簡先生聽了，很是振奮，沒想到書院的事能驚動朝廷的人，這樣是不是說明，他們的計策真上達天聽？

「公主放心，時下大家正在熱議駱大人的《上皇帝言事書》，這一次的大講堂，議題原本就是為新政出謀劃策，必不會在朝廷面前惹出亂子的。」

之前李慕歌也提醒過簡先生，擔心禍從口出，請他務必控制好大講堂激辯的內容。

對於簡先生的能力，這幾個月觀察下來，李慕歌非常滿意，相信他會準備得很好。

到了八月初五，大講堂開課的那天，顧南野果然來「暗訪」無涯書院。

不過，他到了之後，還是讓徐保如去知會李慕歌一聲。

李慕歌在書院內聽說了，到講課的廣場尋他。

今日顧南野褪去官服，只穿了一身書生們常穿的素色圓領袍，因為天氣熱，手上還拿了把紙扇。

這副裝扮在他一個武將出身的人身上，竟然一點也不違和。

顧南野的長相原本就不粗獷，只因成天黑著臉，氣質嚴肅，加上武將自帶的殺伐之氣，讓人有些敬而遠之。

如今換了身衣服，也是芝蘭玉樹的人，哪怕神情依舊顯出幾分疏離，卻更顯清貴。

眼下廣場的人已經很多，周圍環境嘈雜，且都是些吵鬧的少年，顧南野有些不喜，只站在廣場邊。

李慕歌尋到他時，眼睛一亮，腳步匆匆跑到他跟前，明知故問地道：「侯爺，您怎麼來啦？」

顧南野淡淡地說：「體察民情。」

李慕歌喜歡他今天的樣子，面上止不住的歡喜，雀躍地將他往裡面引。

兩人在大講堂前面的座位上坐下後，李慕歌拿出今日的議程給顧南野看，介紹今日講學的幾位先生是何背景資歷，待會兒又會討論什麼議題。

兩人正說著話，就看到白淵回面色不善地帶著幾個少男少女，也坐到了前排。

李慕歌意外地道：「咦，今天表哥也帶客人來了？」白淵回帶進來的幾個人是生面孔，她不認得。

中間的一男一女穿著富貴、面容姣好，身後各帶著兩個侍從，一看就是嬌生慣養的公子和姑娘。

大概是京城哪個世家的人找白淵回走關係，以便進內場聽課，李慕歌便沒有過多關心。她轉頭打算繼續跟顧南野說話，卻見顧南野盯著那幾個生面孔，雖然依舊面無表情，但眼神中的溫煦已消失殆盡，取而代之的，是不可捉摸的冷漠。

李慕歌生疑，順著顧南野的眼神重新看回去。

白淵回也瞧見了他們。

發現顧南野竟出現在這裡，白淵回十分驚訝，安頓好客人後，立刻朝顧南野和李慕歌走過來。

顧南野收回目光，問白淵回。「他們什麼時候來的？」

白淵回壓低聲音說：「剛剛到的。早上我突然接到家中消息，趕出城接人。他們進城後，聽說這裡有講堂，非要進來看熱鬧，我便帶他們進來了。」

顧南野不置可否，只道：「知道了。」

這邊剛說完話，已有先生走上臺，要開始講課了。

李慕歌看看顧南野，又看看不遠處的陌生人，壓低聲音問：「他們是誰呀？」

顧南野側身在她耳邊道：「燕北王的世子和郡主。」

這下輪到李慕歌震驚了。這個白家是怎麼回事？

陶氏已去金陵向謝家提親，她以為和燕北議親的事就此打住，白家怎麼還是把燕北王世子和郡主接到京城來？

李慕歌忐忑地看向顧南野。前世燕北王挾持皇室，逼顧南野造反，他此刻看到燕北王的子女，不知道是什麼心情……

而且她分明記得，夢裡的顧盼兒是把聖旨偷去給「世子」，就是眼前的這個少年嗎？

他們兩人心緒不寧，另一邊的兩人也悄悄議論著。

霍明媚偷偷瞧著顧南野，問燕北王世子霍旭。「剛剛跟白淵回說話的人是誰呀？我看白淵回對他們很恭敬。」

霍旭只是不屑地笑了下，沒有回答妹妹的話。

霍明媚的目光鎖在顧南野身上，有些挪不開，想了片刻，吩咐侍女。「去跟白家人打聽一下，那一男一女是什麼人？」

霍旭攔下侍女，對妹妹說：「爹娘慣了妳這麼多年，竟連這點眼色也沒有，真是沒用。」

霍明媚不開心地嘟嘴。「你怎麼張口就罵我？若看出來了，怎麼不告訴我？」

霍旭說：「白淵回對妳尚未做足禮數，卻對那位姑娘畢恭畢敬，先前去京城打探消息的人說，太玄公主喜歡參加士林論學，那她必定就是太玄公主了。坐在她旁邊的男子雖然穿著簡樸，但氣勢凌人，又與太玄公主舉止親密，看他的年齡，應是大皇子無疑。」

「對哦……」霍明媚絲毫不在意哥哥的傲慢，頗為佩服。

她一直偷看著「大皇子」，絲毫無心聽臺上的先生在說什麼。

過了一會兒，她忍不住道：「娘說大皇子是宮女所生，被向貴嬪養成一個畏畏縮縮、不成大器的人，但今日一見，並不像呀。早知道聽爹的，先來京城看看再說。」

之前李佑顯選妃，燕北也得到消息，但燕北王妃捨不得把女兒送進宮，沒有任何回應。

霍旭說：「就妳這蠢心眼，不讓妳進宮是為妳好。以前大皇子上面有左、向兩人壓著，他只能憋著，現在兩妃一死一貶，他自然揚眉吐氣了。」

「哦……那好可惜呀，聽說他已經跟向家姑娘訂親了。」

霍旭訕笑一下，不再理妹妹，但也時不時看李慕歌一眼。

據打探來的消息說，這位公主雖然出身鄉野，但容貌氣質、言行舉止十分拔尖，很得雍帝和喻太后喜歡，反倒是現在幾位待嫁公主中，勢頭最盛的。

他原本有些不相信，覺得這是雍帝為了高嫁女兒故意放出來的風聲。

但今日親眼一見，李慕歌樣貌靈秀嬌柔，穿著素淨的青紗裙，顯出幾分出塵的氣質，倒是名不虛傳。

看來白家這次給燕北出的主意還不錯，很合他心意。

霍家兄妹並沒有聽太久的課，中途就退場了，畢竟他們只是來看看熱鬧而已。

大講堂上請了學究來講兩百年前，前朝維新中興的史實，一方面分析當時的舉措給社稷帶來哪些好處，一方面分析為何中興只維持三十年就衰敗了。最後的結論，在於宗室腐敗和軍政疲軟。

授課的老先生在學界頗有名聲，講起來也很生動，跟聽歷史故事一樣。

燕北的來客走後，李慕歌漸漸聽得入神，待老先生講完，才傾身對顧南野說：「這堂課講『維新中興』的史實，就是為了替你們推行新政造勢呢。」

顧南野知道李慕歌是想在力所能及的地方幫他，便誇讚道：「是很有用，大家多聽聽，接受起來就沒那麼難了。」

李慕歌說：「先生已經講完了，接下來是討論，針對導致維新中興失敗的宗室腐敗和軍政疲軟問題出謀劃策。你要繼續聽嗎？」

學子們淺薄的意見，不一定入得了顧南野的耳。

這個大講堂的內容，遠遠做不了朝政的智囊，僅供引導造勢罷了。

今天顧南野雖然沐休，但時間有限。「今日邀了葛大人到家中議事，時辰快到了。」

「好，那我送你出門吧。」

李慕歌起身，跟顧南野往外走去。

兩人繞過廣場上的席位，走到側邊時，李慕歌意外瞧見，朵丹公主也在這裡聽課。她們遠遠看了彼此，點頭打招呼示意後，沒有更進一步的動作。

李慕歌不由疑惑，問顧南野。「剛剛我看到朵丹公主了，她怎麼還在京城，談判的事還沒談妥嗎？」

顧南野說：「談妥了，因皇上提出要留質子，她便把自己留在這裡。」

李慕歌驚訝不已。

之前朵丹公主拚命「碰瓷」顧南野，雖然她很不喜歡這個女子，但能理解朵丹為了虬穹人報仇的心理。

如今，朵丹公主犧牲自己留下來當質子，單從虬穹的角度看，她也著實不容易。

當時，李慕歌在撫恤司勸朵丹公主不要想著報仇，要為百姓著想，還說了些「百年大計、教育為本」的話。現在她來聽課，了解雍朝文化，看來是真聽進去了。

若朵丹公主真能把心思放在復興虬穹的大業上，未來可能對雍朝產生威脅，但眼下對兩國百姓都是好事。

顧南野見她不說話，以為她多想了，補充道：「不過她沒再纏著我。」

李慕歌一樂，抬頭仰視顧南野，笑著揶揄。「哦？可我又沒問這個。」

顧南野尷尬地清清嗓子，伸出手，順勢按了下李慕歌的腦袋。

李慕歌不依道：「不許按我的頭，我正長個子呢！」十四、五歲正是長身體的時候。

顧南野打量她一下，跟去年比，小姑娘好像長高了些，個子已經到他胸前了。

不知怎的，顧南野又想起把她抱在懷裡的情景。小小的，也很好。

「不用長了，可以了。」

李慕歌搖頭。她現在這個樣子，最多一百六十公分，顧南野幾近一百九十公分，她想長到一百七十公分，不然跟他說話都得仰著頭，脖子痠。

兩人說笑間，走到書院大門口，準備道別。

上車前，顧南野忽而想起一事，問隨行的徐保如。「霍家進京後，在哪裡下榻？」

發現燕北王的子女進京後，聽課的這個時辰裡，徐保如已暗中奉命去找白淵回，打探相關消息。

徐保如回答：「住在白府。」

李慕歌難以置信地看向徐保如。

她比顧南野口快，直接問道：「燕北王好歹是個王爺，在京城沒有房產嗎？為什麼要住白府？」

若是不知白家有意替她和燕北王世子說親就罷了，現在知道了，她可不願意跟霍旭住在一起。

徐保如說：「這是白老夫人的意思，說霍家是自家親戚，又沒有長輩一起來，住在家裡方便照顧。」

李慕歌覺得煩躁，這個白老夫人，真是喜歡自作主張。

她把孩子們都留在自家住，抬頭不見低頭見的，存的什麼心思，誰會猜不到？

要是進一步起了壞心，只怕會安排什麼不好的事。

李慕歌正生著悶氣，便聽顧南野問她。「快到中秋節了，母親說想跟妳商量節宴的事，要不妳跟我一起回去？」

「好呀。」李慕歌毫不猶豫地點頭，現在她聽不進課，也不想回白家。

第四十七章

兩人一起回到毅勇侯府，顧南野先把李慕歌送去顧夫人那裡。

見李慕歌面色不好，顧夫人關心地問：「這是怎麼了？小野又欺負妳了？」

李慕歌不好意思告訴顧夫人，白家要給她說親，只支吾道：「沒有，侯爺對我很好。」

顧南野替她解釋。「白家來了外客，家中嘈雜，太玄再住在白家，恐怕有些不便，她在為此事煩心。」

顧夫人便說：「那搬來侯府跟我作伴呀。」

李慕歌心中暗喜，她很願意搬來侯府住。

顧南野猶豫。「現在不比以往，這樣對太玄名譽不好。」

顧夫人有些失望，但兒子說的是實話，堂堂公主，為什麼要住到沒有關係的臣子家中？

顧南野想了想，對李慕歌說：「最近宮中安定無事，妳先回宮住吧，等把霍家人送走再出來。」

「霍家？」顧夫人這才明白白家的外客指的是誰，也有些不高興了。

現下，李慕歌也沒有別的選擇，答應道：「好，那我先回宮。」說罷，讓環環回白府收拾行裝，連今晚也不肯將就。

環環臨出門時，李慕歌又補上一句。「妳給表哥帶句話，最近錦衣衛差事繁忙，衙門裡想必也有過夜的地方，請他照顧好自己。」

這是提醒白淵回要避開霍明媚，免得壞了自己跟謝家的好事。

此時的白家正熱鬧。

如先前迎接太玄公主入府一般，白老夫人帶著陶氏，叫上家裡有出息的孩子，一起迎接燕北王世子和郡主。

這次燕北王府雖沒有長輩進京，但有許多師爺、管事和僕婦陪伴世子和郡主。霍家管事送上帶來的程儀，又對白老夫人說著吉祥話，將燕王妃的問候帶到。

白淵回沈著一張臉，不加入他們的談話，只看著自己的母親。

陶氏也是有苦難言，她分明已經跟白老夫人說清楚，但白老夫人還是請了霍家人來京城做客。

她身為媳婦，也無可奈何，何況這還是她的外甥、外甥女，避都避不開。

白淵回正苦於無法脫身，便有小廝來找他，悄聲說：「公主吩咐環環回府收拾行裝，今天就要搬回宮住。」

白淵回的面色更難看了。

李慕歌這樣回宮，跟白家趕她走沒兩樣，這怎麼行？

他立刻起身去白玉堂，找環環問清楚。

環環見到他，一邊讓屋裡的丫鬟收拾東西，一邊把李慕歌的話帶給他。

白淵回如何不懂李慕歌的顧忌？只得嘆了口氣。「我明白了，改天我再進宮，向太玄公主請罪。」

環環笑著說：「白大人不必如此，公主並不會見怪，只是家裡長輩著實管得多了點，一直這樣可怎麼辦？您還是要想想辦法才好。」

這些日子，李慕歌一直藉自己的身分和雍帝的支持抬舉白淵回，就是希望他能儘快在白家做主。

但他上面畢竟還有祖父、父親、叔伯，想要做主，談何容易？

毅勇侯府裡，李慕歌和顧夫人並沒有為霍家的人煩惱太久。

在顧南野去思齊院見客後，她們倆就商量起中秋節的事。

顧夫人說：「原想著接妳到府裡過節，但妳回宮去了，只怕是要參加宮宴。」

中秋節的宮宴，皇室和宗室的人都會到場，若李慕歌住在宮外，還能找藉口不去；若是在宮裡，是必須赴宴的。

李慕歌可惜地說：「我也想著您進京，是要陪您過節的。不過還好，那天侯爺不用當值，可以在家裡陪您。去年過年，侯爺沒能在您跟前盡孝，這次可以補上了。」

兩人話著家常，顧夫人又讓辛嬤嬤準備食材，提前做中秋節的糕點。
「做好了，妳帶些回宮去吃，是金陵的味道，宮裡沒有。」
李慕歌跟著顧夫人學做點心，忙活一下午之後，不客氣地包了四大盒帶走。
李慕歌在侯府陪顧夫人吃完晚飯後，環環那邊也收拾好了。
顧南野聽說她要走了，放下手頭的事，出來相送。
來侯府議事的葛錚也一起出來見禮。
李慕歌與葛錚見的次數並不多，幾乎沒有直接說過話，只覺得是位嚴肅謹慎，但深受顧南野信任的大叔。
這次，葛錚向李慕歌見禮後，難得地多嘴道：「臣聽聞公主在治國方略上頗有見解，臣手中有一份奏疏，不知可否請公主指點？」
「我？」李慕歌嚇一跳，讓她看奏疏？她還是個孩子好嗎?!
她驚恐地望向顧南野，卻見顧南野鼓勵地點點頭。
好吧，都怪她跟顧南野講太多前世的見聞，顧南野必定告訴了葛錚，並說是她自己的見解。
李慕歌為難道：「看一看是可以的，但我不懂朝政，到時候胡亂點評了，葛大人千萬莫見笑。」

「微臣不敢。」

李慕歌親自從葛錚手上接過奏疏，小心收好，帶回宮中。

送走李慕歌後，葛錚搖搖頭，對顧南野說：「侯爺，讓公主干政，這種做法著實太大膽了，前路只怕是艱難重重，比變法還難。」

顧南野不太在意地笑了笑。

「不試試怎麼知道呢？再說，也沒旁的人可指望了。」

李慕歌連夜回宮後，很快就被雍帝發現了。

這不是稀奇事，但她極少特地回宮過夜。

雍帝問莫心姑姑。「怎麼回事？歌兒在白家受氣了？」

莫心姑姑回稟。「據公主身邊的人說，是因為白家來了外客，住著不方便。」

像白家這樣的府邸，縱然有客人來，院落之間也分得極開，何況以李慕歌的身分，總不可能是客人擠占她的地盤，只會是她不喜歡那客人，故意避開的。

「什麼外客？」

莫心姑姑說：「是燕王妃的一雙兒女進京了。」

雍帝正在喝茶，聽完後，若有所思地放下手中茶盞，神情漸漸變得不快。

他想了會兒，道：「去體元殿。」

接。

體元殿中，宮女們正忙碌地收拾屋子和床鋪，忽聞雍帝來了，連忙放下手中的活兒去迎接。

李慕歌見屋裡不成樣子，向雍帝賠禮道：「倉促回宮，兒臣這裡還亂著，父皇勿怪。」

雍帝擺了擺手。「無妨，就是一段時日沒見，來看看妳。」

「是，謝父皇關懷。」李慕歌讓人把桌上的雜物收走，擺出顧夫人做的點心，泡了茶水招呼雍帝。

雍帝看到盤中的蝴蝶金絲酥，有些出神，拿起來嚐了一口，更是半天沒說話。

李慕歌不知雍帝為何神情莫測，只得道：「這是金陵的點心，不知父皇吃不吃得慣？」

雍帝苦笑一下。「吃得慣，是許多年沒吃了。」

他看了門口的莫心姑姑一眼，莫心姑姑十分懂眼色，把體元殿裡的宮女都帶了出去。

李慕歌見這仗勢，便知道雍帝不是來找她閒聊的，而是有事。

「朕聽聞，燕北王世子到白家做客了。」

李慕歌點頭。「之前沒聽到消息，今日突然就來了。」

雍帝問：「妳見到人了嗎？覺得那孩子如何？」

李慕歌心中疑竇叢生。什麼覺得如何？雍帝這是什麼意思？

「女兒不懂父皇的意思。」

雍帝有些無奈，但依然說道：「之前太后說要幫妳挑駙馬，燕北王世子便進京了，明知妳住在白家，卻絲毫不避嫌地也住過去，他們的意圖，再明顯不過。朕思量著，若燕北王世子人品端方，倒也不失為佳婿。」

李慕歌驚訝地站了起來。「父皇，您明知兒臣跟顧侯的心意，為了朝政，我們雖答應您不提議婚之事，但您怎能勸兒臣嫁與他人？若讓顧侯知道，豈不是寒了他的心？」

雍帝耐心勸道：「霍家手握五十萬大軍，盤踞東北百年，防得如鐵桶一般，有些事，連朕也插不得手。如今正是推行新政之始，若要新政順利，便不能起內亂。霍家需要一顆定心丸，朕亦然，顧侯會理解的。」

李慕歌懂了，如和親一樣，要犧牲她去穩定燕北。

李慕歌的心涼了大半截，她還是高估雍帝對自己的疼愛了，原以為雍帝會替她把婚事拖幾年，萬萬沒想到，他竟來找她說這件事。

「兒臣不願，不僅是兒臣不願，您也不能這樣做。依兒臣之見，不只是兒臣，任何一位妹妹都不能嫁去燕北。

「歷代燕北王自恃功勞和手中勢力，屢次逼迫皇權為其讓步，有一就有二，如今事已過三，再向他們妥協，便是滋長他們的野心。要是他們不能打心底忠於朝廷、畏於皇權，等新政危及他們的利益時，便會大膽阻撓，甚至利用公主與宗親勾結，一同反對新政。到時，遠嫁的公主能有什麼用？不過是多了一樁骨肉分離和對立的悲劇罷了。」

李慕歌壯著膽子說了一番話，也不知道自己會不會惹雍帝生氣。

她說完後，等了半晌，見雍帝沒有說話，只看著蝴蝶金絲酥出神。

安靜之中，李慕歌越來越不安，就在她快撐不住時，雍帝苦笑著說：「皇兒說得有理，是朕想岔了。將妳遠嫁燕北，只會多添一樁傷心事。」

雍帝居然讓步了！

李慕歌又驚又喜，不知道說什麼才好，趕緊回想剛剛有沒有說什麼很過分的話。

雍帝沒有多留，囑咐她早些休息，而後就走了。

李慕歌心中狂跳，不知自己是不是徹底說服了雍帝？

正忐忑不安時，莫心姑姑去而復返，對她道：「三公主，近來皇上胃口不好，但在您這裡吃了好幾塊點心，想必是喜歡的。不知您可還有多的點心？」

「有有有。」

天哪，她太不識相了，竟然讓莫心姑姑開口來要！

雍帝喜歡吃，全拿去吃嘛，只要別把她嫁給別人就好。

讓環環把帶進宮的點心拿給莫心姑姑後，李慕歌也回過味來了。

今日雍帝網開一面，臨時改了主意，只怕是託了顧夫人的福，念及往日的舊情。

不過，她不知道的是，除了顧夫人的情分，雍帝更多的用意是試探她，倒不是真要把她遠嫁。

從體元殿回去之後，雍帝對胡公公感慨道：「歌兒與她母妃性子倒是不同，遇事果敢，資質上佳，朕拿燕北聯姻的事試她，她看得十分透澈。可惜，是個公主。」

胡公公聽得眼皮一跳，笑著奉承。「太玄公主像皇上更多些，雖不能在朝政上為您分憂，但或許可以幫太后分擔後宮重任，也是好的。」

雍帝點頭，想到上次讓她接待虯穹公主的事，一切都很順利。

據莫心姑姑回稟，李慕歌還十分得其他公主和世家姑娘的喜歡，這對一個回宮一年的新人來說，並不容易。

李慕歌並不知雍帝打算壓榨她的「剩餘勞動力」，而是規規矩矩地早睡早起，去慈寧宮向喻太后請安。

一大早，好巧不巧，她就遇到了進宮請安的霍旭和霍明媚。

霍旭見到李慕歌，眼睛一亮。他雖在無涯大講堂上見過她，但她昨日穿著樸素的衫裙，又不施粉黛，只覺得輕盈脫俗，是璞玉一般的姑娘。

今日在宮裡見到她，盛裝加身，貴氣逼人，只因穿著打扮，氣質竟截然不同。

霍旭心中生出親近的念頭，行禮請安之後，又道：「我看妹妹十分眼熟，仔細一想，似乎昨日在無涯書院見過，咱們很有緣分。」

李慕歌原本面無表情，聽他說了這話，皺眉問道：「誰是你妹妹？」

這話問得一點也不客氣，十分咄咄逼人。

但喻太后聽了，並無責怪之意，因為霍旭這聲妹妹的確不妥。

燕北王並不是李家宗室王爺，而是因戰功和太長公主聯姻而封的異姓王，加之燕北王對雍帝不敬，經常有逾矩的言行，對看重規矩和皇家威嚴的喻太后來說，早已心生不滿。

一個異姓郡王世子，比正牌公主低了好幾階，竟敢稱兄道妹，的確是有些不知斤兩。

霍旭變了臉色。他父王駁斥雍帝時，雍帝都沒敢說什麼，沒想到這公主這麼厲害，竟一點面子也不給。

他忍著不悅，賠罪道：「是我失言了。」

喻太后倒也沒想跟燕北直接鬧翻，縱容李慕歌敲打他們兩下，知道自己的位置就行了。接著，她問了幾句路上順不順利、如今住在哪裡、要在京城多走走看看之類的話，便放他們回去。

待霍家兄妹走後，喻太后問李慕歌。「妳是想迴避他們，才回宮的吧？」

這沒什麼好隱瞞的。李慕歌點了頭。

她想了想，喻太后這麼精明，肯定能想到白家和霍家的心思，於是抱怨。「孫女住在白府，原是為了方便讀書，但外祖母似是會錯了意，以為您和父皇不管我，竟想替孫女拿主意。我雖沒了母妃，但還有您和父皇，如何輪到他們了？」

她這話說得十分偏袒，孫女愛奶奶，不愛外婆，奶奶聽了自然開心。

喻太后笑著說：「既知道有我和妳父皇做主，妳怕什麼？還被逼得連夜逃回來，一點公主的體面也沒有。不過，妳搬回宮也很好，過些日子就是中秋節，向貴嬪在籌備中秋家宴，忙不過來，妳去幫忙，拿拿主意。」

李慕歌也笑了，出聲應好。

自向思敏和李佑顯訂親後，向貴嬪也就認栽了，既然爭不過喻太后，乾脆低頭認錯，盡可能降低別的損失。

見她態度好，喻太后又開始把一些後宮的事交給她去辦。

有了上元節孔明燈的教訓，這次向貴嬪籌辦家宴格外小心，任何沒有舊例的事，她都不做，凡事都要先翻宮中舊例，因此動作極慢，惹得喻太后十分不滿。

李慕歌在顧夫人跟前學過宴請之事，主要是擬賓客名單、選菜、定席位座次。這些說難不難，就是很繁瑣。

李慕歌從慈寧宮出來後，準備去長春宮，但才走兩步，便遇見等在外面的霍家兄妹。

剛剛霍旭冷靜地想了想，李慕歌是從民間找回來的，想必對自己的身分很敏感，所以處處強調自己的地位，這才因他稱兄道妹而生氣。

於是，等到李慕歌之後，霍旭上前道：「方才我並無輕慢公主之意，只是覺得與妳有緣，才失言喊妳妹妹。」

李慕歌敷衍地點點頭。「嗯，知道了。」腳下不停，繼續往長春宮走去。
霍旭在燕北驕縱二十年，現在低頭認錯，已是用了他天大的自制力和忍耐力。
「公主似是對我有意見？」他也聽說了李慕歌連夜搬回宮的事，顯然是在迴避他。
李慕歌勾勾嘴角，看都不看他。「我又不認識你。」
霍旭語塞，想攀攀關係。「論起來，因陶家姨母的關係，咱們也不是外人。」
李慕歌訕笑一下。「李家宗室和白家子弟，我都還沒認清楚，陶家的姻親，我就更不認識了。」
在她口中堂堂燕北王世子竟變成了陶家的姻親？聽起來像是來打秋風、攀高枝的窮親戚！
見小姑娘依然不把他放在眼中，霍旭不可抑制地生氣了。
但他知道，不能當場動怒，他是帶著任務來京城的，務必要娶個公主回燕北。
李慕歌也不想多跟他周旋，直截了當地說：「我還有諸多事情要忙，世子請自便。」抬腳便走了。
霍旭捏著拳頭站在原地，等人走遠了，霍明媚才從旁邊跟上來。
「哥哥，你向公主打聽了大皇子嗎？今天咱們有沒有可能見到大皇子？」她還心心念念著昨日在書院見到的「大皇子」。
霍旭氣不打一處來，衝妹妹發脾氣。「要問自己問！」

霍明媚嘀咕。「可我覺得，公主不想跟我們說話呀。」

霍旭更氣了。

李慕歌來到長春宮時，向貴嬪正在發脾氣。

聽說李慕歌是來幫忙的，向貴嬪抱怨道：「席位名單都排了幾十遍，卻道今日又有變動，真是氣死本宮了。」

李慕歌安撫她。「娘娘莫著急，咱們還有工夫改。」

她從宮女手上接過名單一看，原來是霍旭兄妹向宮裡遞了請安的牌子，向貴嬪也知道他們來了。

雖說霍家不是宗室，但身分有些特殊，中秋節的宴會，也得添上他們。

向貴嬪抱怨道：「按宗室官牒來看，燕北王世子只是郡王世子，坐三等席，可先前燕北王就為世子頭銜的事跟皇上起過爭執，滿朝廷沒人敢當著霍家人的面喊霍旭一聲郡王世子。若這次又因筵席座次生事，我們必是要挨罰的。」

向貴嬪的擔憂的確有道理。

以前霍旭兄妹沒進宮赴宴，並無舊例可尋。但拿這件事去問雍帝，也有些小題大做了。

李慕歌想了想，道：「若是讓他與親王世子同席，父皇的臉面往哪裡擱？咱們依照官牒安排，有據可依，若燕北王那邊生事，便說明他們藐視皇權，以下犯上。」

向貴嬪順勢道：「如果皇上、太后問起來，這可是公主您的主意啊。」

李慕歌無所謂地笑了笑。她並不是一個怕揹黑鍋的人，這種小事，她也懶得跟向貴嬪計較。

「嗯，娘娘就說是我的意思吧。縱然辦錯了，相信皇祖母也會念在我年紀小、不懂事的分上，饒我這一次。」

有人肯揹黑鍋，向貴嬪便果斷地把名單座次又改了一輪。

李慕歌沒想到，回宮之後，反而更忙了。

白天，她要跟向貴嬪一起籌辦宴會，晚上要思考葛錚留給她的奏疏。

奏疏裡的內容，是關於禮部貢舉之法的策略，意在改善選取人才的途徑，以起用更好的官員。

這個奏疏上已有雍帝的朱批，應該是葛錚還在禮部時的舊物。

搞教育改革、科舉改革，李慕歌真的不在行，於是將前世普及義務教育、提高國民基本素養的建議寫了上去。

另外，她發現雍朝的貢舉只考太學、國子、四門、廣文、律、書、算凡七學，完全不重視製造業和科技發展，於是又寫了些振興手藝的建議。

從李慕歌前世的教育背景來看，科教興國、實業興國是十分基本的常識，但對於雍朝的士大夫來說，卻是完全不同的聲音，也不知葛錚看了會有什麼想法？

但她也管不了這麼多，既然顧南野讓她看，應該就是想聽些不一樣的意見吧。

她花了幾天工夫，寫了長篇大論，把自己所能想到的羅列上去，還絞盡腦汁，舉了極多例子。

因顧南野忙於刑部法典修繕，漸漸把京軍衛的戍衛防務交出去，李慕歌進宮後，便沒在宮裡見過他。

所以，李慕歌將葛錚的奏疏和自己寫的文章交給環環，讓她送去集義殿，交給顧南野或葛錚。

環環出入集義殿，這消息片刻就傳入李佑顯的耳中。

眼下雍帝雖未立儲，但也沒阻止李佑顯參政，難免讓他多想，對各部的控制之心，也越來越強。

他喊來一個信得過的吏部小吏，問道：「太玄公主的貼身侍女來集義殿做什麼？」

「那宮女交了一份奏疏和一封信給葛侍郎。」

李佑顯皺眉。

吏部主官員提拔和調動，其奏摺都是機密，怎能隨意外傳？

李佑顯以為，李慕歌要干涉官員的任命，把白家人安插進朝廷，不由冷笑了下。

沒想到這個妹妹，居然這麼有野心？

一個鄉下回來的丫頭，嚐了點皇權的甜頭，就不知天高地厚了。

李佑顯冷冷一笑。從此，他又多了一個需要小心留意的人。

——未完，待續，請看文創風865《富貴桃花妻》3（完）

2020
狗屋線上書展

7/13(8:30)~7/27(23:59)

夏★戀愛應援團

★為你們愛的他/她來一場愛情應援！

找新書，75折

文創風864-866 凌嘉《富貴桃花妻》全三冊
文創風867-869 采采《好運綿綿》全三冊

找優惠

- 75折：文創風820-863
- 7折：文創風770~819
- 6折：文創風657~769

＊下列書籍均會蓋

- 每本100元：文創風547~656
- 每本50元：文創風001~546、橘子說/花蝶/采花全系列（典心、樓雨晴除外）
- 每本15元：PUPPY451-522
- 每本10元：PUPPY001-450、小情書全系列

特別企劃 珍藏樓雨晴，單本69元 會蓋

橘子說513	好聚好散	橘子說739	十年
橘子說514	不見不散	橘子說789	換心
橘子說555	痴將軍	橘子說841	仿容
橘子說569	非你莫屬	橘子說865	願者請上鉤
橘子說641	勤能補拙	橘子說972	寧願相思
橘子說680	盼君	橘子說973	告別孤單

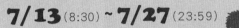

采采

口甜如蜜沁心脾，
體貼入微送暖意

年前，有個瞎眼老道上門算命，
指著還是個嬰兒的她說：在家旺家，出嫁旺夫！
她若真有福氣，上輩子怎會落了個不得善終的下場？

文創風 867-869《好運綿綿》全三冊

綿綿，家裡做生意成嗎？妳爹能中秀才嗎？這位當妳四嬸好嗎？
面對奶奶各種問題，小名「綿綿」的姜錦魚很是無奈，
她從不認為自己有好運，爹能考上秀才，是爹平常的努力。
有了重生的奇遇，她也只是比上輩子懂得珍惜，
偏偏奶奶莫名信了這套，她只能認真的回應。
身為女子，無法考科舉，又還只是個孩子，
乖巧、利用年齡優勢逗樂大人，這是她如今唯一能做的。
時光飛逝，很快就要過年，在鎮上讀書的哥哥也該回家了，
她扳指頭算時間，緊盯著門口預備準時迎接對方，
未料這次歸家的除了哥哥，還有一位來作客的冷漠少年。
少年名為顧衍，親娘早逝，爹在京裡是高官，
分明身分高貴，卻到這偏遠的小鎮唸書，
這大過年的，竟然有家歸不得，得在他們這農家作客，
雖不知箇中原因，可她忽然覺得這個俊秀的少年可憐極了……

7/21出版，定價250元/本　書展期間特價75折

2020
狗屋線上書展

狗屋大樂透，
祝你富貴又好運

抽獎辦法：只要上網訂購並完成付款，系統會發e-mail給您，附上抽獎專用之流水編號，買一本就送一組，買十本就能抽十次，不須拆單，買愈多中獎機率愈大！

得獎公佈：8/19(三)會將得獎名單公佈於官網

獎項介紹：

一獎 文創風872-874《大熊要娶妻》全三冊 ... 2名

二獎 文創風870-871《厲害了，娘子》全二冊 .. 3名

三獎 狗屋紅利金 200元 10名

★ 小叮嚀

(1)請於訂購後**三日內**完成付款，最後訂購於**2020/7/30**前完成付款才算有效訂單喔！

(2)活動期間親自至本社購買亦享有相同折扣，請先電話聯絡確認欲購書籍，以方便備書。

(3)購書滿千元(含)以上免郵資。未滿千元部分：郵資65元(2本以下郵資50元)／超商取貨70元，限7本以內／宅配100元。

(4)特賣書籍因出書時間較久，雖經擦拭、整理，仍有褪色或整飾痕跡，故難免不如新書亮麗。除缺頁、倒裝外無法換書，因實在無書可換，但一定會優先提供書況較良好的書給大家。若有個人原因需要換書，需自付來回郵資。

(5)各書籍庫存不一，若遇缺書情形可選擇換書或退款。

(6)歡迎海外讀者參與(郵資另計)，請上網訂購或是mail至love小姐信箱(love@doghouse.com.tw)詢問相關訊息。

狗屋有權修改優惠活動的實施權益及辦法。

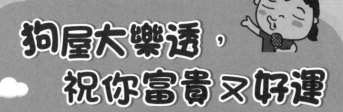

文創風 865

富貴桃花妻 2

國家圖書館出版品預行編目資料

富貴桃花妻 / 凌嘉著. --
初版. -- 臺北市 : 狗屋, 2020.07
冊 ; 公分. --（文創風）
ISBN 978-986-509-122-4（第2冊：平裝）. --

857.7　　109007941

著作者　凌嘉
編輯　安愉
校對　王冠之
發行所　狗屋出版社有限公司
地址　台北市104中山區龍江路71巷15號1樓
電話　02-2776-5889～0
發行字號　局版台業字845號
法律顧問　蕭雄淋律師
總經銷　知遠文化事業有限公司
電話　02-2664-8800
初版　2020年07月
國際書碼　ISBN-13　978-986-509-122-4

本著作物由起點中文網（www.qidian.com）授權出版

定價260元
狗屋劃撥帳號：19001626
網址：love.doghouse.com.tw　E-mail：love@doghouse.com.tw